名家名译世界文学名著

罗密欧与朱丽叶·
麦克白·李尔王

〔英〕莎士比亚◎著
朱生豪◎译

Romeo and Juliet · Macbeth · The King Lear

北京理工大学出版社
BEIJING INSTITUTE OF TECHNOLOGY PRESS

图书在版编目（CIP）数据

罗密欧与朱丽叶·麦克白·李尔王 / (英) 莎士比亚著；朱生豪译. —北京：北京理工大学出版社,2015.7

ISBN 978-7-5682-0573-3

Ⅰ.①罗… Ⅱ.①莎… ②朱… Ⅲ.①悲剧—剧本—作品集—英国—中世纪 Ⅳ.①I561.33

中国版本图书馆CIP数据核字（2015）第090311号

出版发行 / 北京理工大学出版社有限责任公司
社　　址 / 北京市海淀区中关村南大街 5 号
邮　　编 / 100081
电　　话 /（010）68914775（总编室）
　　　　　82562903（教材售后服务热线）
　　　　　68948351（其他图书服务热线）
网　　址 / http: //www.bitpress.com.cn
经　　销 / 全国各地新华书店
印　　刷 / 三河市金元印装有限公司
开　　本 / 700 毫米 × 1000 毫米　1/16
印　　张 / 20.75　　责任编辑 / 王俊洁
字　　数 / 240千字　　文案编辑 / 王俊洁
版　　次 / 2015年 7 月第 1 版　2015 年 7 月第 1 次印刷　　责任校对 / 周瑞红
定　　价 / 36.00元　　责任印制 / 边心超

目录
Contents

罗密欧与朱丽叶

剧中人物

爱斯卡勒斯	维洛那亲王	
帕里斯	少年贵族，亲王的亲戚	
蒙太古	互相敌视的两家家长	
凯普莱特	互相敌视的两家家长	
罗密欧	蒙太古之子	
茂丘西奥	亲王的亲戚	罗密欧的朋友
班伏里奥	蒙太古之侄	罗密欧的朋友
提伯尔特	凯普莱特夫人之内侄	
劳伦斯神父	法兰西斯派教士	
约翰神父	与劳伦斯同门的教士	

鲍尔萨泽　　罗密欧的仆人

山普孙
葛莱古里　　凯普莱特的仆人

彼得　　朱丽叶乳媪的从仆

亚伯拉罕　　蒙太古的仆人

卖药人

乐工三人

茂丘西奥的侍童

帕里斯的侍童

蒙太古夫人

凯普莱特夫人

朱丽叶　　凯普莱特之女

朱丽叶的乳媪

维洛那市民

两家男女亲属

跳舞者、卫士、巡丁及侍从等

致辞者

地点

维洛那；第五幕第一场在曼多亚

开场诗

致辞者上。

故事发生在维洛那名城，
有两家门第相当的巨族，
累世的宿怨激起了新争，
鲜血把市民的白手污渎。
是命运注定这两家仇敌，
生下了一双不幸的恋人，
他们的悲惨凄凉的陨灭，
和解了他们交恶的尊亲。
这一段生生死死的恋爱，
还有那两家父母的嫌隙，
把一对多情的儿女杀害，
演成了今天这一本戏剧。
交代过这几句挈领提纲，
请诸位耐着心细听原委。（下。）

第一幕

第一场　维洛那。广场

山普孙及葛莱古里各持盾剑上。

山普孙　葛莱古里，咱们可真的不能让人家当作苦力一样欺侮。

葛莱古里　对了，咱们不是可以随便给人欺侮的。

山普孙　我说，咱们要是发起脾气来，就会拔剑动武。

葛莱古里　对了，你可不要把脖子缩到领口里去。

山普孙　我一动性子，我的剑是不认人的。

葛莱古里　可是你不大容易动性子。

山普孙　我见了蒙太古家的狗子就生气。

葛莱古里　有胆量的，生了气就应当站住不动；逃跑的不是好汉。

山普孙　我见了他们家里的狗子，就会站住不动；蒙太古家里任何男女碰到了我，就像是碰到墙壁一样。

葛莱古里　这正说明你是个软弱无能的奴才；只有最没出息的家伙，才去墙底下躲难。

山普孙　的确不错；所以生来软弱的女人，就老是被人逼得不能动：我见了蒙太古家里人来，是男人我就把他们从墙边推出去，是女人我就把她们望着墙壁摔过去。

葛莱古里　吵架是咱们两家主仆男人们的事，与她们女人有什么相干？

山普孙　那我不管，我要做一个杀人不眨眼的魔王；一面跟男人们打架，一面对娘儿们也不留情面，我要她们的命。

葛莱古里　要娘儿们的性命吗？

山普孙　对了，娘儿们的性命，或是她们视同性命的童贞，你爱怎么说就怎么说。

葛莱古里　那就要看对方怎样感觉了。

山普孙　只要我下手，她们就会尝到我的辣手：就是有名的一身横肉呢。

葛莱古里　幸而你还不是一身鱼肉；否则你便是一条可怜虫了。拔出你的家伙来；有两个蒙太古家的人来啦。

亚伯拉罕及鲍尔萨泽上。

山普孙　我的剑已经出鞘；你去跟他们吵起来，我就在你背后帮你的忙。

葛莱古里　怎么？你想转过背逃走吗？

山普孙　你放心吧，我不是那样的人。

葛莱古里　哼，我倒有点不放心！

山普孙　还是让他们先动手，打起官司来也是咱们的理直。

葛莱古里　我走过去向他们横个白眼，瞧他们怎么样。

山普孙　好，瞧他们有没有胆量。我要向他们咬我的大拇指，瞧他们能不能忍受这样的侮辱。

亚伯拉罕　你向我们咬你的大拇指吗？

山普孙　我是咬我的大拇指。

亚伯拉罕　你是向我们咬你的大拇指吗？

山普孙　（向葛莱古里旁白）要是我说是，那么打起官司来是谁的理直？

葛莱古里　（向山普孙旁白）是他们的理直。

山普孙　不，我不是向你们咬我的大拇指；可是我是咬我的大拇指。

葛莱古里　你是要向我们挑衅吗？

亚伯拉罕　挑衅！不，哪儿的话。

山普孙　你要是想跟我们吵架，那么我可以奉陪；你也是你家主子的奴才，我也是我家主子的奴才，难道我家的主子就比不上你家的主子？

亚伯拉罕　比不上。

山普孙　好。

葛莱古里　（向山普孙旁白）说“比得上”；我家老爷的一位亲戚来了。

山普孙　比得上。

亚伯拉罕　你胡说。

山普孙　是汉子就拔出剑来。葛莱古里，别忘了你的杀手锏。（双方互斗。）

班伏里奥上。

班伏里奥　分开，蠢材！收起你们的剑，你们不知道你们在干些什么事。（击下众仆的剑。）

提伯尔特上。

提伯尔特　怎么！你跟这些不中用的奴才吵架吗？过来，班伏里奥，让我结果你的性命。

班伏里奥　我不过维持和平。收起你的剑，或者帮我分开这些人。

提伯尔特　什么！你拔出了剑，还说什么和平？我痛恨这两个字，就跟我痛恨地狱、痛恨所有蒙太古家的人和你一样。照剑，懦夫！（二人相斗。）

两家各有若干人上，加入争斗；一群市民持枪棍继上。

众市民　打！打！打！把他们打下来！打倒凯普莱特！打倒蒙太古！

凯普莱特穿长袍及凯普莱特夫人同上。

凯普莱特　什么事吵得这个样子？喂！把我的长剑拿来。

凯普莱特夫人　拐杖呢？拐杖呢？你要剑干什么？

凯普莱特　快拿剑来！蒙太古那老东西来啦；他还晃着他的剑，明明在跟我寻事。

蒙太古及蒙太古夫人上。

蒙太古　凯普莱特，你这奸贼——别拉住我；让我走。

蒙太古夫人　你要去跟人家吵架，我连一步也不让你走。

亲王率侍从上。

亲王　目无法纪的臣民，扰乱治安的罪人，你们的刀剑都被你们邻人的血玷污了——他们不听我的话吗？喂，听着！你们这些人，你们这些畜生，你们为了扑灭你们怨毒的怒焰，不惜让殷红的流泉从你们的血管里喷涌出来；你们要是畏惧刑法，就赶快从你们血腥的手里丢下你们的凶器，静听你们震怒的君王的判决。凯普莱特，蒙太古，你们已经三次为了一句口头上的空言，引起了市民的械斗，扰乱了我们街道上的安宁，害得维洛那的年老公民，也不得不脱下他们尊严的装束，用他们习于安乐的苍老衰弱的手夺过古旧的长枪，分解你们溃烂的纷争。要是你们以后再在街市上闹事，就把你们的生命作为扰乱治安的代价。现在别人都给我退下去；凯普莱特，你跟我来；蒙太古，你今天下午到自由村的审判厅里来，听候我对于今天这一案的宣判。大家散开去，倘有逗留不去的，格杀勿论！（除蒙太古夫妇及班伏里奥外皆下。）

蒙太古　关于这一场宿怨是谁又重新煽风点火？侄儿，跟我说，他们动手的时候，你也在场吗？

班伏里奥　我还没有到这儿来，您的仇家的仆人跟你们家里的仆人已经打成一团了。我拔出剑来分开他们；就在这时候，那个性如烈火的提伯尔特提着剑来了，他对我出言不逊，把剑在他自己头上舞得嗖嗖直响，就像风在那儿讥笑他的装腔作势一样。当我们正在剑来剑去的时候，人越来越多，有的帮这一面，有的帮那一面，乱哄哄地互相争斗，直等亲王来了，他方才把两边的人喝开。

蒙太古夫人　啊，罗密欧呢？你今天见过他吗？我很高兴他没有参加这场争斗。

班伏里奥　伯母，在尊严的太阳开始从东方的黄金窗里探出头来的一小时以前，我因为心中烦闷，到郊外去散步，在城西一丛枫树的下面，我看见罗密欧兄弟一早在那儿走来走去。我正要向他走过去，他已经看见了我，就躲到树林深处去了。我因为自己也是心灰意懒，觉得连自己这一身也是多余的，只想找一处没有人迹的地方，所以凭着自己的心境推测别人的心境，也就不去找他多事，彼此互相避开了。

蒙太古　好多天的早上曾经有人在那边看见过他，用眼泪洒为清晨的露水，用长叹嘘成天空的云雾；可是一等到鼓舞众生的太阳在东方的天边开始揭起黎明女神床上灰黑色的帐幕的时候，我那怀着一颗沉重的心的儿子，就逃避了光明，溜回到家里；一个人关起了门躲在房间里，闭紧了窗子，把大好的阳光锁在外面，为他自己营造了一个人工的黑夜。他这一种怪脾气恐怕不是好兆，除非良言劝告可以替他解除心头的烦恼。

班伏里奥　伯父，您知道他烦恼的根源吗？

蒙太古　我不知道，也没有法子从他嘴里探听出来。

班伏里奥　您有没有设法探问过他？

蒙太古　我自己以及许多其他的朋友都曾经探问过他，可是他把心事一股脑儿闷在自己肚里，总是守口如瓶，不让人家试探出来，正像一条初生的蓓蕾，还没有迎风舒展它的嫩瓣，向太阳献吐它的娇艳，就给妒忌的蛀虫咬啮了一样。只要能够知道他的悲哀究竟是从什么地方来的，我们一定会尽心竭力替他找寻治疗的方案。

班伏里奥　瞧，他来了；请您站在一旁，等我去问问他究竟有些什么心事，看他理不理我。

蒙太古　但愿你留在这儿，能够听到他的真情吐露。来，夫人，我们去吧。（蒙太古夫妇同下。）

罗密欧上。

班伏里奥　早安，兄弟。

罗密欧　天还是这样早吗？

班伏里奥　刚敲过九点钟。

罗密欧　唉！在悲哀里度过的时间似乎是格外长的。急忙忙地走过去的那个人，不就是我的父亲吗？

班伏里奥　正是。什么悲哀使罗密欧的时间过得这样长？

罗密欧　因为我缺少了可以使时间变得短促的东西。

班伏里奥　你跌进恋爱的网里了吗？

罗密欧　我还在门外徘徊。

班伏里奥　在恋爱的门外？

罗密欧　我不能得到我的意中人的欢心。

班伏里奥　唉！想不到爱神的外表这样温柔，实际上却是如此残暴！

罗密欧　唉！想不到爱神蒙着眼睛，却会一直闯进人们的心灵！我们在什么地方吃饭？哎哟！又是谁在这儿打过架了？可是不必告诉我，我早就知道了。这些都是怨恨造成的后果，可是爱情的力量比它要大许多。啊，吵吵闹闹的相爱、亲亲热热的怨恨！啊，无中生有的一切！啊，沉重的轻浮、严肃的狂妄、整齐的混乱、铅铸的羽毛、光明的烟雾、寒冷的火焰、憔悴的健康、永远觉醒的睡眠、否定的存在！

我感觉到的爱情正是这么一种东西，可是我并不喜爱这一种爱情。你不会笑我吗？

班伏里奥　不，兄弟，我倒是有点儿想哭。

罗密欧　好人，为什么呢？

班伏里奥　因为瞧着你善良的心遭受这样的痛苦。

罗密欧　唉！这就是爱情的错误，我自己已经有太多的忧愁重压在我的心头，你对我表示的同情，徒然使我在太多的忧愁之上再加上一重忧愁。爱情是叹息吹起的一阵烟；恋人的眼中有它净化了的火星；恋人的眼泪是它激起的波涛。它又是最智慧的疯狂，哽喉的苦味，吃不到嘴的蜜糖。再见，兄弟。（欲去。）

班伏里奥　且慢，让我跟你一块儿去；要是你就这样丢下了我，未免太不给我面子啦。

罗密欧　嘿！我已经遗失了我自己；我不在这儿；这不是罗密欧，他是在别的地方。

班伏里奥　老实告诉我，你所爱的是谁？

罗密欧　什么！你要我在痛苦呻吟中说出她的名字来吗？

班伏里奥　痛苦呻吟！不，你只要告诉我她是谁就得了。

罗密欧　叫一个病人郑重其事地立起遗嘱来！啊，对于一个病重的人，还有什么比这更刺痛他的心？老实对你说，兄弟，我是爱上了一个女人。

班伏里奥　我说你一定在恋爱，果然猜得不错。

罗密欧　好一个每发必中的射手！我所爱的是一位美貌的姑娘。

班伏里奥　好兄弟，目标越好，射得越准。

罗密欧　　你这一箭就射岔了。丘匹德的金箭不能射中她的心；她有狄安娜女神的圣洁，不让爱情软弱的弓矢损害她坚不可破的贞操。她不愿听任深怜密爱的词句把她包围，也不愿让灼灼逼人的眼光向她进攻，更不愿接受可以使圣人动心的黄金的诱惑；啊！美貌便是她巨大的财富，只可惜她死以后，她的美貌也要化为黄土！

班伏里奥　　那么她已经立誓终身守贞不嫁了吗？

罗密欧　　她已经立下了这样的誓言，为了珍惜她自己，造成了莫大的浪费；因为她让美貌在无情的岁月中日渐枯萎，不知道替后世传留下她的绝世容华。她是个太美丽、太聪明的人儿，不应该剥夺自身的幸福，使我抱恨终身。她已经立誓割舍爱情，我现在活着也就等于死去一般。

班伏里奥　　听我的劝告，别再想起她了。

罗密欧　　啊！那么你教我怎样忘记吧。

班伏里奥　　你可以放纵你的眼睛，让它们多看几个世间的美人。

罗密欧　　那不过格外使我觉得她的美艳无双罢了。那些吻着美人娇额的幸运的面罩，因为它们是黑色的缘故，常常使我们想起被它们遮掩的面庞不知多么娇丽。突然盲目的人，永远不会忘记存留在他消失了的视觉中的宝贵的影像。给我一个姿容绝代的美人，她的美貌除了使我记起世上有一个人比她更美以外，还有什么别的用处？再见，你不能教我怎样忘记。

班伏里奥　　我一定要证明我的意见不错，否则死不瞑目。（同下。）

第二场　同前。街道

凯普莱特、帕里斯及仆人上。

凯普莱特　可是蒙太古也负着跟我同样的责任；我想像我们这样有了年纪的人，维持和平还不是难事。

帕里斯　你们两家都是很有名望的大族，结下了这样不解的冤仇，真是一件不幸的事。可是，老伯，您对于我的求婚有什么见教？

凯普莱特　我的意思早就对您表示过了。我的女儿今年还没有满十四岁，完全是一个不懂事的孩子；再过两个夏天，才可以谈论亲事。

帕里斯　比她年纪更小的人，都已经做了幸福的母亲了。

凯普莱特　早结果的树木一定早凋。我在这世上已经什么希望都没有了，只有她是我唯一的安慰。向她求爱吧，善良的帕里斯，得到她的欢心；只要她愿意，我的同意是没有问题的。今天晚上，我要按照旧例，举行一次宴会，邀请许多亲友参加；您也是我所要邀请的一个，请您接受我最诚意的欢迎。在我的寒舍里，您今晚可以见到灿烂的群星翩然下降，照亮黑暗的天空；在蓓蕾一样娇艳的女郎群里，您可以充分享受青春的愉快，正像盛装的四月追随着残冬的足迹降临人世，在年轻人的心里充满着活跃的欢欣一样。您可以听一个够，看一个饱，从许多美貌的女郎中，连我的女儿也在内，拣一个最好的做您的意中人。来，跟我去。（以一纸交仆）你到维洛那全城去走一圈，按这单子上一个一个的名字去找人，请他们到我的家里来。（凯普莱特、帕里斯同下。）

仆人　按这单子上的名字去找人！人家说，鞋匠的钉锤、裁缝的针线、渔夫的网、画师的笔，各人有各人的职司；可是我们的老爷却叫我按这单子上的名字去找人，我怎么知道写字的人在这上面写些什么？我一定要找个识字的人。来得正好。

班伏里奥及罗密欧上。

班伏里奥　不，兄弟，新的火焰可以把旧的火焰扑灭，大的苦痛可以使小的苦痛减轻；头晕目眩的时候，只要转身向后；一桩绝望的忧伤，也可以用另一桩烦恼把它驱除。给你的眼睛找一个新的迷惑，你原来的痼疾就可以霍然脱体。

罗密欧　你的药草只好医治……

班伏里奥　医治什么？

罗密欧　医治你跌伤的胫骨。

班伏里奥　怎么？罗密欧，你疯了吗？

罗密欧　我没有疯，可是比疯人更不自由；关在牢狱里，不进饮食，挨受着鞭挞和酷刑——晚安，好朋友！

仆人　晚安！请问先生，您念过书吗？

罗密欧　是的，这是我不幸中的资产。

仆人　也许您只会背诵；可是请问您会不会看着字一个一个地念？

罗密欧　我认得的字，我就会念。

仆人　您说得很实在；愿您一生快乐！（欲去。）

罗密欧　　等一等，朋友；我会念。“玛丁诺先生暨夫人及诸位令嫒；安赛尔美伯爵及诸位令妹；寡居之维特鲁维奥夫人；帕拉森西奥先生及诸位令侄女；茂丘西奥及其令弟凡伦丁；凯普莱特叔父暨婶母及诸位贤妹；罗瑟琳贤侄女；里维娅；伐伦西奥先生及其令表弟提伯尔特；路西奥及活泼的海丽娜。”好一群名士贤媛！请他们到什么地方去？

仆人　　到……

罗密欧　　哪里？

仆人　　到我们家里吃饭去。

罗密欧　　谁的家里？

仆人　　我的主人的家里。

罗密欧　　对了，我该先问你的主人是谁才是。

仆人　　您也不用问了，我就告诉您吧。我的主人就是那个有财有势的凯普莱特；要是您不是蒙太古家里的人，请您也来跟我们喝一杯酒，愿您一生快乐！（下。）

班伏里奥　　在这一个凯普莱特家里按照旧例举行的宴会上，你所热恋的美人罗瑟琳也要跟着维洛那城里所有的绝色名媛一同去赴宴。你也到那儿去吧，用不带成见的眼光，把她的容貌跟别人比较比较，你就可以知道你的天鹅不过是一只乌鸦罢了。

罗密欧　　要是我虔敬的眼睛会相信这种谬误的幻象，那么让眼泪变成火焰，把这一双罪状昭著的异教邪徒烧成灰烬吧！比我的爱人还美！烛照万物的太阳，自有天地以来也不曾看见过一个可以和她媲美的人。

班伏里奥　　嘿！你看见她的时候，因为没有别人在旁边，你的两只眼睛里只有她一个人，所以你以为她是美丽的；可是在你那水晶的天秤里，要是把你的恋人跟另外一个我可以在这宴会里指点给你看的美貌的姑娘同时较量起来，那么她现在虽然仪态万方，那时候就要自惭形秽了。

罗密欧　　这一次我倒要去；不是去看你所说的美人，只要看看我自己的爱人怎样大放光彩，我就心满意足了。（同下。）

第三场　同前。凯普莱特家中一室

凯普莱特夫人及乳媪上。

凯普莱特夫人　　奶妈，我的女儿呢？叫她出来见我。

乳媪　　凭着我十二岁时候的童贞发誓，我早就叫过她了。喂，小绵羊！喂，小鸟儿！上帝保佑！这孩子到什么地方去啦？喂，朱丽叶！

朱丽叶上。

朱丽叶　　什么事？谁叫我？

乳媪　　你的母亲。

朱丽叶　　母亲，我来了。您有什么吩咐？

凯普莱特夫人　　是这么一件事。奶妈，你出去一会儿。我们要谈些秘密的话——奶妈，你回来吧；我想起来了，你也应当听听我们的谈话。你知道我的女儿年纪也不算怎么小啦。

乳媪　　对啊，我把她的生辰记得清清楚楚的。

凯普莱特夫人　　她现在还不满十四岁。

乳媪　我可以用我的十四颗牙齿打赌——唉，说来伤心，我的牙齿掉得只剩四颗啦——她还没有满十四岁呢。现在离收获节还有多久？

凯普莱特夫人　两个星期多一点。

乳媪　不多不少，不先不后，到收获节的晚上她才满十四岁。苏珊跟她同年——上帝安息一切基督徒的灵魂！唉！苏珊是跟上帝在一起啦，我命里不该有这样一个孩子。可是我说过的，到收获节的晚上，她就要满十四岁啦；正是，一点不错，我记得清清楚楚的。从地震那一年到现在，已经十一年啦；那时候她已经断了奶，我永远不会忘记，不先不后，刚巧在那一天；因为我在那时候用艾叶涂在奶头上，坐在鸽棚下面晒着太阳；那时候老爷跟您都在曼多亚。瞧，我的记性可不算坏。可是我说的，她一尝到我奶头上的艾叶的味道，觉得变苦啦，哎哟，这可爱的小傻瓜！她就发起脾气来，把奶头咬开啦。那时候地震，鸽棚都在摇动呢。这个说来话长，算来也有十一年啦；后来她就慢慢地会一个人站得直挺挺的，还会摇呀摆地到处乱跑，就是在她跌破额角的那一天，我那去世的丈夫——上帝安息他的灵魂，他是个喜欢说说笑笑的人——把这孩子抱了起来。“啊！”他说，“你往前扑了吗？等你年纪一大，你就要往后仰了；是不是呀，朱丽？”谁知道这个可爱的坏东西忽然停住了哭声，说：“嗯。”哎哟，真把人都笑死了！要是我活到一千岁，我也不会忘记这句话。“是不是呀，朱丽？”他说；这可爱的小傻瓜就停住了哭声，说：“嗯。”

凯普莱特夫人　得了得了，请你别说下去了吧。

乳媪　是，太太。可是我一想到她会停住了哭说“嗯”，就禁不住笑起来。不说假话，她额角上肿起了像小雄鸡的睾丸那么大的一个包哩；她痛得放声大哭；“啊！”我的丈夫说，“你往前扑了吗？等你年纪一大，你就要往后仰了；是不是呀，朱丽？”她就停住了哭声，说：“嗯。”

朱丽叶　我说，奶妈，你也可以停住嘴了。

乳媪　好，我不说啦，我不说啦。上帝保佑你！你是在我手里抚养长大的一个最可爱的小宝贝；要是我能够活到有一天瞧着你嫁了出去，也算了结我的一桩心愿啦。

凯普莱特夫人　是呀，我现在就是要谈起她的亲事。朱丽叶，我的孩子，告诉我，要是现在把你嫁了出去，你觉得怎么样？

朱丽叶　这是我做梦也没有想到过的一件荣誉。

乳媪　一件荣誉！倘不是你只有我这一个奶妈，我一定要说你的聪明是从奶头上得来的。

凯普莱特夫人　好，现在你把婚姻问题考虑考虑吧。在这维洛那城里，比你再年轻点儿的千金小姐们，都已经做了母亲啦。就拿我来说吧，我在你现在这样的年纪，也已经生下了你。废话用不着多说，年少英俊的帕里斯已经来向你求过婚啦。

乳媪　真是一位好官人，小姐！像这样的一个男人，小姐，真是天下少有。哎哟！他真是一位十全十美的好郎君。

凯普莱特夫人　维洛那的夏天找不到这样一朵好花。

乳媪　是啊，他是一朵花，真是一朵好花。

凯普莱特夫人　你怎么说？你能不能喜欢这个绅士？今晚上在我们家里的宴会上，你就可以看见他。从年轻的帕里斯的脸上，你可以读到用秀美的笔写成的迷人诗句；一根根齐整的线条，交织成整个一幅谐和的图画；要是你想探索这一卷美好的书中的奥秘，在他的眼角上可以找到微妙的诠释。这本珍贵的恋爱的经典，只缺少一帧可以使它相得益彰的封面；正像游鱼需要活水，美妙的内容也少不了美妙的外表陪衬。记载着金科玉律的宝籍，锁合在漆金的封面里，它的辉煌富丽为众目所共见；要是你做了他的封面，那么他所有的一切都属于你所有了。

乳媪　何止如此！我们女人有了男人就富足了。

凯普莱特夫人　简简单单地回答我，你能够接受帕里斯的爱吗？

朱丽叶　要是我看见了他以后，能够发生好感，那么我是准备喜欢他的。可是我的眼光的飞箭，倘然没有得到您的允许，是不敢大胆发射出去的呢。

一仆人上。

仆人　太太，客人都来了，餐席已经摆好了，请您跟小姐快些出去。大家在厨房里埋怨着奶妈，什么都乱成一团。我要侍候客人去；请您马上就来。

凯普莱特夫人　我们就来了。朱丽叶，那伯爵在等着呢。

乳媪　去，孩子，快去找天天欢乐，夜夜良宵。（同下。）

第四场　同前。街道

罗密欧、茂丘西奥、班伏里奥及五六人或戴假面或持火炬上。

罗密欧　怎么！我们就用这一番话作为我们的进身之阶呢，还是就这么昂然直入，不说一句道歉的话？

班伏里奥　这种虚文俗套，现在早就不流行了。我们用不着蒙着眼睛的丘匹德，背着一张花漆的木弓，像个稻草人似的去吓那些娘儿们；也用不着跟着提示的人一句一句念那从书上默诵出来的登场白；随他们把我们认作什么人，我们只要跳一回舞，走了就完啦。

罗密欧　给我一个火炬，我不喜欢跳舞。我的阴沉的心需要光明。

茂丘西奥　不好，罗密欧，我们一定要你陪着我们跳舞。

罗密欧　我实在不能跳。你们都有轻快的舞鞋；我只有一个铅一样重的灵魂，把我的身体紧紧地钉在地上，使我的脚步不能移动。

茂丘西奥　你是一个恋人，你就借着丘匹德的翅膀，高高地飞起来吧。

罗密欧　他的羽镞已经穿透我的胸膛，我不能借着他的羽翼高翔；他束缚住了我整个的灵魂，爱的重担压得我向下坠沉，跳不出烦恼去。

茂丘西奥　爱是一件温柔的东西，要是你拖着它一起沉下去，那未免太难为它了。

罗密欧　　爱是温柔的吗？它是太粗暴、太专横、太野蛮了；它像荆棘一样刺人。

茂丘西奥　　要是爱情虐待了你，你也可以虐待爱情；它刺痛了你，你也可以刺痛它；这样你就可以战胜爱情。给我一个面具，让我把我的尊容藏起来；（戴假面）哎哟，好难看的鬼脸！再给我拿一个面具来把它罩住吧。也罢，就让人家笑我丑，也有这一张鬼脸替我遮羞。

班伏里奥　　来，敲门进去；大家一进门，就跳起舞来。

罗密欧　　拿一个火炬给我。让那些无忧无虑的公子哥儿们去卖弄他们的舞步吧；莫怪我说句老气横秋的话，我对于这种玩意儿实在敬谢不敏，还是作个壁上旁观的人吧。

茂丘西奥　　胡说！要是你已经没头没脑深陷在恋爱的泥沼里——恕我说这样的话——那么我们一定要拉你出来。来来来，我们别白昼点灯浪费光阴啦！

罗密欧　　我们并没有白昼点灯。

茂丘西奥　　我的意思是说，我们耽误时光，好比白昼点灯一样。我们没有恶意，我们还有五个官能，可以有五倍的观察能力呢。

罗密欧　　我们去参加他们的舞会也无恶意，只怕不是一件聪明的事。

茂丘西奥　　为什么？请问。

罗密欧　　昨天晚上我做了一个梦。

茂丘西奥　　我也做了一个梦。

罗密欧　　好，你做了什么梦？

茂丘西奥　我梦见做梦的人老是说谎。

罗密欧　一个人在睡梦里往往可以见到真实的事情。

茂丘西奥　啊！那么春梦婆一定来望过你了。

班伏里奥　春梦婆！她是谁？

茂丘西奥　她是精灵们的稳婆；她的身体只有郡吏手指上一颗玛瑙那么大；几匹蚂蚁大小的细马替她拖着车子，越过酣睡的人们的鼻梁，她的车辐是用蜘蛛的长脚做成的；车篷是蚱蜢的翅膀；挽索是小蜘蛛丝，颈带如水的月光；马鞭是蟋蟀的骨头；缰绳是天际的游丝。替她驾车的是一只小小的灰色的蚊虫，它的大小还不及从一个贪懒丫头的指尖上挑出来的懒虫的一半。她的车子是野蚕用一个榛子的空壳替她造成的，它们从古以来，就是精灵们的车匠。她每夜驱着这样的车子，穿过情人们的脑中，他们就会在梦里谈情说爱；经过官员们的膝上，他们就会在梦里打躬作揖；经过律师们的手指，他们就会在梦里伸手讨讼费；经过娘儿们的嘴唇，她们就会在梦里跟人家接吻，可是因为春梦婆讨厌她们嘴里吐出来的糖果的气息，往往罚她们满嘴长着水泡。有时奔驰过廷臣的鼻子，他就会在梦里寻找好差事；有时她从捐献给教会的猪身上拔下它的尾巴来，撩拨着一个牧师的鼻孔，他就会梦见自己又领到一份俸禄；有时她绕过一个兵士的颈项，他就会梦见杀敌人的头，进攻、埋伏、锐利的剑锋、淋漓的痛饮——忽然被耳边的鼓声惊醒，咒骂了几句，又翻了个身睡去了。就是这一个春梦婆在夜里把马鬣打成了辫子，把懒女人的龌龊的乱发烘成一处处胶粘的硬块，倘然把它们梳通了，就要遭逢祸事；就是这个婆子在人家女孩子们仰面睡觉的时候，压在她们的身上，教会她们怎样养儿子；就是她……

罗密欧　得啦，得啦，茂丘西奥，别说啦！你全然在那儿痴人说梦。

茂丘西奥　对了，梦本来是痴人脑中的胡思乱想；它的本质像空气一样稀薄；它的变化莫测，就像一阵风，刚才还在向着冰雪的北方求爱，忽然发起恼来，一转身又到雨露的南方来了。

班伏里奥　你讲起的这一阵风，不知把我们自己吹到哪儿去了。人家晚饭都用过了，我们进去怕太晚啦。

罗密欧　我怕也许是太早了；我仿佛觉得有一种不可知的命运，将要从我们今天晚上的狂欢开始它的恐怖的统治，我这可憎恨的生命，将要遭遇残酷的夭折而告一段落。可是让支配我的前途的上帝指导我的行动吧！前进，快活的朋友们！

班伏里奥　来，把鼓擂起来。（同下。）

第五场　同前。凯普莱特家中厅堂

乐工各持乐器等候；众仆上。

仆甲　卜得潘呢？他怎么不来帮忙把这些盘子拿下去？他不愿意搬碟子！他不愿意揩砧板！

仆乙　一切事情都交给一两个人管，叫他们连洗手的工夫都没有，这真糟糕！

仆甲　把折凳拿进去，把食器架搬开，留心打碎盘子。好兄弟，留一块杏仁酥给我；谢谢你去叫那管门的让苏珊跟耐儿进来。安东尼！卜得潘！

仆乙　哦，兄弟，我在这儿。

仆甲　里头在找着你，叫着你，问着你，到处寻着你。

仆丙　我们可不能一身分两处呀。

仆乙　来，孩子们，大家出力！（众仆退后。）

凯普莱特、朱丽叶及其家族等自一方上；众宾客及假面跳舞者等自另一方上，相遇。

凯普莱特　诸位朋友，欢迎欢迎！足趾上不生茧子的小姐太太们要跟你们跳一回舞呢。啊哈！我的小姐们，你们中间现在有什么人不愿意跳舞？我可以发誓，谁要是推三阻四的，一定脚上长着老大的茧子；果然给我猜中了吗？诸位朋友，欢迎欢迎！我从前也曾经戴过假面，在一个标致姑娘的耳朵旁边讲些使得她心花怒放的话儿；这种时代现在是过去了，过去了，过去了。诸位朋友，欢迎欢迎！来，乐工们，奏起音乐来吧。站开些！站开些！让出地方来。姑娘们，跳起来吧。（奏乐；众开始跳舞）混蛋，把灯点亮一点，把桌子一起搬掉，把火炉熄了，这屋子里太热啦。啊，好小子！这才玩得高兴。啊！请坐，请坐，好兄弟，我们两人现在是跳不起来了；您还记得我们最后一次戴着假面跳舞是在什么时候吗？

凯普莱特族人　这话说来也有三十年啦。

凯普莱特　什么，兄弟！没有这么久，没有这么久；那是在路森修结婚的那年，大概离现在有二十五年的样子，我们曾经跳过一次。

凯普莱特族人　不止了，不止了；大哥，他的儿子也有三十岁啦。

凯普莱特　我难道不知道吗？他的儿子两年以前还没有成年哩。

罗密欧　搀着那位骑士的手的那位小姐是谁？

仆人　我不知道，先生。

罗密欧　啊！火炬远不及她的明亮；
她皎然悬在暮天的颊上，
像黑奴耳边璀璨的珠环；
她是天上明珠降落人间！
瞧她随着女伴进退周旋，
像鸦群中一头白鸽蹁跹。
我要等舞阑后追随左右，
握一握她那纤纤的素手。
我从前的恋爱是假非真，
今晚才遇见绝世的佳人！

提伯尔特　听这个人的声音，好像是一个蒙太古家里的人。孩子，拿我的剑来。哼！这不知死活的奴才，竟敢套着一个鬼脸，到这儿来嘲笑我们的盛会吗？为了保持凯普莱特家族的光荣，我把他杀死了也不算罪过。

凯普莱特　哎哟，怎么，侄儿！你怎么动起怒来啦？

提伯尔特　姑父，这是我们的仇家蒙太古家里的人；这贼子今天晚上到这儿来，一定不怀好意，存心来捣乱我们的盛会。

凯普莱特　他是罗密欧那小子吗？

提伯尔特　　正是他，正是罗密欧这小杂种。

凯普莱特　　别生气，好侄儿，让他去吧。瞧他的举动倒也规规矩矩；说句老实话，在维洛那城里，他也算得上一个品行很好的青年。我无论如何不愿意在我自己的家里跟他闹事。你还是耐着性子，别理他吧。我的意思就是这样，你要是听我的话，赶快收下了怒容，和和气气的，不要打断大家的兴致。

提伯尔特　　这样一个贼子也来做我们的宾客，我怎么不生气？我不能容他在这儿放肆。

凯普莱特　　不容也得容；哼，目无尊长的孩子！我偏要容他。嘿！谁是这里的主人？是你还是我？嘿！你容不得他！什么话！你要当着这些客人的面吵闹吗？你不服气！你要充好汉！

提伯尔特　　姑父，咱们不能忍受这样的耻辱。

凯普莱特　　得啦，得啦，你真是一点规矩都不懂——是真的吗？您也许不喜欢这个调调儿——我知道你一定要跟我闹别扭！——说得很好，我的好人儿——你是个放肆的孩子；去，别闹！不然的话——把灯再点亮些！把灯再点亮些！——不害臊的！我要叫你闭嘴——啊！痛痛快快地玩一下，我的好人儿们！

提伯尔特　　我这满腔怒火偏给他浇下一盆冷水，好教我气得浑身哆嗦。我且退下去；可是今天由他闯进了咱们的屋子，看他会不会有一天得意反成后悔。（下。）

罗密欧　　（向朱丽叶）

要是我这俗手上的尘污

亵渎了你神圣的庙宇，
这两片嘴唇，含羞的信徒，
愿意用一吻乞求你宥恕。

朱丽叶　信徒，莫把你的手儿侮辱，
这样才是最虔诚的礼敬；
神明的手本许信徒接触，
掌心的密合远胜如亲吻。

罗密欧　生下了嘴唇有什么用处？

朱丽叶　信徒的嘴唇要祷告神明。

罗密欧　那么我要祈求你的允许，
让手的工作交给嘴唇。

朱丽叶　你的祷告已蒙神明允准。

罗密欧　神明，请容我把殊恩受领。（吻朱丽叶。）
这一吻涤清了我的罪孽。

朱丽叶　你的罪却沾上我的唇间。

罗密欧　啊，我的唇间有罪？感谢你精心的指摘！让我收回吧。

朱丽叶　你可以亲一下《圣经》。

乳媪　小姐，你妈要跟你说话。

罗密欧　谁是她的母亲？

乳媪　小官人，她的母亲就是这儿府上的太太，她是个好太太，又聪明，又贤德；我替她抚养她的女儿，就是刚才跟您说话的那个；告诉您吧，谁要是娶了她去，才发财咧。

罗密欧　她是凯普莱特家里的人吗？哎哟！我的生死现在操在我仇人的手里了！

班伏里奥　　去吧，跳舞快要完啦。

罗密欧　　是的，我只怕盛筵易散，良会难逢。

凯普莱特　　不，列位，请慢点儿去；我们还要请你们稍微用一点茶点。真要走吗？那么谢谢你们；各位朋友，谢谢，谢谢，再会！再会！再拿几个火把来！来，我们去睡吧。啊，好小子！天真是不早了；我要去休息一会儿。（除朱丽叶及乳媪外俱下。）

朱丽叶　　过来，奶妈。那边的那位绅士是谁？

乳媪　　提伯里奥那老头儿的儿子。

朱丽叶　　现在跑出去的那个人是谁？

乳媪　　呃，我想他就是那个年轻的彼特鲁乔。

朱丽叶　　那个跟在人家后面不跳舞的人是谁？

乳媪　　我不认识。

朱丽叶　　去问他叫什么名字——要是他已经结过婚，那么坟墓便是我的婚床。

乳媪　　他的名字叫罗密欧，是蒙太古家里的人，咱们仇家的独子。

朱丽叶　　恨灰中燃起了爱火融融，
要是不该相识，何必相逢！
昨天的仇敌，今日的情人，
这场恋爱怕要种下祸根。

乳媪　　你在说什么？你在说什么？

朱丽叶　　那是刚才一个陪我跳舞的人教给我的几句诗。（内呼，“朱丽叶！”）

乳媪　　就来，就来！来，咱们去吧；客人们都已经散了。（同下。）

开场诗

致辞者上。

旧日的温情已尽付东流，
新生的爱恋正如日初上；
为了朱丽叶的绝世温柔，
忘却了曾为谁魂思梦想。
罗密欧爱着她媚人容貌，
把一片痴心呈献给仇雠；
朱丽叶恋着他风流才调，
甘愿被香饵钓上了金钩。
只恨解不开的世仇宿怨，
这段山海深情向谁申诉？
幽闺中锁住了桃花人面，
要相见除非是梦魂来去。
可是热情总会战胜辛艰，
苦味中间才有无限甘甜。（下。）

第二幕

第一场　维洛那。凯普莱特花园墙外的小巷

罗密欧上。

罗密欧　我的心还逗留在这里，我能够就这样掉头回去吗？转回去，你这无精打采的身子，去找寻你的灵魂吧。（攀登墙上，跳入墙内。）

班伏里奥及茂丘西奥上。

班伏里奥　罗密欧！罗密欧兄弟！

茂丘西奥　他是个乖巧的家伙；我说他一定溜回家去睡了。

班伏里奥　他往这条路上跑，一定跳进这花园的墙里去了。好茂丘西奥，你叫叫他吧。

茂丘西奥　不，我还要念咒喊他出来呢。罗密欧！痴人！疯子！恋人！情郎！快快化作一声叹息出来吧！我不要你多说什

么，只要你念一行诗，叹一口气，把咱们那位维纳斯奶奶恭维两句，替她的瞎眼儿子丘匹德少爷取个绰号，这位小爱神真是个神弓手，竟让国王爱上了叫化子的女儿！他没有听见，他没有作声，他没有动静；这猴崽子难道死了吗？待我咒他的鬼魂出来。凭着罗瑟琳的光明的眼睛，凭着她的高额角，她的红嘴唇，她的玲珑的脚，挺直的小腿，弹性的大腿和大腿附近的那一部分，凭着这一切的名义，赶快给我现出真形来吧！

班伏里奥　他要是听见了，一定会生气的。

茂丘西奥　这不至于叫他生气；他要是生气，除非是气得他在他情人的圈儿里唤起一个异样的妖精，由它在那儿昂然直立，直等她降伏了它，并使它低下头来；那样做的话，才是怀着恶意呢；我的咒语却很正当，我无非凭着他情人的名字唤他出来罢了。

班伏里奥　来，他已经躲到树丛里，跟那多露水的黑夜做伴去了；爱情本来是盲目的，让他在黑暗里摸索去吧。

茂丘西奥　爱情如果是盲目的，就射不中靶。此刻他该坐在枇杷树下了，希望他的情人就是他口中的枇杷——啊，罗密欧，但愿，但愿她真的成了你到口的枇杷！罗密欧，晚安！我要上床睡觉去；这草地上太冷啦，我可受不了。来，咱们走吧。

班伏里奥　好，走吧；他要避着我们，找他也是白费辛勤。（同下。）

第二场　同前。凯普莱特家的花园

罗密欧上。

罗密欧　没有受过伤的才会讥笑别人身上的创痕。（朱丽叶自上方窗户中出现。）轻声！那边窗子里亮起来的是什么光？那就是东方，朱丽叶就是太阳！起来吧，美丽的太阳！赶走那妒忌的月亮，她因为她的女弟子比她美得多，已经气得面色惨白了。既然她这样妒忌着你，你不要忠于她吧；脱下她给你的这一身惨绿色的贞女的道服，它是只配给愚人穿的。那是我的意中人；啊！那是我的爱；唉，但愿她知道我在爱着她！她欲言又止，可是她的眼睛已经道出了她的心事。待我去回答她吧；不，我不要太鲁莽，她不是对我说话。天上两颗最灿烂的星，因为有事他去，请求她的眼睛替代它们在空中闪耀。要是她的眼睛变成了天上的星，天上的星变成了她的眼睛，那会怎样呢？她脸上的光辉会掩盖了星星的明亮，正像灯光在朝阳下黯然失色一样；在天上的她的眼睛，会在太空中大放光明，使鸟儿误认为黑夜已经过去而唱出它们的歌声。瞧！她用纤手托住了脸，那姿态是多么美妙！啊，但愿我是那一只手上的手套，好让我亲一亲她脸上的香泽！

朱丽叶　唉！

罗密欧　她说话了。啊！再说下去吧，光明的天使！因为我在这夜色之中仰视着你，就像一个尘世的凡人，张大了出神的眼睛，瞻望着一个生着翅膀的天使，驾着白云缓缓地驰过了天空一样。

朱丽叶　罗密欧啊，罗密欧！为什么你偏偏是罗密欧呢？否认你的父亲，抛弃你的姓名吧；也许你不愿意这样做，那么只要你宣誓做我的爱人，我也不愿再姓凯普莱特了。

罗密欧　（旁白）我是继续听下去呢，还是现在就对她说话？

朱丽叶　只有你的名字才是我的仇敌；你即使不姓蒙太古，仍然是这样的一个你。姓不姓蒙太古又有什么关系呢？它又不是手，又不是脚，又不是手臂，又不是脸，又不是身体上任何其他的部分。啊！换一个姓名吧！姓名本来是没有意义的；我们叫做玫瑰的这一种花，要是换了个名字，它的香味还是同样的芬芳；罗密欧要是换了别的名字，他可爱的完美也绝不会有丝毫改变。罗密欧，抛弃你的名字吧；我愿意把我整个的心灵，赔偿你这一个身外的空名。

罗密欧　那么我就听你的话，你只要叫我做爱，我就重新受洗，重新命名；从今以后，永远不再叫罗密欧了。

朱丽叶　你是什么人，在黑夜里躲躲闪闪地偷听人家的话？

罗密欧　我没法告诉你我叫什么名字。敬爱的神明，我痛恨我自己的名字，因为它是你的仇敌；要是把它写在纸上，我一定把这几个字撕得粉碎。

朱丽叶　我的耳朵里还没有灌进从你嘴里吐出来的一百个字，可是我认识你的声音；你不是罗密欧，蒙太古家里的人吗？

罗密欧　不是，美人，要是你不喜欢这个名字。

朱丽叶　告诉我，你怎么会到这儿来，为什么到这儿来？花园的墙这么高，是不容易爬上来的；要是我家里的人瞧见你在这儿，他们一定不让你活命。

罗密欧　我借着爱的轻翼飞过园墙，因为砖石的墙垣是不能把爱情阻隔的；爱情的力量所能够做到的事，它都会冒险尝试，所以我不怕你家里人的干涉。

朱丽叶　要是他们瞧见了你，一定会把你杀死的。

罗密欧　唉！你的眼睛比他们二十柄刀剑还厉害；只要你用温柔的眼光看着我，他们就不能伤害我的身体。

朱丽叶　我怎么也不愿让他们瞧见你在这儿。

罗密欧　朦胧的夜色可以替我遮过他们的眼睛。只要你爱我，就让他们瞧见我吧；与其因为得不到你的爱情而在这世上捱命，还不如在仇人的刀剑下丧生。

朱丽叶　谁叫你找到这儿来的?

罗密欧　爱情怂恿我探听出这一个地方；他替我出主意，我借给他眼睛。我不会操舟驾舵，可是倘使你在辽远辽远的海滨，我也会冒着风波寻访你这颗珍宝。

朱丽叶　幸亏黑夜替我罩上了一重面幕，否则因为我刚才被你听去的话，你一定可以看见我脸上羞愧的红晕。我真想遵守礼法，否认已经说过的言语，可是这是些虚文俗礼，现在只好对一切置之不顾了！你爱我吗？我知道你一定会说“是的”；我也一定会相信你的话；可是也许你起的誓只是一个谎，人家说，对于恋人们的寒盟背信，天神是一笑置之的。温柔的罗密欧啊！你要是真的爱我，就请你诚意告诉我；你要是嫌我太容易降心相从，我也会堆起怒容，装出倔强的神气，拒绝你的好意，好让你向我婉转求情，否则我是无论如何也不会拒绝你的。俊秀的蒙太古啊，我真的太痴心了，所以也许你会觉得我的举动有点轻浮；可是相信我，朋友，总有一天你会知道我的忠心远胜过那些善于矜持作态的人。我必须承认，倘不是你乘我不备的时候偷听去了我的真情表白，我一定会更加矜持一点的；所以原谅我吧，是黑夜泄漏了我心底的秘密，不要把我的允诺看作无耻的轻狂。

罗密欧　姑娘，凭着这一轮皎洁的月亮，它的银光涂染着这些果树的梢端，我发誓……

朱丽叶　啊！不要指着月亮起誓，它是变化无常的，每个月都有盈亏圆缺；你要是指着它起誓，也许你的爱情也会像它一样无常。

罗密欧　那么我指着什么起誓呢？

朱丽叶　不用起誓吧；或者要是你愿意的话，就凭着你优美的自身起誓，那是我所崇拜的偶像，我一定会相信你的。

罗密欧　要是我的出自深心的爱情……

朱丽叶　好，别起誓啦。我虽然喜欢你，却不喜欢今天晚上的密约；它太仓促、太轻率、太出人意料了，正像一闪电光，等不及人家开一声口，已经消隐了下去。好人，再会吧！这一朵爱的蓓蕾，靠着夏天的暖风的吹拂，也许会在我们下次相见的时候，开出鲜艳的花来。晚安，晚安！但愿恬静的安息同样降临到你我两人的心头！

罗密欧　啊！你就这样离我而去，不给我一点满足吗？

朱丽叶　你今夜还要什么满足呢？

罗密欧　　你还没有把你的爱情的忠实盟誓跟我交换。

朱丽叶　　在你没有要求以前，我已经把我的爱给了你；可是我倒愿意重新给你。

罗密欧　　你要把它收回去吗？为什么呢，爱人？

朱丽叶　　为了表示我的慷慨，我要把它重新给你。可是我只愿意要我已有的东西：我的慷慨像海一样浩渺，我的爱情也像海一样深沉；我给你的越多，我自己也越是富有，因为这两者都是没有穷尽的。（乳媪在内呼唤）我听见里面有人在叫；亲爱的，再会吧——就来了，好奶妈——亲爱的蒙太古，愿你不要负心。再等一会儿，我就会来的。（自上方下。）

罗密欧　　幸福的，幸福的夜啊！我怕我只是在晚上做了一个梦，这样美满的事不会是真实的。

朱丽叶自上方重上。

朱丽叶　　亲爱的罗密欧，再说三句话，我们真的要再会了。要是你的爱情的确是光明正大的，你的目的是在于婚姻，那么明天我会叫一个人到你的地方去，请你叫他带一个信给我，告诉我你愿意在什么地方、什么时候举行婚礼；我就会把我的整个命运交托给你，把你当作我的主人，跟随你到天涯海角。

乳媪　　（在内）小姐！

朱丽叶　　就来——可是你要是没有诚意，那么我请求你……

乳媪　　（在内）小姐！

朱丽叶　　等一等，我来了——停止你的求爱，让我一个人独自伤心吧。明天我就叫人去看你。

罗密欧　凭着我的灵魂……

朱丽叶　一千次的晚安！（自上方下。）

罗密欧　晚上没有你的光，我只有一千次的心伤！恋爱的人去赴他情人的约会，像一个放学归来的儿童；可是当他和情人分别的时候，却像上学去一般满脸懊丧。（退后。）

朱丽叶自上方重上。

朱丽叶　嘘！罗密欧！嘘！唉！我希望我会发出呼鹰的声音，招这只鹰儿回来。我不能高声说话，否则我要让我的喊声传进科厄[①]的洞穴，让她无形的喉咙因为反复叫喊我的罗密欧的名字而变得嘶哑。

罗密欧　那是我的灵魂在叫喊着我的名字。恋人的声音在晚间多么清婉，听上去就像最柔和的音乐！

朱丽叶　罗密欧！

罗密欧　我的爱！

朱丽叶　明天我应该在什么时候叫人去看你？

罗密欧　就在九点钟吧。

朱丽叶　我一定不失信；挨到那个时候，该有二十年那么长久！我记不起为什么要叫你回来了。

罗密欧　让我站在这儿，等你记起了告诉我。

朱丽叶　你这样站在我的面前，我一心想着多么爱跟你在一块儿，一定永远记不起来了。

---

① 厄科（Echo），是希腊神话中的仙女，因爱恋美少年那耳喀索斯不遂而形消体灭，化为山谷中的回声。

罗密欧　　那么我就永远等在这儿，让你永远记不起来，忘记除了这里以外还有什么家。

朱丽叶　　天快要亮了；我希望你快回去；可是我就好比一个淘气的女孩子，像放走一个囚犯似的让她心爱的鸟儿暂时跳出她的掌心，又用一根丝线把它拉了回来，爱的私心使她不愿意给它自由。

罗密欧　　我宁愿是你的鸟儿。

朱丽叶　　好人，我也但愿这样；可是我怕你会死在我过分的爱抚里。晚安！晚安！离别是这样甜蜜的凄清，我真要向你道晚安直到天明！（下。）

罗密欧　　但愿睡眠合上你的眼睛！
但愿平静安息我的心灵！
我如今要去向神父求教，
把今宵的艳遇诉他知晓。（下。）

第三场　同前。劳伦斯神父的寺院

劳伦斯神父携篮上。

劳伦斯　　黎明笑向着含愠的残宵，
金鳞浮上了东方的天梢；
看赤轮驱走了片片乌云，
像一群醉汉向四处狂奔。
趁太阳还没有睁开火眼，
晒干深夜里的涔涔露点，

我待要采摘下满箧盈筐，
毒草灵葩充实我的青囊。
大地是生化万类的慈母，
她又是掩藏群生的坟墓，
试看她无所不载的胸怀，
哺乳着多少的姹女婴孩！
天生下的万物没有弃掷，
什么都有它各自的特色，
石块的冥顽，草木的无知，
都含着玄妙的造化生机。
莫看那蠢蠢的恶木莠蔓，
对世间都有它特殊贡献；
即使最纯良的美谷嘉禾，
用得失当也会害性戕躯。
美德的误用会变成罪过，
罪恶有时反会造成善果。
这一朵有毒的弱蕊纤苞，
也会把淹煎的痼疾医疗；
它的香味可以祛除百病，
吃下腹中却会昏迷不醒。
草木和人心并没有不同，
各自有善意和恶念争雄；
恶的势力倘然占了上风，
死便会蛀蚀进它的心中。

罗密欧上。

罗密欧　早安，神父。

劳伦斯　上帝祝福你！是谁温柔的声音这么早就在叫我？孩子，你一早起身，一定有什么心事。老年人因为多忧多虑，往往容易失眠，可是身心壮健的青年，一上了床就应该酣然入睡；所以你的早起，倘不是因为有什么烦恼，一定是昨夜没有睡过觉。

罗密欧　你的第二个猜测是对的；我昨夜享受到比睡眠更甜蜜的安息。

劳伦斯　上帝饶恕我们的罪恶！你是跟罗瑟琳在一起吗？

罗密欧　跟罗瑟琳在一起，我的神父？不，我已经忘记了那一个名字，和那个名字所带来的烦恼。

劳伦斯　那才是我的好孩子；可是你究竟到什么地方去了？

罗密欧　我愿意在你没有问我第二遍以前告诉你。昨天晚上我跟我的仇敌在一起宴会，突然有一个人伤害了我，同时她也被我伤害了；只有你的帮助和你的圣药，能医治我们两人的重伤。神父，我并不怨恨我的敌人，瞧，我来向你请求的事，不单为了我自己，也同样为了她。

劳伦斯　好孩子，说明白一点，把你的意思老老实实告诉我，别打哑谜了。

罗密欧　那么老实告诉你吧，我心底的一往情深，已经完全倾注在凯普莱特美丽的女儿身上了。她也同样爱着我；一切都完全定当了，只要你肯替我们主持神圣的婚礼。我们在什么时候遇见，在什么地方求爱，怎样彼此交换盟誓，这一切我都可以慢慢告诉你；可是无论如何，请你一定答应就在今天替我们成婚。

劳伦斯　圣芳济啊！多么快的变化！难道你所深爱的罗瑟琳，就这样一下子被你抛弃了吗？这样看来，年轻人的爱情，都是见异思迁，不是发于真心的。耶稣，马利亚！你因为罗瑟琳的缘故，曾经用多少眼泪洗过你消瘦的面庞！为了给无味的爱情添加一点辛酸的味道，曾经浪费掉多少咸水！太阳还没有扫清你吐向苍穹的怨气，我这龙钟的耳朵里还留着你往日的呻吟！瞧！就在你自己的颊上，还剩着一丝不曾揩去的旧时的泪痕。要是你不曾变了一个人，这些悲哀都是你真实的情感，那么你是罗瑟琳的，这些悲哀也是为罗瑟琳而发的；难道你现在已经变心了吗？男人既然这样没有恒心，那就莫怪女人家朝三暮四了。

罗密欧　你常常因为我爱罗瑟琳而责备我。

劳伦斯　我的学生，我不是说你不该恋爱，我只叫你不要因为恋爱而发痴。

罗密欧　你又叫我把爱情埋葬在坟墓里。

劳伦斯　我没有叫你把旧的爱情埋葬了，再去另找新欢。

罗密欧　请你不要责备我；我现在所爱的她，跟我心心相印，不像上回那个。

劳伦斯　啊，罗瑟琳知道你对她的爱情完全抄着人云亦云的老调，你还没有读过恋爱入门的一课哩。可是来吧，朝三暮四的青年，跟我来；为了一个理由，我愿意助你一臂之力：因为你们的结合也许会使你们两家释嫌修好，那就是天大的幸事了。

罗密欧　　啊！我们就去吧，我巴不得越快越好。

劳伦斯　　凡事三思而行；跑得太快是会滑倒的。（同下。）

第四场　同前。街道

班伏里奥及茂丘西奥上。

茂丘西奥　　见鬼的，这罗密欧究竟到哪儿去了？他昨天晚上没有回家吗？

班伏里奥　　没有，我问过他的仆人了。

茂丘西奥　　哎哟！那个白面孔狠心肠的女人，那个罗瑟琳，一定把他虐待得要发疯了。

班伏里奥　　提伯尔特，凯普莱特那老头子的亲戚，将一封信送到了他父亲那里。

茂丘西奥　　一定是一封挑战书。

班伏里奥　　罗密欧一定会给他一个答复。

茂丘西奥　　只要会写几个字，谁都会写一封复信。

班伏里奥　　不，我说他一定会接受他的挑战。

茂丘西奥　　唉！可怜的罗密欧！他已经死了，一个白女人的黑眼睛戳破了他的心；一支恋歌穿过了他的耳朵；瞎眼的丘匹德的箭已将他当胸射中；他现在还能够抵得住提伯尔特吗？

班伏里奥　　提伯尔特是个什么人？

茂丘西奥　　我可以告诉你，他不是个寻常的阿猫阿狗。啊！他是个胆大心细、剑法高明的人。他跟人打起架来，就像照着乐谱唱歌一样，一板一眼都不放松，一秒钟的停顿，然后一、二、三，刺进人家的胸膛；他全然是个穿礼服的屠夫，一个决斗的专家，一个名门贵胄，一个击剑能手。啊！那了不得的侧击！那反击！那直中要害的一剑！

班伏里奥　那什么？

茂丘西奥　那些怪模怪样、扭扭捏捏的装腔作势，说起话来怪声怪气的荒唐鬼的对头。他们只会说，“耶稣哪，好一柄锋利的刀子！”——好一个高大的汉子，好一个风流的婊子！嘿，我的老爷子，咱们中间有这么一群不知从哪儿飞来的苍蝇，这一群满嘴法国话的时髦人，他们因为趋新好异，坐在一张旧凳子上也会不舒服，这不是一件可以痛哭流涕的事吗？

罗密欧上。

班伏里奥　罗密欧来了，罗密欧来了。

茂丘西奥　瞧他孤零零的神气，倒像一条风干的咸鱼。啊，你这块肉呀，你是怎样变成了鱼的！现在他又要念起彼特拉克[1]的诗句来了：罗拉比起他的情人来不过是个灶下的丫头，虽然她有一个会做诗的爱人；狄多是个蓬头垢面的村妇；克莉奥佩屈拉是个吉卜赛姑娘；海伦、希罗都是下流的娼妓；提斯柏也许有一双美丽的灰色眼睛，可是也不配跟他的情人相提并论。罗密欧先生，给你个法国式的敬礼！昨天晚上你和我们开了多大的一个玩笑哪。

---

① 彼特拉克（Petrarch，1304—1374），意大利诗人，他的作品有很多是歌颂他终身的爱人罗拉的。

罗密欧　　两位大哥早安！昨晚我开了什么玩笑？

茂丘西奥　　你昨天晚上逃走得好；装什么假？

罗密欧　　对不起，茂丘西奥，我当时有一件很重要的事情，在那情况下我只好失礼了。

茂丘西奥　　这就是说，在那情况下，你不得不屈一屈膝了。

罗密欧　　你的意思是说，赔个礼。

茂丘西奥　　你回答得正对。

罗密欧　　正是十分有礼的说法。

茂丘西奥　　何止如此，我是讲礼讲到头了。

罗密欧　　像是花鞋子的尖头。

茂丘西奥　　说得对。

罗密欧　　那么我的鞋子已经全是花花的洞儿了。

茂丘西奥　　讲得妙；跟着我把这个笑话追到底吧，直追得你的鞋子都破了，只剩下了鞋底，而那笑话也就变得又秃又呆了。

罗密欧　　啊，好一个又呆又秃的笑话，真配傻子来说。

茂丘西奥　　快来帮忙，好班伏里奥；我的脑袋不行了。

罗密欧　　要来就快马加鞭；不然我就宣告胜利了。

茂丘西奥　　不，如果比聪明像赛马，我承认我输了；我的马儿哪有你的野？说到野，我的五官加在一起也比不上你的任何一官。可是你野的时候，我几时跟你在一起过？

罗密欧　　哪一次撒野没有你这呆头鹅？

茂丘西奥　　你这话真有意思，我巴不得咬你一口才好。

罗密欧　　啊，好鹅儿，莫咬我。

茂丘西奥　　你的笑话又甜又辣；简直是辣酱油。

罗密欧　美鹅加辣酱，岂不绝妙？

茂丘西奥　啊，妙语横生，越拉越横！

罗密欧　横得好；你这呆头鹅变成一只横胖鹅了。

茂丘西奥　呀，我们这样打着趣岂不比呻吟求爱好得多吗？此刻你多么和气，此刻你才真是罗密欧了；不论是先天还是后天，此刻是你的真面目了；为了爱，急得涕零满脸，就像一个天生的傻子，奔上奔下，找洞儿藏他的棍儿。

班伏里奥　打住吧，打住吧。

茂丘西奥　你不让我把话讲完，留着尾巴好不顺眼。

班伏里奥　不打住你，你的尾巴还要长大呢。

茂丘西奥　啊，你错了；我的尾巴本来就要缩小了；我的话已经讲到了底，不想老占着位置啦。

罗密欧　看哪，好把戏来啦！

乳媪及彼得上。

茂丘西奥　一条帆船，一条帆船！

班伏里奥　两条，两条！一公一母。

乳媪　彼得！

彼得　有！

乳媪　彼得，我的扇子。

茂丘西奥　好彼得，替她把脸遮了；因为她的扇子比她的脸好看一点。

乳媪　早安，诸位先生。

茂丘西奥　晚安，好太太。

乳媪　是道晚安的时候了吗？

茂丘西奥　我告诉你，不会错；那日规上的指针正顶着中午呢。

乳媪　你说什么！你是什么人！

罗密欧　好太太，上帝造了他，他可不知好歹。

乳媪　说得好：你说他不知好歹哪？诸位先生，你们有谁能够告诉我年轻的罗密欧在什么地方？

罗密欧　我可以告诉你；可是等你找到他的时候，年轻的罗密欧已经比你寻访他的时候老了点儿了。我因为取不到一个好一点的名字，所以就叫做罗密欧；在取这一个名字的人们中间，我是最年轻的一个。

乳媪　您说得真好。

茂丘西奥　呀，这样一个最坏的家伙你也说好？想得周到；有道理，有道理。

乳媪　先生，要是您就是他，我要跟您单独讲句话儿。

班伏里奥　她要拉他吃晚饭去。

茂丘西奥　一个老虔婆，一个老虔婆！有了！有了！

罗密欧　有了什么？

茂丘西奥　不是什么野兔子；要说是兔子的话，也不过是斋节里做的兔肉饼，没有吃完就发了霉。（唱）

老兔肉，发白霉，
老兔肉，发白霉，
原是斋节好点心：
可是霉了的兔肉饼，
二十个人也吃不尽，
吃不完的霉肉饼。

罗密欧，你到不到你父亲那儿去？我们要在那边吃饭。

罗密欧　我就来。

茂丘西奥　再见，老太太；（唱）

再见，我的好姑娘！（茂丘西奥、班伏里奥下。）

乳媪　好，再见！先生，这个满嘴胡说八道的放肆家伙是谁？

罗密欧　奶妈，这位先生最喜欢听他自己讲话；他在一分钟里所说的话，比他在一个月里听人家讲的话还多。

乳媪　要是他对我说了一句不客气的话，尽管他力气再大一点，我也要给他一顿教训；这种家伙二十个我都对付得了，要是对付不了，我会叫那些对付得了他们的人来。混账东西！他把老娘看成什么人啦？我不是那些烂污婊子，由他随便取笑。（向彼得）你也真是个好东西，看着人家把我欺侮，站在旁边一动也不动！

彼得　我没有看见什么人欺侮你；要是我看见了，一定会立刻拔出刀子来的。碰到吵架的事，只要理直气壮，打起官司来不怕人家，我是从来不肯落在人家后头的。

乳媪　哎哟！真把我气得浑身发抖。混账的东西！对不起，先生，让我跟您说句话儿。我刚才说过的，我家小姐叫我来找您；她叫我说些什么话我可不能告诉您；可是我要先明确地对您说一句，要是正像人家说的，您想骗她做一场春梦，那可真是人家说的一个顶坏的行为；因为这位姑娘年纪还小，所以您要是欺骗了她，无论对哪一位好人家的姑娘来说都实在是对不起的事情，而且也是一个顶不应该的举动。

罗密欧　奶妈，请你替我向你家小姐致意。我可以对你发誓。

乳媪　很好，我就这样告诉她。主啊！主啊！她听见了一定会非常喜欢的。

罗密欧　奶妈，你去告诉她什么话呢？你没有听我说呀。

乳媪　我就对她说您发过誓了，证明您是一位正人君子。

罗密欧　你请她今天下午想个法子出来到劳伦斯神父的寺院里忏悔，就在那个地方举行婚礼。这几个钱是给你的酬劳。

乳媪　不，真的，先生，我一个钱也不要。

罗密欧　别客气了，你还是拿着吧。

乳媪　今天下午吗，先生？好，她一定会去的。

罗密欧　好奶妈，请你在这寺墙后面等一等，就在这一点钟之内，我要叫我的仆人去拿一捆扎得像船上的软梯一样的绳子来给你带去；在秘密的夜里，我要凭着它攀登我的幸福的尖端。再会！愿你对我们忠心，我一定不会辜负你的辛劳。再会！替我向你的小姐致意。

乳媪　天上的上帝保佑您！先生，我对您说。

罗密欧　你有什么话说，我的好奶妈？

乳媪　您那仆人靠得住吗？您没听古话说，两个人知道是秘密，三个人知道就不是秘密吗？

罗密欧　你放心吧，我的仆人是最可靠不过的。

乳媪　好先生，我那小姐是个最可爱的姑娘——主啊！主啊——那时候她还是个咿咿呀呀怪会说话的小东西——啊！本地有一位叫做帕里斯的贵人，他巴不得把我家小姐抢到手里；可是她，好人儿，瞧他比瞧一只蛤蟆还讨厌。我有时候对她说帕里斯人品不错，你才不知道哩，她一听见这样的话，就会气得面如土色。请问罗丝玛丽花[①]和罗密欧是不是同样一个字开头的呀？

罗密欧　是呀，奶妈；怎么样？都是罗字起头的哪。

乳媪　啊，你开玩笑哩！那是狗的名字啊；阿罗就是那个——不对，我知道一定是另一个字开头的——她还把你同罗丝玛丽花连在一起，我也不懂，反正你听了一定喜欢的。

罗密欧　替我向你小姐致意。

乳媪　一定一定。（罗密欧下）彼得！

彼得　有！

乳媪　给我带路，拿着我的扇子，快些走。（同下。）

第五场　同前。凯普莱特家的花园

朱丽叶上。

朱丽叶　我在九点钟差奶妈去；她答应在半小时以内回来。也许她碰不见他；那是不会的。啊！她的脚走起路来不大方便。恋爱的使者应当是思想，因为它比驱散山坡上的阴影的太阳光还要快十倍；所以维纳斯的云车是用白鸽驾驶的，所以凌风而飞的丘匹德生着翅膀。现在太阳已经升上中天，从九点钟到十二点钟是很长的三个钟点，可是她还没有回来。要是她是个有感情、有温暖的青春血液的人，她的行

① 即“迷迭香”（Rosemary），是婚礼常用的花。

动一定会像球儿一样敏捷，我用一句话就可以把她抛到我心爱的情人那里，他也可以用一句话把她抛回到我这里；可是年纪大的人，大多像死人一般，手脚滞钝，呼唤不灵，慢腾腾地没有一点精神。

乳媪及彼得上。

朱丽叶　啊，上帝！她来了。啊，好心肝奶妈！什么消息？你碰到他了吗？叫那个人出去。

乳媪　彼得，到门口去等着。（彼得下。）

朱丽叶　亲爱的好奶妈——哎呀！你怎么满脸的懊恼？即使是坏消息，你也应该装着笑容说；如果是好消息，你就不该用这副难看的面孔奏出美妙的音乐来。

乳媪　我累死了，让我歇一会儿吧。哎呀，我的骨头好痛！我赶了多少的路！

朱丽叶　我但愿把我的骨头给你，你的消息给我。求求你，快说呀；好奶妈，说呀。

乳媪　耶稣哪！你急什么？你不能等一下子吗？你没见我气都喘不过来吗？

朱丽叶　你既然气都喘不过来，那么怎么会告诉我说你气都喘不过来？你费了这么久的时间推三阻四的，要是干脆告诉了我，还不是几句话就完了。我只要你回答我，你的消息是好的还是坏的？只要先回答我一个字，详细的话慢慢再说好了。快让我知道吧，是好消息还是坏消息？

乳媪　好，你是个傻孩子，选中了这么一个人；你不知道怎样选一个男人。罗密欧！不，他不行，虽然他的脸长得比人家漂亮一点；可是他的腿才长得有样子；讲到他的手、他的脚、他的身体，虽然这种话不大好说出口，可是的确谁也比不上他。他不仅懂得礼貌，而且温柔得就像一头羔羊。好，看你的运气吧，姑娘；好好敬奉上帝。怎么，你在家里吃过饭了吗？

朱丽叶　没有，没有。你这些话我早就都知道了。他对于结婚的事情怎么说？

乳媪　主啊！我的头痛死了！我害了多厉害的头痛！痛得好像要裂成二十块似的。还有我那一边的背痛；哎哟，我的背！我的背！你的心肠真好，叫我到外边东奔西走去寻死。

朱丽叶　害你这样不舒服，我真是说不出的抱歉。亲爱的，亲爱的，亲爱的奶妈，告诉我，我的爱人说些什么话？

乳媪　你的爱人说——他说得很像个老老实实的绅士，很有礼貌，很和气，很漂亮，而且也很规矩——你妈呢？

朱丽叶　我妈！她就在里面；她还会在什么地方？你回答得多么古怪："你的爱人说，他说得很像个老老实实的绅士，你妈呢？"

乳媪　哎哟，圣母娘娘！你这样性急吗？哼！反了反了，这就是你瞧着我筋骨酸痛而替我涂上的药膏吗？以后还是你自己去送信吧。

朱丽叶　别缠下去啦！快些，罗密欧怎么说？

乳媪　你已经得到准许今天去忏悔吗？

朱丽叶　我已经得到了。

乳媪　那么你快到劳伦斯神父的寺院里去，有一个丈夫在那边等着你去做他的妻子哩。现在你的脸红起来啦。你到教堂里去吧，我还要到别处去搬一张梯子来，等到天黑的时候，你的爱人就可以凭着它爬进鸟窠里。为了使你快乐我就吃苦奔跑；可是你到了晚上也要负起那个重担来啦。去吧，我还没有吃饭呢。

朱丽叶　我要找寻我的幸运去！好奶妈，再会。（各下。）

第六场　同前。劳伦斯神父的寺院

劳伦斯神父及罗密欧上。

劳伦斯　愿上天祝福这神圣的结合，不要让日后的懊恨把我们谴责！

罗密欧　阿门，阿门！可是无论将来发生什么悲哀的后果，都抵不过我在看见她这短短一分钟内的欢乐。不管侵蚀爱情的死亡怎样伸展它的魔手，只要你用神圣的言语，把我们的灵魂结为一体，让我能够称她一声我的人，我也就不再有什么遗恨了。

劳伦斯　这种狂暴的快乐将会产生狂暴的结局，正像火和火药的亲吻，就在最得意的一刹那烟消云散。最甜的蜜糖可以使味觉麻木；不太热烈的爱情才会维持久远；太快和太慢，结果都不会圆满。

朱丽叶上。

劳伦斯　这位小姐来了。啊！这样轻盈的脚步，是永远不会踩破神龛前的砖石的；一个恋爱中的人，可以踏在随风飘荡的蛛网上而不会跌下，幻妄的幸福使他的灵魂飘然轻荡。

朱丽叶　晚安，神父。

劳伦斯　孩子，罗密欧会替我们两人感谢你的。

朱丽叶　我也向他同样问了好，他何必再来多余的客套。

罗密欧　啊，朱丽叶！要是你感觉到像我一样多的快乐，要是你的灵唇慧舌，能够宣述你衷心的快乐，那么让空气中满布着从你嘴里吐出来的芳香，用无比的妙乐把这一次会晤中我们两人给予彼此的无限欢欣倾吐出来吧。

朱丽叶　充实的思想不在于言语的富丽；只有乞儿才能够计数他的家私。真诚的爱情充溢在我的心里，我无法估计自己享有的财富。

劳伦斯　来，跟我来，我们要把这件事情早点办好；因为在神圣的教会没有把你们两人结合以前，你们两人是不能在一起的。（同下。）

第三幕

第一场　维洛那。广场

茂丘西奥、班伏里奥、侍童及若干仆人上。

班伏里奥　好茂丘西奥，咱们还是回去吧。天这么热，凯普莱特家里的人满街都是，要是碰到了他们，又免不了吵架；因为在这种热天气里，一个人的脾气最容易暴躁起来。

茂丘西奥　你就像这么一种家伙，跑进了酒店的门，把剑在桌子上一放，说："上帝保佑我不要用到你！"等到两杯喝罢，却无缘无故拿起剑来跟酒保吵架。

班伏里奥　我难道是这样一种人吗？

茂丘西奥　得啦得啦，你的坏脾气比得上意大利无论哪一个人；动不动就要生气，一生气就要乱动。

班伏里奥　再以后怎样呢？

茂丘西奥　哼！要是有两个像你这样的人碰在一起，结果总会一个也没有，因为大家都要把对方杀死了方肯罢休。你！嘿，你会因为人家比你多一根或是少一根胡须，就跟人家吵架。瞧见人家剥栗子，你也会跟他闹翻，你的理由只是你有一双栗色的眼睛。除了生着这样一双眼睛的人以外，谁还会像这样吹毛求疵地去跟人家寻事？你的脑袋里装满了惹是招非的念头，正像鸡蛋里装满了蛋黄蛋白，虽然为了惹是招非的缘故，你的脑袋曾经给人打得像个坏蛋一样。你曾经因为有人在街上咳嗽了一声而跟他吵架，因为他咳醒了你那条在太阳底下睡觉的狗。不是有一次你因为看见一个裁缝在复活节以前穿起他的新背心来，所以跟他大闹吗？不是还有一次因为他用旧带子系他的新鞋子，所以又跟他大闹吗？现在你却要教我不要跟人家吵架！

班伏里奥　要是我像你一样爱吵架，不消一时半刻，我的性命早就卖给人家了。

茂丘西奥　性命卖给人家！哼，算了吧！

班伏里奥　哎哟！凯普莱特家里的人来了。

茂丘西奥　啊唷！我不在乎。

提伯尔特及余人上。

提伯尔特　你们跟着我不要走开，等我去跟他们说话。两位晚安！我要跟你们中间无论哪一位说句话儿。

茂丘西奥　您只要跟我们两人中间的一个人讲一句话吗？再来点儿别的吧。要是您愿意在一话以外，再跟我们较量一两手，那我们倒愿意奉陪。

提伯尔特　只要您给我一个理由，您就会知道我也不是个怕事的人。

茂丘西奥　您不会自己想出一个什么理由来吗？

提伯尔特　茂丘西奥，你陪着罗密欧到处乱闯。

茂丘西奥　到处拉唱！怎么！你把我们当作一群沿街卖唱的人吗？你要是把我们当作沿街卖唱的人，那么我们倒要请你听一点儿不大好听的声音；这就是我的提琴上的拉弓，拉一拉就要叫你跳起舞来。他妈的！到处拉唱！

班伏里奥　这儿来往的人太多，讲话不大方便，最好还是找个清静一点的地方去谈谈；要不然大家别闹意气，有什么过不去的事平心静气理论理论；否则各走各的路，也就完了，别让这么许多人的眼睛瞧着我们。

茂丘西奥　人们生着眼睛总要瞧，让他们瞧去好了；我可不能为着别人高兴离开这块地方。

罗密欧上。

提伯尔特　好，我的人来了；我不跟你吵。

茂丘西奥　他又不吃你的饭，不穿你的衣，怎么是你的人？可是他虽然不是你的跟班，要是你拔脚逃起来，他倒一定会紧紧跟住你的。

提伯尔特　罗密欧，我对你的仇恨使我只能用一个名字称呼你——你是一个恶贼！

罗密欧　提伯尔特，我跟你无冤无恨，你这样无端挑衅，我本来是不能容忍的，可是因为我有必须爱你的理由，所以也不愿跟你计较了。我不是恶贼；再见，我看你还不知道我是个什么人。

提伯尔特　小子，你冒犯了我，现在可不能用这种花言巧语掩饰过去；赶快回过身子，拔出剑来吧。

罗密欧　我可以郑重声明，我从来没有冒犯过你，而且你想不到我是怎样爱你，除非你知道了我之所以爱你的理由。所以，好凯普莱特——我尊重这一个姓氏，就像尊重我自己的姓氏一样——咱们还是讲和了吧。

茂丘西奥　哼，好丢脸的屈服！只有武力才可以洗去这种耻辱。（拔剑）提伯尔特，你这捉耗子的猫儿，你愿意跟我决斗吗？

提伯尔特　你要我跟你干么？

茂丘西奥　好猫精，听说你有九条性命，我只要取你一条命，留下那另外八条，等以后再跟你算账。快快拔出你的剑来，否则莫怪无情，我的剑就要临到你的耳朵边了。

提伯尔特　（拔剑）好，我愿意奉陪。

罗密欧　好茂丘西奥，收起你的剑。

茂丘西奥　来，来，来，我倒要领教领教你的剑法。（二人互斗。）

罗密欧　班伏里奥，拔出剑来，把他们的武器打下来。两位老兄，这算什么？快别闹啦！提伯尔特，茂丘西奥，亲王已经明令禁止在维洛那的街道上斗殴。住手，提伯尔特！好茂丘西奥！（提伯尔特及其党徒下。）

茂丘西奥　我受伤了。你们这两个倒霉的人家！我已经完啦。他不带一点伤就去了吗？

班伏里奥　啊！你受伤了吗？

茂丘西奥　嗯，嗯，擦破了一点儿；可是也够受的了。我的侍童呢？你这家伙，快去找个外科医生来。（侍童下。）

罗密欧　放心吧，老兄，这伤口不算十分厉害。

茂丘西奥　是的，它没有一口井那么深，也没有一扇门那么阔，可是这一点伤也够要命了；要是你明天找我，就到坟墓里来看我吧。我这一生是完了。你们这两个倒霉的人家！他妈的！狗、耗子、猫儿，都会咬得死人！这个说大话的家伙，这个混账东西，打起架来也要按照数学的公式！谁叫你把身子插了进来？都是你把我拉住了，我才受了伤。

罗密欧　我完全是出于好意。

茂丘西奥　班伏里奥，快把我扶进什么屋子里去，不然我就要晕过去了。你们这两个倒霉的人家！我已经死在你们手里了——你们这两个人家！（茂丘西奥、班伏里奥同下。）

罗密欧　他是亲王的近亲，也是我的好友；如今他因为我的缘故受到了致命的重伤。提伯尔特杀死了我的朋友，又毁谤了我的名誉，虽然他在一小时以前还是我的亲人。亲爱的朱丽叶啊！你的美丽使我变成懦弱，磨钝了我的勇气的锋刃！

班伏里奥重上。

班伏里奥　啊，罗密欧，罗密欧！勇敢的茂丘西奥死了；他已经撒手离开尘世，他的英魂已经升上天庭了！

罗密欧　今天这一场意外的变故，怕要引起日后的灾祸。

提伯尔特重上。

班伏里奥　暴怒的提伯尔特又来了。

罗密欧　茂丘西奥死了，他却耀武扬威活在人世！现在我只好抛弃一切顾忌，不怕伤了亲戚的情分，让眼睛里喷出火焰的愤怒支配着我的行动了！提伯尔特，你刚才骂我恶贼，我要让你把这两个字收回去；茂丘西奥的阴魂就在我们头上，他在等着你去跟他做伴；我们两个人中间必须有一个人去陪陪他，要不然就是两人一起死。

提伯尔特　你这该死的小子，你生前跟他做朋友，死后也去陪他吧！

罗密欧　这柄剑可以替我们决定谁死谁生。（二人互斗；提伯尔特倒下。）

班伏里奥　罗密欧，快走！市民们都已经被这场争吵惊动了，提伯尔特又死在这儿。别站着发怔；要是你给他们捉住了，亲王就要判你死刑。快去吧！快去吧！

罗密欧　唉！我是受命运玩弄的人。

班伏里奥　你为什么还不走？（罗密欧下。）

市民们上。

市民甲　杀死茂丘西奥的那个人逃到哪儿去了？那凶手提伯尔特逃到什么地方去了？

班伏里奥　躺在那边的就是提伯尔特。

市民甲　先生，起来吧，请你跟我去。我用亲王的名义命令你服从。

亲王率侍从；蒙太古夫妇、凯普莱特夫妇及余人等上。

亲王　这一场争吵的肇祸的罪魁在什么地方？

班伏里奥　啊，尊贵的亲王！我可以把这场流血的争吵的不幸的经过向您从头告禀。躺在那边的那个人，就是把您的亲戚，勇敢的茂丘西奥杀死的人，他现在已经被年轻的罗密欧杀死了。

凯普莱特夫人　提伯尔特，我的侄儿！啊，我哥哥的孩子！亲王啊！侄儿啊！丈夫啊！哎哟！我亲爱的侄儿给人杀死了！殿下，您是正直无私的，我们家里流的血，应当用蒙太古家里流的血来报偿。哎哟，侄儿啊！侄儿啊！

亲王　班伏里奥，是谁开始这场血斗的？

班伏里奥　死在这儿的提伯尔特，他是被罗密欧杀死的。罗密欧很诚恳地劝告他，叫他想一想这种争吵多么没意思，并且也提起您森严的禁令。他用温和的语调、谦恭的态度，赔着笑脸向他反复劝解，可是提伯尔特充耳不闻，一味逞着他的骄横，拔出剑来就向勇敢的茂丘西奥胸前刺了过去；茂丘西奥也动了怒气，就和他两下交锋起来，自恃着本领高强，满不在乎地一手挡开了敌人致命的剑锋，一手向提伯尔特还刺过去，提伯尔特眼明手快，也把它挡开了。那个时候罗密欧就高声喊叫："住手，朋友；两下分开！"说时迟，那时快，他敏捷的腕臂已经打下了他们的利剑，他就插身在他们两人中间；谁料提伯尔特怀着毒心，冷不防打罗密欧的手臂下面刺了一剑过去，竟中了茂丘西奥的要害，于是他就逃走了。等了一会儿他又回来找罗密欧，罗密欧这时候正满腔怒火，就像闪电似的跟他打起来，我还来不及拔剑阻止他们，勇猛的提伯尔特已经中剑而死，罗密欧见他倒在地上，也就转身逃走了。我所说的句句都是真话，倘有虚言，愿受死刑。

凯普莱特夫人　他是蒙太古家的亲戚，他说的话都是徇着私情，完全是假的。他们一共有二十个人参加这场恶斗，二十个人合力谋害一个人的生命。殿下，我要请您主持公道，罗密欧杀死了提伯尔特，罗密欧必须抵命。

亲王　　罗密欧杀了他，他杀了茂丘西奥；茂丘西奥的生命应当由谁抵偿？

蒙太古　　殿下，罗密欧不应该偿他的命；他是茂丘西奥的朋友，他的过失不过是执行了提伯尔特依法应处的死刑。

亲王　　为了这一个过失，我现在宣布把他立刻放逐出境。你们双方的憎恨已经牵涉到我的身上，在你们残暴的斗殴中，已经流下了我的亲人的血；可是我要给你们一个重重的惩罚，警戒警戒你们的将来。我不要听任何的请求辩护，哭泣和祈祷都不能使我枉法徇情，所以不用想什么挽回的办法，赶快把罗密欧遣送出境吧；不然的话，我们什么时候发现他，就在什么时候把他处死。把这尸体抬去，不许违抗我的命令；对杀人的凶手不能讲慈悲，否则就是鼓励杀人了。（同下。）

第二场　同前。凯普莱特家的花园

朱丽叶上。

朱丽叶　　快快跑过去吧，踏着火云的骏马，把太阳拖回到它安息的所在；但愿驾车的法厄同[1]鞭策你们飞驰到西方，让阴沉的暮夜赶快降临。展开你密密的帷幕吧，成全恋爱的黑夜！遮住夜行人的眼睛，让罗密欧悄悄地投入我的怀里，

① 法厄同（Phaethon），是日神的儿子，曾为其父驾驭日车，不能控制其马而闯离常道。故事见奥维德《变形记》第二章。

不被人家看见也不被人家谈论！恋人们可以在他们自身美貌的光辉里互相缱绻；即使恋爱是盲目的，那也正好和黑夜相称。来吧，温文的夜，你朴素的黑衣妇人，教会我怎样在一场全胜的赌博中失败，把各人纯洁的童贞互为赌注。用你黑色的罩巾遮住我脸上羞怯的红潮，等我深藏内心的爱情慢慢地胆大起来，不再因为在行动上流露真情而惭愧。来吧，黑夜！来吧，罗密欧！来吧，你黑夜中的白昼！因为你将要睡在黑夜的翼上，比乌鸦背上的新雪还要皎白。来吧，柔和的黑夜！来吧，可爱的黑颜的夜，把我的罗密欧给我！等他死了以后，你再把他带去，分散成无数的星星，把天空装饰得如此美丽，使全世界都爱恋着黑夜，不再崇拜炫目的太阳。啊！我已经买下了一所恋爱的华厦，可是它还不曾属我所有；虽然我已经把自己出卖，可是还没有被买主领去。这日子长得真叫人厌烦，正像一个做好了新衣服的小孩，在节日的前夜焦躁地等着天明一样。啊！我的奶妈来了。

乳媪携绳上。

朱丽叶　她带着消息来了。谁的舌头上只要说出了罗密欧的名字，他就在吐露着天上的仙音。奶妈，什么消息？你带着些什么来了？那就是罗密欧叫你去拿的绳子吗？

乳媪　是的，是的，这绳子。（将绳掷下。）

朱丽叶　哎哟！什么事？你为什么扭着你的手？

乳媪　唉！唉！唉！他死了，他死了，他死了！我们完了，小姐，我们完了！唉！他去了，他给人杀了，他死了！

朱丽叶　天道竟会这样狠毒吗？

乳媪　不是天道狠毒，罗密欧才下得了这样狠毒的手。啊！罗密欧，罗密欧！谁想得到会有这样的事情？罗密欧！

朱丽叶　你是个什么鬼，这样煎熬着我？这简直就是地狱里的酷刑。罗密欧把他自己杀死了吗？你只要回答我一个“是”字，这一个“是”字就比毒龙眼里射放的死光更会致人死亡。如果真有这样的事，我就不会再在人世，或者说，那叫你说声“是”的人，从此就要把眼睛紧闭。要是他死了，你就说“是”；要是他没有死，你就说“不”；这两个简单的字就可以决定我的终身祸福。

乳媪　我看见他的伤口，我亲眼看见他的伤口，慈悲的上帝！就在他宽阔的胸上。一个可怜的尸体，一个可怜的流血的尸体，像灰一样苍白，满身都是血，满身都是一块块的血；我一瞧见就晕过去了。

朱丽叶　啊，我的心要碎了——可怜的破产者，你已经丧失了一切，还是赶快碎裂了吧！失去了光明的眼睛，你从此不能再见天日了！你这俗恶的泥土之躯，赶快停止呼吸，复归于泥土，去和罗密欧同眠在一个圹穴里吧！

乳媪　啊！提伯尔特，提伯尔特！我顶好的朋友！啊，温文的提伯尔特，正直的绅士！想不到我活到今天，却会看见你死去！

朱丽叶　这是一阵什么风暴，一会儿又倒转方向！罗密欧给人杀了，提伯尔特又死了吗？一个是我最亲爱的表哥，一个是我更亲爱的夫君？那么，可怕的号角，宣布世界末日的来临吧！要是这样两个人都可以死去，谁还应该活在这世上？

乳媪　　提伯尔特死了，罗密欧被放逐了；罗密欧杀了提伯尔特，他现在被放逐了。

朱丽叶　　上帝啊！提伯尔特是死在罗密欧手里的吗？

乳媪　　是的，是的。唉！是的。

朱丽叶　　啊，花一样的面庞里藏着蛇一样的心！那一条恶龙曾经栖息在这样清雅的洞府里？美丽的暴君！天使般的魔鬼！披着白鸽羽毛的乌鸦！豺狼一样残忍的羔羊！圣洁的外表包覆着丑恶的实质！你的内心刚巧和你的形状相反，一个万恶的圣人，一个庄严的奸徒！造物主啊！你为什么要从地狱里提出这一个恶魔的灵魂，把它安放在这样可爱的一座肉体的天堂里？哪一本邪恶的书籍曾经装订得这样美观？啊！谁想得到这样一座富丽的宫殿里，会容纳着欺人的虚伪！

乳媪　　男人都靠不住，没有良心，没有真心的；谁都是三心二意，反复无常，奸恶多端，尽是些骗子。啊！我的人呢？快给我倒点儿酒来；这些悲伤烦恼，已经使我老起来了。愿耻辱降临到罗密欧的头上！

朱丽叶　　你说出这样的愿望，你的舌头上就应该长起水疱来！耻辱从来不曾和他在一起，它不敢侵上他的眉宇，因为那是君临天下的荣誉的宝座。啊！我刚才把他这样辱骂，我真是个畜生！

乳媪　　杀死了你族兄的人，你还说他好话吗？

朱丽叶　　他是我的丈夫，我应当说他坏话吗？啊！我可怜的丈夫！你三小时的妻子都这样凌辱你的名字，谁还会对它说一句温情的慰藉呢？可是你这恶人，你为什么杀死我的哥哥？他要是不杀死我的哥哥，我凶恶的哥哥就会杀死我的丈夫。回去吧，愚蠢的眼泪，流回到你的源头；你那滴滴的细流，本来是悲哀的倾注，可是你却错把它呈献给喜悦。我的丈夫活着，他没有被提伯尔特杀死；提伯尔特死了，他想要杀死我的丈夫！这明明是喜讯，我为什么要哭泣呢？还有两个字比提伯尔特的死更使我痛心，像一柄利刃刺进了我的胸中；我但愿忘了它们，可是……唉！它们紧紧地牢附在我的记忆里，就像萦回在罪人脑中的不可宥恕的罪恶。“提伯尔特死了，罗密欧被放逐了！”放逐了！这“放逐”两个字，就等于杀死了一万个提伯尔特。单单提伯尔特的死，已经足以令人伤心了；即使祸不单行，必须在“提伯尔特死了”这一句话以后，再接上一句不幸的消息，为什么不说你的父亲，或是你的母亲，或是父母两人都死了，那也可以引起一点人之常情的哀悼。可是在提伯尔特的噩耗以后，再接连一记更大的打击，“罗密欧被放逐了！”这句话简直等于说，父亲、母亲、提伯尔特、罗密欧、朱丽叶，一起被杀，一起死了。“罗密欧被放逐了！”这一句话里面包含着无穷无际、无极无限的死亡，没有字句能够形容出这里面蕴蓄着的悲伤——奶妈，我的父亲、我的母亲呢？

乳媪　　他们正在抚着提伯尔特的尸体痛哭。你要去看他们吗？让我带着你去。

朱丽叶　让他们用眼泪洗涤他的伤口吧，我的眼泪是要留着为罗密欧的放逐而哀哭的。拾起那些绳子来。可怜的绳子，你是失望了，我们俩都失望了，因为罗密欧已经被放逐；他要借着你做接引相思的桥梁，可是我却要做一个独守空闺的怨女而死去。来，绳儿；来，奶妈。我要去睡上我的新床，把我的童贞奉献给死亡！

乳媪　那么你快到房里去吧；我去找罗密欧来安慰你，我知道他在什么地方。听着，你的罗密欧今天晚上一定会来看你；他现在躲在劳伦斯神父的寺院里，我就去找他。

朱丽叶　啊！你快去找他；把这指环拿去给我忠心的骑士，叫他来作一次最后的诀别。（各下。）

第三场　同前。劳伦斯神父的寺院

劳伦斯神父上。

劳伦斯　罗密欧，跑出来；出来吧，受惊的人，你已经和坎坷的命运结下了不解之缘。

罗密欧上。

罗密欧　神父，什么消息？亲王的判决怎样？还有什么我所不知道的不幸的事情将要来找我？

劳伦斯　我的好孩子，你已经遭逢到太多的不幸了。我来告诉你亲王的判决。

罗密欧　除了死罪以外，还会有什么判决？

劳伦斯　他的判决是很温和的：他并不判你死罪，只宣布把你放逐。

罗密欧　嘿！放逐！慈悲一点，还是说“死”吧！不要说“放逐”，因为放逐比死还要可怕。

劳伦斯　你必须立刻离开维洛那境内。不要懊恼，这是一个广大的世界。

罗密欧　在维洛那城以外没有别的世界，只有地狱的苦难；所以从维洛那放逐，就是从这世界上放逐，也就是死。明明是死，你却说是放逐，这就等于用一柄利斧砍下我的头，反因为自己犯了杀人罪而扬扬得意。

劳伦斯　哎哟，罪过罪过！你怎么可以这样不知恩德！你因为所犯的过失，按照法律本来应该被处死，幸亏亲王仁慈，特别对你开恩，才把可怕的死罪改成了放逐；这明明是莫大的恩典，你却不知道。

罗密欧　这是酷刑，不是恩典。朱丽叶所在的地方就是天堂；这儿的每一只猫、每一只狗、每一只小小的老鼠，都生活在天堂里，都可以瞻仰她的容颜，可是罗密欧却看不见她。污秽的苍蝇都可以接触亲爱的朱丽叶的皎洁的玉手，从她的嘴唇上偷取天堂中的幸福，那两片嘴唇是这样的纯洁贞淑，永远含着娇羞，好像觉得它们自身的相吻也是一种罪恶；苍蝇可以这样做，我却必须远走高飞，它们是自由人，我却是一个被放逐的流徒。你还说放逐不是死吗？难道你没有配好的毒药、锋锐的刀子或者无论什么致命的利器，而必须用“放逐”两个字把我杀害吗？放逐！啊，神父！只有沉沦在地狱里的鬼魂才会用到这两个字，伴着凄厉的呼号；你是一个教士，一个替人忏罪的神父，又是我的朋友，怎么忍心用“放逐”这两个字来寸磔我呢？

劳伦斯　你这痴心的疯子，听我说一句话。

罗密欧　啊！你又要对我说起放逐了。

劳伦斯　我要教给你抵御这两个字的方法，用哲学的甘乳安慰你的逆运，让你忘却被放逐的痛苦。

罗密欧　又是“放逐”！我不要听什么哲学！除非哲学能够制造一个朱丽叶，迁徙一个城市，撤销一个亲王的判决，否则，它就没有什么用处。别再多说了吧。

劳伦斯　啊！那么我看疯人是不生耳朵的。

罗密欧　聪明人不生眼睛，疯人何必生耳朵呢？

劳伦斯　让我跟你讨论讨论你现在的处境吧。

罗密欧　你不能谈论你所没有感觉到的事情；要是你也像我一样年轻，朱丽叶是你的爱人，才结婚一小时，就把提伯尔特杀了；要是你也像我一样热恋，像我一样被放逐，那时你才可以讲话，那时你才会像我现在一样扯着你的头发，倒在地上，替自己量一个葬身的墓穴。（内叩门声。）

劳伦斯　快起来，有人在敲门；好罗密欧，躲起来吧。

罗密欧　我不要躲，除非我心底里发出来的痛苦呻吟的气息，会像一重云雾一样把我掩过了追寻者的眼睛。（叩门声。）

劳伦斯　听！门打得多么响——是谁在外面——罗密欧，快起来，你要给他们捉住了——等一等——站起来，（叩门声）跑到我的书斋里去——就来了——上帝啊！瞧你多么不听话——来了，来了！（叩门声）谁把门敲得这么响？你是什么地方来的？你有什么事？

乳媪　（在内）让我进来，你就可以知道我的来意；我是从朱丽叶小姐那里来的。

劳伦斯　那好极了，欢迎欢迎！

乳媪上。

乳媪　啊，神父！啊，告诉我，神父，我家小姐的姑爷呢？罗密欧呢？

劳伦斯　在那边地上哭得死去活来的就是他。

乳媪　啊！他正像我的小姐一样，正像她一样！

劳伦斯　唉！真是同病相怜，一般的伤心！她也是这样躺在地上，一边唠叨一边哭，一边哭一边唠叨。起来，起来；是个男个汉就该起来；为了朱丽叶的缘故，为了她的缘故，站起来吧。为什么您要伤心到这个样子呢？

罗密欧　奶妈！

乳媪　唉，姑爷！唉，姑爷！一个人到头来总是要死的。

罗密欧　你刚才不是说起朱丽叶吗？她现在怎么样？我现在已经用她近亲的血玷污了我们的新欢，她不会把我当作一个杀人的凶犯吗？她在什么地方？她怎么样？我这位秘密的新妇对于我们这一段中断的情缘说些什么话？

乳媪　啊，她没有说什么话，姑爷，只是哭呀哭的哭个不停；一会儿倒在床上，一会儿又跳了起来；一会儿叫一声提伯尔特，一会儿哭一声罗密欧；然后又倒了下去。

罗密欧　好像我那一个名字是从枪口里瞄准了射出来似的，一弹出去就把她杀死，正像我这一双该死的手杀死了她的亲人一样。啊！告诉我，神父，告诉我，我的名字是在我身上哪一处万恶的地方？告诉我，好让我捣毁这可恨的巢穴。（拔剑。）

劳伦斯　放下你鲁莽的手！你是一个男子吗？你的形状是一个男子，你却流着妇人的眼泪；你狂暴的举动，让你简直像一头野兽般无可理喻地咆哮。你这须眉的贱妇，你这人头的畜类！我真想不到你的性情竟会这样毫无涵养。你已经杀死了提伯尔特，你还要杀死你自己吗？你没想到你对自己采取这种万劫不赦的暴行就是要杀死与你相依为命的你的妻子吗？为什么你要怨恨天地，怨恨你自己的生不逢辰？天地好不容易生下你这一个人来，你却要亲手把你自己摧毁！呸！呸！你有的是一副堂堂的七尺之躯，有的是热情和智慧，你却不知道把它们好好利用，这岂不是辜负了你的七尺之躯，辜负了你的热情和智慧？你堂堂的仪表不过是一尊蜡像，没有一点男子汉的血气；你的山盟海誓都是些空虚的谎语，杀害你所发誓珍爱的情人；你的智慧不知道指示你的行动，驾驭你的感情，它已经变成了愚妄的谬见，正像装在一个笨拙的兵士的枪膛里的火药，本来是自卫的武器，因为不懂得点燃的方法，反而成为毁损自己肢体的武器。怎么！起来吧，孩子！你刚才几乎要为了你的朱丽叶而自杀，可是她现在好好活着，这是你的第一件幸事。提伯尔特要把你杀死，可是你却杀死了提伯尔特，这是你的第二件幸事。法律上本来规定杀人抵命，可是它对你特别留情，降成了放逐的处分，这是你的第三件幸事。这许多幸事照顾着你，幸福穿着盛装向你献媚，你却像一个倔强乖僻的女孩，向你的命运和爱情噘起了嘴唇。留心，留心，像这样不知足的人是不得好死的。去，快去会见你的情人，按照预定的计划，到她的寝室里去，安慰安慰她；可是在逻骑没有出发以前，你必须及早离开，否则你就到不了曼多亚。你可以暂时在曼多亚住下，等我们觑着机会，把你们的婚姻宣布出来，和解了你们两家的宿怨，向亲王请求特赦，那时我们就可以用超过你现在离别的悲痛二百万倍的欢乐招呼你回来。奶妈，你先去，替我向你家小姐致意；叫她设法催促她家里的人早早安睡，在他们遭到这样重大的悲伤变故以后，这是很容易办到的。你对她说，罗密欧就要来了。

乳媪　主啊！像这样好的教训，我就是在这儿听上一整夜都愿意；啊！真是有学问人说的话！姑爷，我就去对小姐说您就要来了。

罗密欧　很好，请你再叫我的爱人预备好一顿责骂。

乳媪　姑爷，这一个戒指是小姐叫我拿来送给您的，请您赶快去，天色已经很晚了。（下。）

罗密欧　现在我又重新得到了多大的安慰！

劳伦斯　去吧，晚安！你的命运在此一举：你必须在巡逻者没有开始查缉以前脱身，否则就得在黎明时候化装逃走。你就在曼多亚安下身来；我可以找到你的仆人，倘使这儿有什么关于你的好消息，我会叫他随时通知你。把你的手给我。

时候不早了，再会吧。

罗密欧　倘不是一个超乎一切喜悦的喜悦在招呼着我，像这样匆匆的离别，一定会使我黯然神伤。再会！（各下。）

第四场　同前。凯普莱特家中一室

凯普莱特、凯普莱特夫人及帕里斯上。

凯普莱特　伯爵，因为舍间遭逢变故，我们还没有时间去开导小女；您知道她跟她那个表兄提伯尔特是友爱很笃的，我也非常喜欢他；唉！人生不免一死，也不必再去说他了。现在时候已经很晚，她今夜不会再下来了；不瞒您说，倘不是您大驾光临，我也早在一小时以前上了床啦。

帕里斯　我在你们正在伤心的时候来此求婚，实在是太冒昧了。晚安，伯母；请您替我向令嫒致意。

凯普莱特夫人　好，我明天一早就去探听她的意思；今夜她已经怀着满腔的悲哀关上门睡了。

凯普莱特　帕里斯伯爵，我可以大胆替我的孩子做主，我想她一定会绝对服从我的意志；是的，我对于这一点可以断定。夫人，你在临睡以前先去看看她，把这位帕里斯伯爵向她求爱的意思告诉她；你再对她说，听好我的话，叫她在星期三——且慢！今天星期几？

帕里斯　星期一，老伯。

凯普莱特　星期一！哈哈！好，星期三是太快了点儿，那么就是星期四吧。对她说，在这个星期四，她就要嫁给这位尊贵的伯爵。您来得及准备吗？您会嫌太匆促吗？咱们也不必十分铺张，略为请几位亲友就够了；因为提伯尔特才死不久，他是我们自己家里的人，要是我们大开欢宴，人家也许会说我们对去世的人太没有情分。所以我们只要请五六个亲友，把仪式举行一下就算了。您说星期四怎样？

帕里斯　老伯，我但愿星期四便是明天。

凯普莱特　好，你去吧；那么就是星期四。夫人，你在临睡前先去看看朱丽叶，叫她预备预备，好做起新娘来啊。再见，伯爵。喂！掌灯！时候已经很晚了，等一会儿我们就要说时候不早了。晚安！（各下。）

第五场　同前。朱丽叶的卧室

罗密欧及朱丽叶上。

朱丽叶　你现在就要走了吗？离天亮还有一会儿呢。那刺进你惊恐的耳膜中的，不是云雀，是夜莺的声音；它每天晚上在那边石榴树上歌唱。相信我，爱人，那是夜莺的歌声。

罗密欧　那是报晓的云雀，不是夜莺。瞧，爱人，不作美的晨曦已经在东天的云朵上镶起了金线，夜晚的星光已经烧尽，愉快的白昼蹑足踏上了迷雾的山巅。我必须到别处去找寻生路，或者留在这儿束手等死。

朱丽叶　那光明不是晨曦，我知道；那是从太阳中吐射出来的流星，要在今夜替你拿着火炬，照亮你到曼多亚去的路。所以你不必急着离去，再耽搁一会儿吧。

罗密欧　让我被他们捉住，让我被他们处死；只要是你的意思，我就毫无怨恨。我愿意说那边灰白色的云彩不是黎明睁开它的睡眼，那不过是从月亮的眉宇间反映出来的微光；那响彻云霄的歌声，也不是出于云雀的喉中。我巴不得留在这里，永远不要离开。来吧，死，我欢迎你！因为这是朱丽叶的意思。怎么，我的灵魂？让我们谈谈；天还没有亮哩。

朱丽叶　天已经亮了，天已经亮了；快走吧，快走吧！那唱得这样刺耳、嘶着粗涩的噪声和讨厌的锐音的，正是天际的云雀。有人说云雀会发出千变万化的甜蜜的歌声，这句话一点不对，因为它只使我们彼此分离。有人说云雀曾经和丑恶的蟾蜍交换眼睛，啊！我但愿它们也交换了声音，因为那声音使你离开了我的怀抱，用催醒的晨歌催促你登程。啊！现在你快走吧；天越来越亮了。

罗密欧　天越来越亮，我们悲哀的心却越来越黑暗。

乳媪上。

乳媪　小姐！

朱丽叶　奶妈？

乳媪　你的母亲就要到你房里来了。天已经亮啦，小心点儿。（下。）

朱丽叶　那么窗啊，让白昼进来，让生命出去。

罗密欧　再会，再会！给我一个吻，我就下去。（由窗口下降。）

朱丽叶　你就这样走了吗？我的夫君，我的爱人，我的朋友！我必须在每一小时内的每一天听到你的消息，因为一分钟就等于许多天。啊！照这样计算起来，等我再看见我的罗密欧的时候，不知道我已经老到怎样了。

罗密欧　再会！我决不放弃任何的机会，爱人，向你传达我的衷忱。

朱丽叶　啊！你想我们会不会再有见面的日子？

罗密欧　一定会有的；我们现在这一切的悲哀痛苦，到将来便是握手谈心的资料。

朱丽叶　上帝啊！我有一颗预感不祥的灵魂；你现在站在下面，我仿佛望见你像一具坟墓底下的尸骸。也许是我的眼光昏花，否则就是你的面容太惨白了。

罗密欧　相信我，爱人，在我的眼中你也是这样；忧伤吸干了我们的血液。再会！再会！（下。）

朱丽叶　命运啊命运！谁都说你反复无常；要是你真的反复无常，那么你怎样对待一个忠贞不贰的人呢？愿你不要改变你轻浮的天性，因为这样也许你会早早打发他回来。

凯普莱特夫人　（在内）喂，女儿！你起来了吗？

朱丽叶　谁在叫我？是我的母亲吗——难道她这么晚还没有睡觉，还是这么早就起来了？什么特殊的原因使她到这儿来？

凯普莱特夫人上。

凯普莱特夫人　啊！怎么，朱丽叶！

朱丽叶　母亲，我不大舒服。

凯普莱特夫人　老是为了你表兄的死而掉泪吗？怎么！你想用眼泪把他从坟墓里冲出来吗？就是冲得出来，你也没法子叫他复活；

所以还是算了吧。适当的悲哀可以表示感情的深切，过度的伤心却可以证明智慧的欠缺。

朱丽叶　可是让我为了这样一个痛心的损失而流泪吧。

凯普莱特夫人　损失固然痛心，可是一个失去的亲人，不是眼泪哭得回来的。

朱丽叶　因为这损失实在太痛心了，我不能不为了失去的亲人而痛哭。

凯普莱特夫人　好，孩子，人已经死了，你也不用多哭他了；顶可恨的是那杀死他的恶人仍旧活在世上。

朱丽叶　什么恶人，母亲？

凯普莱特夫人　就是罗密欧那个恶人。

朱丽叶　（旁白）恶人跟他相去真有十万八千里呢——上帝饶恕他！我愿意全心饶恕他；可是没有一个人像他那样使我心里充满了悲伤。

凯普莱特夫人　那是因为这个万恶的凶手还活在世上。

朱丽叶　是的，母亲，我恨不得把他抓在我的手里。但愿我能够独自报这一段杀兄之仇！

凯普莱特夫人　我们一定要报仇的，你放心吧；别再哭了。这个亡命的流徒现在到曼多亚去了，我要差一个人到那边去，用一种稀有的毒药把他毒死，让他早点儿跟提伯尔特见面；那时候我想你一定可以满足了。

朱丽叶　真的，我心里永远不会感到满足，除非我看见罗密欧在我的面前——死去；我这颗可怜的心是这样为了一个亲人而痛楚！母亲，要是您能够找到一个愿意带毒药去的人，让我亲手把它调好，好叫那罗密欧服下以后，就会安然睡去。唉！我心里多么难过，只听到他的名字，却不能赶到他的面前，为了我对哥哥的感情，我巴不得能在那杀死他的人身上报这个仇！

凯普莱特夫人　你去想办法，我一定可以找到这样一个人。可是，孩子，现在我要告诉你好消息。

朱丽叶　在这样不愉快的时候，好消息来得真是再适当不过了。请问母亲，是什么好消息呢？

凯普莱特夫人　哈哈，孩子，你有一个体贴你的好爸爸哩；他为了替你排解愁闷已经为你选定了一个大喜的日子，不但你想不到，就是我也没有想到。

朱丽叶　母亲，快告诉我，是什么日子？

凯普莱特夫人　哈哈，我的孩子，星期四的早晨，那位风流年少的贵人，帕里斯伯爵，就要在圣彼得教堂里娶你做他的幸福的新娘了。

朱丽叶　凭着圣彼得教堂和圣彼得的名字起誓，我决不让他娶我做他幸福的新娘。世间哪有这样匆促的事情，人家还没有来向我求婚，我倒先做了他的妻子！母亲，请您对我的父亲说，我现在还不愿意出嫁；就是要出嫁，我可以发誓，我也宁愿嫁给我所痛恨的罗密欧，不愿嫁给帕里斯。真是些好消息！

凯普莱特夫人　你爸爸来啦；你自己对他说去，看他会不会听你的话。

凯普莱特及乳媪上。

凯普莱特　太阳西下的时候，天空中落下了蒙蒙的细露；可是我的侄儿死了，却有倾盆的大雨送他下葬。怎么！装起喷水管来了吗，孩子？咦！还在哭吗？雨到现在还没有停吗？你这小小的身体里面，也有船，也有海，也有风；因为你的眼睛就是海，永远有泪潮在那儿涨退；你的身体是一艘船，在这泪海上面航行；你的叹息是海上的狂风；你的身体经不起风浪的吹打，会在这汹涌的怒海中覆没的。怎么，妻子！你没有把我们的主意告诉她吗？

凯普莱特夫人　我告诉她了！可是她说谢谢你，她不要嫁人。我希望这傻丫头还是死了干净！

凯普莱特　且慢！讲明白点儿，讲明白点儿，妻子。怎么！她不要嫁人吗？她不谢谢我们吗？她不称心吗？像她这样一个贱丫头，我们替她找到了这么一位高贵的绅士做她的新郎，她还不想想这是多大的福气吗？

朱丽叶　我没有喜欢，只有感激；你们不能勉强我喜欢一个我对他没有好感的人，可是我感激你们爱我的一片好心。

凯普莱特　怎么！怎么！胡说八道！这是什么话？什么“喜欢”“不喜欢”，“感激”“不感激”！好丫头，我也不要你感谢，我也不要你喜欢，只要你预备好星期四到圣彼得教堂里去跟帕里斯结婚；你要是不愿意，我就把你装在木笼里拖了去。不要脸的死丫头，贱东西！

凯普莱特夫人　哎哟！哎哟！你疯了吗？

朱丽叶　好爸爸，我跪下来求求您，请您耐心听我说一句话。

凯普莱特　该死的小贱妇！不孝的畜生！我告诉你，星期四给我到教堂里去，不然以后再也不要见我的面。不许说话，不要回答我；我的手指痒着呢——夫人，我们常常怨叹自己福薄，只生下这一个孩子；可是现在我才知道就是这一个已经太多了，总是家门不幸，出了这一个冤孽！不要脸的贱货！

乳媪　上帝祝福她！老爷，您不该这样骂她。

凯普莱特　为什么不该！我聪明的老太太？谁要你多嘴，我的好大娘？你去跟你那些婆婆妈妈们谈天去吧，去！

乳媪　我又没有说过一句冒犯您的话。

凯普莱特　啊，去你的吧。

乳媪　人家就不能开口吗？

凯普莱特　闭嘴，你这叽里咕噜的蠢婆娘！我们不要听你的教训。

凯普莱特夫人　你的脾气太躁了。

凯普莱特　哼！我气都气疯啦。每天每夜，时时刻刻，不论忙着空着，独自一个人或是跟别人在一起，我心里总是在盘算着怎样把她许配给一个好好的人家；现在好容易找到一位出身高贵的绅士，又有家私，又年轻，又受过高尚的教养，正是人家说的十二分的人才，好到没得说了；偏偏这个不懂事的傻丫头，放着送上门来的好福气不要，说什么“我不要结婚”、“我不懂恋爱”、“我年纪太小”、“请你原谅我”；好，你要是不愿意嫁人，我可以放你自由，尽你的意思到什么地方去，我这屋子里可容不得你了。你给我想想明白，我是一向说到哪里做到哪里的。星期四就在眼前；自己仔细考虑考虑。你倘然是我的女儿，就得听我的话嫁给我的朋友；你倘然不是我的女儿，那么你去上吊也好，做叫化子也好，挨饿也好，死在街道上也好，我都不管，因为凭着我的灵魂起誓，我是再也不会认你这个女儿的，你也别想我会分一点什么给你。我不会骗你，你想一想吧；我已经发过誓了，我一定要把它做到。（下。）

朱丽叶　天知道我心里是多么难过，难道它竟会不给我一点慈悲吗？啊，我亲爱的母亲！不要丢弃我！把这门亲事延期一个月或是一个星期也好；或者要是您不答应我，那么请您把我的新床安放在提伯尔特长眠的幽暗的坟茔里吧！

凯普莱特夫人　不要对我讲话，我没有什么话好说的。随你的便吧，我是不管你啦。（下。）

朱丽叶　上帝啊！啊，奶妈！这件事情怎么避过去呢？我的丈夫还在世间，我的誓言已经上达天听；倘使我的誓言可以收回，那么除非我的丈夫已经脱离人世，从天上把它送还给我。安慰安慰我，替我想想办法吧。唉！想不到天也会捉弄像我这样一个柔弱的人！你怎么说？难道你没有一句可以使我快乐的话吗？奶妈，给我一点安慰吧！

乳媪　好，那么你听我说。罗密欧是已经被放逐了；我可以拿随便什么东西跟你打赌，他再也不敢回来责问你，除非他偷偷地溜了回来。既然事情这样，那么我想你最好还是跟那伯爵结婚吧。啊！他真是个可爱的绅士！罗密欧比起他来只好算是一块抹布；小姐，一只鹰也没有像帕里斯那样一双又是碧绿好看、又是锐利的眼睛。说句该死的话，我想你这第二个丈夫，比第一个丈夫好得多啦；纵然不是好得多，可是你的第一个丈夫虽然还在世上，对你已经没有什么用处，也就跟死了差不多啦。

朱丽叶　你这些话是从心里说出来的吗？

乳媪　那不但是我心里的话，也是我灵魂里的话；倘有虚假，让我的灵魂下地狱。

朱丽叶　阿门！

乳媪　什么！

朱丽叶　好，你已经给了我很大的安慰。你进去吧；告诉我的母亲说我出去了，因为得罪了我的父亲，要到劳伦斯的寺院里去忏悔我的罪过。

乳媪　很好，我就这样告诉她；这才是聪明的办法哩。（下。）

朱丽叶　老而不死的魔鬼！顶丑恶的妖精！她希望我背弃我的盟誓；她几千次向我夸奖我的丈夫，说他比谁都好，现在却又用同一条舌头说他的坏话！去，我的顾问；从此以后，我再也不把你当作心腹看待了。我要到神父那儿去向他求救；要是一切办法都已用尽，我还有死这条路。（下。）

第四幕

第一场　维洛那。劳伦斯神父的寺院

劳伦斯神父及帕里斯上。

劳伦斯　在星期四吗，伯爵？时间未免太局促了。

帕里斯　这是我的岳父凯普莱特的意思；他既然这样性急，我也不愿把时间延迟下去。

劳伦斯　您说您还没有知道那小姐的心思；我不赞成这种片面决定的事情。

帕里斯　提伯尔特死后她伤心过度，所以我没有跟她多谈恋爱，因为在一间哭哭啼啼的屋子里，维纳斯是露不出笑容来的。神父，她的父亲因为瞧她这样一味忧伤，恐怕会发生什么意外，所以才决定提早替我们完婚，免得她一天到晚哭得像个泪人儿一般；一个人在房间里最容易触景伤情，要是

有了伴侣，也许可以替她排除悲哀。现在您可以知道我这次匆促结婚的理由了。

劳伦斯　（旁白）我希望我不知道它必须延迟的理由——瞧，伯爵，这位小姐到我寺里来了。

朱丽叶上。

帕里斯　您来得正好，我的爱妻。

朱丽叶　伯爵，等我做了妻子以后，也许您可以这样叫我。

帕里斯　爱人，也许到星期四这就要成为事实了。

朱丽叶　事实是无可避免的。

劳伦斯　那是当然的道理。

帕里斯　您是来向这位神父忏悔的吗？

朱丽叶　回答您这一个问题，我必须向您忏悔了。

帕里斯　不要在他的面前否认您爱我。

朱丽叶　我愿意在您的面前承认我爱他。

帕里斯　我相信您也一定愿意在我的面前承认您爱我。

朱丽叶　要是我必须承认，那么在您的背后承认，比在您的面前承认好得多啦。

帕里斯　可怜的人儿！眼泪已经毁损了你的美貌。

朱丽叶　眼泪并没有得到多大的胜利；因为我这副容貌在没有被眼泪毁损以前，已经够丑了。

帕里斯　你不该说这样的话诽谤你的美貌。

朱丽叶　这不是诽谤，伯爵，这是实在的话，我当着我自己的脸说的。

帕里斯　你的脸是我的，你不该侮辱它。

朱丽叶　也许是的，因为它不是我自己的。神父，您现在有空吗？还是让我在晚祷的时候再来？

劳伦斯　我还是现在有空，多愁的女儿。伯爵，我们现在必须请您离开我们。

帕里斯　我不敢打扰你们的祈祷。朱丽叶，星期四一早我就来叫醒你；现在我们再会吧，请你保留下这一个神圣的吻。（下。）

朱丽叶　啊！把门关了！关了门，再来陪着我哭吧。没有希望、没有补救、没有挽回了！

劳伦斯　啊，朱丽叶！我早已知道你的悲哀，实在想不出一个万全的计策。我听说你在星期四必须跟这伯爵结婚，而且毫无拖延的可能了。

朱丽叶　神父，不要对我说你已经听说这件事情，除非你能够告诉我怎样避免它；要是你的智慧不能帮助我，那么只要你赞同我的决心，我就可以立刻用这把刀解决一切。上帝把我的心和罗密欧的心结合在一起，我们两人的手是你替我们结合的；要是我这一只已经由你证明和罗密欧缔盟的手，再去和别人缔结新盟，或是我的忠贞的心起了叛变，投进别人的怀里，那么这把刀可以割下这背盟的手，诛戮这叛变的心。所以，神父，凭着你丰富的见识阅历，请你赶快给我一些指教；否则瞧吧，这把血腥气的刀，就可以在我跟我的困难之间做一个公正人，替我解决你的经验和才能所不能替我觅得一个光荣解决的难题。不要老是不说话；要是你不能指教我一个补救的办法，那么我除了一死以外，没有别的希冀。

劳伦斯　住手，女儿；我已经望见了一线希望，可是那必须用一种非常的手段，方才能够抵御这一种非常的变故。要是你因为不愿跟帕里斯伯爵结婚，能够毅然立下视死如归的决心，那么你也一定愿意采取一种和死差不多的办法，来避免这种耻辱；倘然你敢冒险一试，我就可以把办法告诉你。

朱丽叶　啊！只要不嫁给帕里斯，你可以叫我从那边塔顶的雉堞上跳下来；你可以叫我在盗贼出没、毒蛇潜迹的路上匍匐行走；把我和咆哮的怒熊锁禁在一起；或者在夜间把我关在堆积尸骨的地窖里，用许多陈死的白骨、霉臭的腿胴和失去下颚的焦黄的骷髅掩盖着我的身体；或者叫我跑进一座新坟里去，把我隐匿在死人的殓衾里；无论什么使我听了战栗的事，只要可以让我活着对我的爱人做一个纯洁无瑕的妻子，我都愿意毫不恐惧、毫不迟疑地去做。

劳伦斯　好，那么放下你的刀；快快乐乐地回家去，答应嫁给帕里斯。明天就是星期三了；明天晚上你必须一人独睡，别让你的奶妈睡在你的房间里；这一个药瓶你拿去，等你上床以后，就把这里面练就的液汁一口喝下，那时就会有一阵昏昏沉沉的寒气通过你全身的血管，接着脉搏就会停止跳动；没有一丝热气和呼吸可以证明你还活着；你的嘴唇和颊上的红色都会变成灰白；你的眼睑闭下，就像死神的手关闭了生命的白昼；你身上的每一部分都失去了灵活的控制，像死一样僵硬寒冷；在这种与死无异的状态中，你必须经过四十二小时，然后你就仿佛从一场酣睡中醒了过来。当那新郎在早晨来催你起身的时候，他们会发现你已经死了，然后，照着我们国里的规矩，他们就要替你穿起盛装，用柩车载着你到凯普莱特族中祖先的坟茔里。同时因为要预备你醒来，我可以写信给罗密欧，告诉他我们的计划，叫他立刻到这儿来；我跟他两个人就守在你的身边，等你一醒过来，当夜就叫罗密欧带着你到曼多亚去。只要你不临时变卦，不中途气馁，这一个办法一定可以使你避免这一场眼前的耻辱。

朱丽叶　给我！给我！啊，不要对我说起害怕两个字！

劳伦斯　拿着；你去吧，愿你立志坚强，前途顺利！我就叫一个弟兄飞快到曼多亚，带我的信去送给你的丈夫。

朱丽叶　爱情啊，给我力量吧！只有力量可以搭救我。再会，亲爱的神父！（各下。）

第二场　同前。凯普莱特家中厅堂

凯普莱特、凯普莱特夫人、乳媪及众仆上。

凯普莱特　这单子上有名字的，都是要去邀请的客人。（仆甲下）来人，给我去雇二十个有本领的厨子来。

仆乙　老爷，您请放心，我一定要挑选能舔手指头的厨子来做菜。

凯普莱特　你怎么知道他们能做菜呢？

仆乙　呀，老爷，不能舔手指头的就不能做菜：这样的厨子我就不要。

凯普莱特　好，去吧。咱们这一次实在有点儿措手不及。什么！我的女儿到劳伦斯神父那里去了吗？

乳媪　正是。

凯普莱特　好，也许他可以劝告劝告她；真是个乖僻不听话的浪蹄子！

乳媪　瞧她已经忏悔完毕，高高兴兴地回来啦。

朱丽叶上。

凯普莱特　啊，我倔强的丫头！你荡到什么地方去啦？

朱丽叶　我因为自知忤逆不孝，违抗了您的命令，所以特地前去忏悔我的罪过。现在我听从劳伦斯神父的指教，跪在这儿请您宽恕。爸爸，请您宽恕我吧！从此以后，我永远听您的话了。

凯普莱特　去请伯爵来，对他说我要把婚礼改在明天早上举行。

朱丽叶　我在劳伦斯寺里遇见这位少年伯爵；我已经在不超过礼法的范围以内，向他表示过我的爱情了。

凯普莱特　啊，那很好，我很高兴。站起来吧；这样才对。让我见见这伯爵；喂，快去请他过来。多谢上帝，把这位可尊敬的神父赐给我们！我们全城的人都感戴他的好处。

朱丽叶　奶妈，请你陪我到我的房间里去，帮我检点检点衣饰，看有哪几件可以在明天穿戴。

凯普莱特夫人　不，还是到星期四再说吧，急什么呢？

凯普莱特　去，奶妈，陪她去。我们一定明天上教堂。（朱丽叶及乳媪下。）

凯普莱特夫人　我们现在预备起来怕来不及；天已经快黑了。

凯普莱特　胡说！我现在就动手起来，你瞧着吧，太太，到明天一定什么都安排得好好的。你快去帮朱丽叶打扮打扮；我今天晚上不睡了，让我一个人在这儿做一次管家妇。喂！喂！这些人一个都不在。好，让我自己跑到帕里斯那里去，叫他准备明天做新郎。这个倔强的孩子现在回心转意，真叫我高兴得了不得。（各下。）

第三场　同前。朱丽叶的卧室

朱丽叶及乳媪上。

朱丽叶　嗯，那些衣服都很好。可是，好奶妈，今天晚上请你不用陪我，因为我还要念许多祷告，求上天宥恕我过去的罪恶，默佑我将来的幸福。

凯普莱特夫人上。

凯普莱特夫人　啊！你正在忙着吗？要不要我帮你？

朱丽叶　不，母亲！我们已经选择好了明天需用的一切，所以现在请您让我一个人在这儿吧；让奶妈今天晚上陪着您不睡，因为我相信这次事情办得太匆促了，您一定忙得不可开交。

凯普莱特夫人　晚安！早点睡觉，你应该好好休息休息。（凯普莱特夫人及乳媪下。）

朱丽叶　再会！上帝知道我们将在什么时候相见。我觉得仿佛有一阵寒战刺激着我的血液，简直要把生命的热流冻结起来似的；待我叫她们回来安慰安慰我。奶妈——要她到这儿来干吗？这凄惨的场面必须让我一个人扮演。来，药瓶。要是这药水不发生效力呢？那么我明天早上就必须结婚吗？不，不，这把刀会阻止我；你躺在那儿吧。（将匕首置枕边）也许这瓶里是毒药，那神父因为已经替我和罗密欧证婚，现在我再跟别人结婚，恐怕损害他的名誉，所以有意骗我服下去毒死我；我怕也许会有这样的事；可是他一向是众所公认的道高德重的人，我想大概不至于；我不能抱着这样卑劣的思想。要是我在坟墓里醒了过来，罗密欧还没有到来把我救出去呢？这倒是很可怕的一点！那时我不是要在终年透不进一丝新鲜空气的地窖里活活闷死，等不到我的罗密欧到来吗？即使不闷死，那死亡和长夜的恐怖，那古墓中阴森的气象，几百年来，我祖先的尸骨都堆积在那里，入土未久的提伯尔特蒙着他的殓衾，正在那里腐烂；人家说，一到晚上，鬼魂便会归返他们的墓穴；唉！唉！要是我太早醒来，这些恶臭的气味，这些使人听了会发疯的凄厉的叫声；啊！要是我醒来，周围都是这种吓人的东西，我不会心神迷乱，疯狂地抚弄着我祖宗的骨骼，把肢体溃烂的提伯尔特拖出他的殓衾吗？在这样疯狂的状态中，我不会拾起一根老祖宗的骨头来，当作一根棍子，打破我发昏的头颅吗？啊，瞧！那不是提伯尔特的鬼魂，正在那里追赶罗密欧，报他的一剑之仇吗？等一等，提伯尔特，等一等！罗密欧，我来了！我为你干了这一杯！（倒在幕内的床上。）

第四场　同前。凯普莱特家中厅堂

凯普莱特夫人及乳媪上。

凯普莱特夫人　奶妈，把这串钥匙拿去，再拿一点香料来。

乳媪　点心房里在喊着要枣子呢。

凯普莱特上。

凯普莱特　来，赶紧点儿，赶紧点儿！鸡已经叫了第二次，晚钟已经打过，到三点钟了。好安吉丽加[1]，当心看看肉饼有没有烤焦。多花几个钱没有关系。

乳媪　走开，走开，女人家的事用不着您多管；快去睡吧，今天忙了一个晚上，明天又要害病了。

凯普莱特　不，哪儿的话！嘿，我为了没要紧的事，也曾经整夜不睡，几曾害过病来？

凯普莱特夫人　对啦，你从前也是惯偷女人的夜猫儿，可是现在我却不放你出去胡闹啦。（凯普莱特夫人及乳媪下。）

凯普莱特　真是个醋娘子！真是个醋娘子！

三四仆人持炙叉、木柴及篮上。

凯普莱特　喂，这是什么东西？

仆甲　老爷，都是拿去给厨子的，我也不知道是什么东西。

凯普莱特　赶紧点儿，赶紧点儿。（仆甲下）喂，木头要拣干燥点儿的，你去问彼得，他可以告诉你什么地方有。

仆乙　老爷，我自己也长着眼睛会拣木头，用不着麻烦彼得。（下。）

---

① 安吉丽加，是凯普莱特夫人的名字。

凯普莱特　嘿，倒说得有理，这个淘气的小杂种！哎哟！天已经亮了；伯爵就要带着乐工来了，他说过的。（内乐声）我听见他已经走近了。奶妈！妻子！喂，喂！喂，奶妈呢？

乳媪重上。

凯普莱特　快去叫朱丽叶起来，把她打扮打扮；我要去跟帕里斯谈天去了。快去，快去，赶紧点儿；新郎已经来了；赶紧点儿！（各下。）

第五场　同前。朱丽叶的卧室

乳媪上。

乳媪　小姐！喂，小姐！朱丽叶！她准是睡熟了。喂，小羊！喂，小姐！哼，你这懒丫头！喂，亲亲！小姐！心肝！喂，新娘！怎么！一声也不响？现在尽你睡去，尽你睡一个星期；到今天晚上，帕里斯伯爵可不让你安安静静休息一会儿了。上帝饶恕我，阿门，她睡得多熟！我必须叫她醒来。小姐！小姐！小姐！好，让那伯爵自己到你床上来吧，那时你可要吓得跳起来了，是不是？怎么！衣服都穿好了，又重新睡下去吗？我必须把你叫醒。小姐！小姐！小姐！哎哟！哎哟！救命！救命！我的小姐死了！哎哟！我还活着做什么！喂，拿一点酒来！老爷！太太！

凯普莱特夫人上。

凯普莱特夫人　吵什么？

乳媪　哎哟，好伤心啊！

凯普莱特夫人　什么事?

乳媪　瞧,瞧!哎哟,好伤心啊!

凯普莱特夫人　哎哟,哎哟!我的孩子,我唯一的生命!醒来!睁开你的眼睛来!你死了,叫我怎么活得下去?救命!救命!大家来啊!

凯普莱特上。

凯普莱特　还不送朱丽叶出来,她的新郎已经来啦。

乳媪　她死了,死了,她死了!哎哟,伤心啊!

凯普莱特夫人　唉!她死了,她死了,她死了!

凯普莱特　嘿!让我瞧瞧。哎哟!她身上冰冷的;她的血液已经停止不流,她的手脚都硬了;她的嘴唇里已经没有了生命的气息;死像一阵未秋先降的寒霜,摧残了这一朵最鲜嫩的娇花。

乳媪　哎哟,好伤心啊!

凯普莱特夫人　哎哟,好苦啊!

凯普莱特　死神夺去了我的孩子,他使我悲伤得说不出话来。

劳伦斯神父、帕里斯及众乐工上。

劳伦斯　来,新娘有没有预备好上教堂去?

凯普莱特　她已经预备动身,可是这一去再不回来了。啊!贤婿!死神已经在你新婚的前夜降临到你妻子的身上。她躺在那里,像一朵被他摧残了的鲜花。死神是我的新婿,是我的后嗣,他已经娶走了我的女儿。我也快要死了,把我的一切都传给他;我的生命财产,一切都是死神的!

帕里斯　难道我眼巴巴望到天明,却让我看见这一个凄惨的情景吗？

凯普莱特夫人　倒霉的、不幸的、可恨的日子！永无休止的时间的运行中的一个顶悲惨的时辰！我就生了这一个孩子，这一个可怜的疼爱的孩子，她是我唯一的宝贝和安慰，现在却被残酷的死神从我眼前夺了去啦！

乳媪　好苦啊！好苦的、好苦的、好苦的日子啊！我这一生一世里顶伤心的日子，顶凄凉的日子！哎哟，这个日子！这个可恨的日子！从来不曾见过这样倒霉的日子！好苦的、好苦的日子啊！

帕里斯　最可恨的死，你欺骗了我，杀害了她，拆散了我们的良缘，一切都被残酷的、残酷的你破坏了！啊！爱人！啊，我的生命！没有生命，只有被死亡吞噬了的爱情！

凯普莱特　悲痛的命运，为什么你要来打破我们的盛礼？儿啊！儿啊！我的灵魂，你死了！你已经不是我的孩子了！死了！唉！我的孩子死了，我的快乐也随着我的孩子埋葬了！

劳伦斯　静下来！不害羞吗？你们这样乱哭乱叫是无济于事的。上天和你们共有着这一个好女儿；现在她已经完全属于上天所有，这是她的幸福，因为你们不能使她的肉体避免死亡，上天却能使她的灵魂得到永生。你们竭力替她找寻一个美满的前途，因为你们的幸福是寄托在她身上的；现在她高高地升上云中去了，你们却为她哭泣吗？啊！你们瞧着她享受最大的幸福，却这样发疯一样号啕叫喊，这可以算是真爱你们的女儿吗？活着，嫁了人，一直到老，这样的婚姻有什么乐趣呢？在年轻时候结了婚而死去，才是最幸福不过的。揩干你们的眼泪，把你们的香花散布在这美丽的尸体上，按照着习惯，把她穿着盛装抬到教堂里去。愚痴的天性虽然使我们伤心痛哭，可是在理智眼中，这些天性的眼泪却是可笑的。

凯普莱特　我们本来为了喜庆预备好的一切，现在都要变成悲哀的殡礼；我们的乐器要变成忧郁的丧钟，我们的婚筵要变成凄凉的丧席，我们的赞美诗要变成沉痛的挽歌，新娘手里的鲜花要放在坟墓中殉葬，一切都要相反而行。

劳伦斯　凯普莱特先生，您进去吧；夫人，您陪他进去；帕里斯伯爵，您也去吧；大家准备送这具美丽的尸体下葬。上天的愤怒已经降临在你们身上，不要再违拂他的意旨，招致更大的灾祸。（凯普莱特夫妇、帕里斯、劳伦斯同下。）

乐工甲　真的，咱们也可以收起笛子走啦。

乳媪　啊！好兄弟们，收起来吧，收起来吧；这真是一场伤心的横祸！（下。）

乐工甲　唉，我巴不得这事有什么办法补救才好。

彼得上。

彼得　乐工！啊！乐工，《心里的安乐》，《心里的安乐》！啊！替我奏一曲《心里的安乐》，否则我要活不下去了。

乐工甲　为什么要奏《心里的安乐》呢?

彼得　啊！乐工，因为我的心在那里唱着《我心里充满了忧伤》。啊！替我奏一支快活的歌儿，安慰安慰我吧。

乐工甲　不奏不奏，现在不是奏乐的时候。

彼得　那么你们不奏吗?

乐工甲　不奏。

彼得　那么我就给你们……

乐工甲　你给我们什么？

彼得　我可不给你们钱，哼！我要给你们一顿骂；我骂你们是一群卖唱的叫化子。

乐工甲　那么我就骂你是个下贱的奴才。

彼得　那么我就把奴才的刀搁在你们的头颅上。我决不含糊：不是高音，就是低调。你们听见了吗？

乐工甲　什么高音低调，你倒还懂得这一套。

乐工乙　且慢，君子动口，小人动手。

彼得　好，那么让我用舌剑唇枪杀得你们抱头鼠窜。有本领的，回答我这一个问题：

悲哀伤痛着心灵，
忧郁萦绕在胸怀，
唯有音乐的银声……

为什么说“银声”？为什么说“音乐的银声”？西门凯特林，你怎么说？

乐工甲　因为银子的声音很好听。

彼得　说得好！休利培克，你怎么说？

乐工乙　因为乐工奏乐的目的，是想人家赏他一些银子。

彼得　说得好！詹姆士桑德普斯特，你怎么说？

乐工丙　不瞒你说，我可不知道应当怎么说。

彼得　啊！对不起，你是只会唱唱歌的；我替你说了吧：因为乐工尽管奏乐奏到老死，也换不到一些金子。唯有音乐的银声，可以把烦闷推开。（下。）

乐工甲　　真是个讨厌的家伙！

乐工乙　　该死的奴才！来，咱们且慢些回去，等吊客来的时候吹奏两声，吃他们一顿饭再走。（同下。）

第五幕

第一场　曼多亚。街道

罗密欧上。

罗密欧　要是梦寐中的幻景果真可以代表真实，那么我的梦预兆着将有好消息到来；我觉得心旷神怡，整日里有一种前所未有的精神，用快乐的思想把我从地面上飘扬起来。我梦见我的爱人来看见我死了——奇怪的梦，一个死人也会思想——她吻着我，把生命吐进了我的嘴唇里，于是我复活了，并且成为一个君王。唉！仅仅是爱的影子，已经给人这样丰富的欢乐，要是能占有爱的本身，那该有多么甜蜜！

鲍尔萨泽上。

罗密欧　从维洛那来的消息！啊，鲍尔萨泽！不是神父叫你带信来给我吗？我的爱人怎样？我父亲好吗？我再问你一遍，我的朱丽叶安好吗？因为只要她安好，一定什么都是好好的。

鲍尔萨泽　那么她是安好的，什么都是好好的；她的身体长眠在凯普莱特家的坟茔里，她不死的灵魂和天使们在一起。我看见她下葬在她亲族的墓穴里，所以立刻飞马前来告诉您。啊，少爷！恕我带了这恶消息来，因为这是您吩咐我做的事。

罗密欧　有这样的事！命运，我诅咒你——你知道我的住处；给我买些纸笔，雇下两匹快马，我今天晚上就要动身。

鲍尔萨泽　少爷，请您宽心一下；您的脸色惨白而仓皇，恐怕是不吉之兆。

罗密欧　胡说，你看错了。快去，把我叫你做的事赶快办好。神父没有叫你带信给我吗？

鲍尔萨泽　没有，我的好少爷。

罗密欧　算了，你去吧，把马匹雇好了；我就来找你。（鲍尔萨泽下。）好，朱丽叶，今晚我要睡在你的身旁。让我想个办法。啊，罪恶的念头！你会多么快钻进一个绝望者的心里！我想起了一个卖药的人，他的铺子就开设在附近，我曾经看见他穿着一身破烂的衣服，皱着眉头在那儿拣药草；他的形状十分消瘦，贫苦把他熬煎得只剩一把骨头；他寒碜的铺子里挂着一只乌龟，一头剥制的鳄鱼，还有几张形状丑陋的鱼皮；他的架子上稀疏地散放着几只空匣子、绿色的瓦罐、一些胞囊和发霉的种子、几段包扎的麻绳，还有几块陈年的干玫瑰花，作为聊胜于无的点缀。看到这一种寒酸的样子，我就对自己说，在曼多亚城里，谁出卖了毒药是会立刻被处死的，可是倘有谁现在需要毒药，这儿有一个可怜的奴才会卖给他。啊！不料我这一个思想，竟会预兆着我自己的需要，这个穷汉的毒药却要卖给我。我记得这里就是他的铺子；今天是假日，所以这叫化子没有开门。喂！卖药的！

卖药人上。

卖药人　谁在高声叫喊？

罗密欧　过来，朋友。我瞧你很穷，这儿是四十块钱，请你给我一点能够迅速致命的毒药，厌倦于生命的人一服下去便会散入全身的血管，立刻停止呼吸而死去，就像火药从炮膛里放射出去一样快。

卖药人　这种致命的毒药我是有的；可是曼多亚的法律严禁发售买卖，出卖的人是要处死刑的。

罗密欧　难道你这样穷苦，还怕死吗？饥寒的痕迹刻在你的面颊上，贫乏和迫害在你的眼睛里射出了饿火，轻蔑和卑贱重压在你的背上；这世间不是你的朋友，这世间的法律也保护不到你，没有人为你定下一条法律使你富有；那么你何必苦耐着贫穷呢？违犯法律，把这些钱收下吧。

卖药人　我的贫穷答应了你，可是那是违反我的良心的。

罗密欧　我的钱是给你的贫穷，不是给你的良心的。

卖药人　把这一服药放在无论什么饮料里喝下去，即使你有二十个人的气力，也会立刻送命。

罗密欧　这儿是你的钱，那才是害人灵魂的更坏的毒药，在这万恶的世界上，它比你那些不准贩卖的微贱的药品更会杀人；你没有把毒药卖给我，是我把毒药卖给你。再见；买些吃的东西，把你自己喂得胖一点——来，你不是毒药，你是替我解除痛苦的仙丹，我要带着你到朱丽叶的坟上去，少不得要借重你一下哩。（各下。）

第二场　维洛那。劳伦斯神父的寺院

约翰神父上。

约翰　喂！师兄在哪里？

劳伦斯神父上。

劳伦斯　这是约翰师弟的声音。欢迎你从曼多亚回来！罗密欧怎么说？要是他的意思在信里写明，那么把他的信给我吧。

约翰　我临走的时候，因为要找一个同门的师弟作我的同伴，他正在这城里访问病人，不料给本地巡逻的人看见了，疑心我们走进了一家染着瘟疫的人家，把门封锁住了，不让我们出来，所以耽误了我的曼多亚之行。

劳伦斯　那么谁把我的信送去给罗密欧了？

约翰　我没有法子把它送出去，现在我又把它带回来了；因为他们害怕瘟疫传染，也没有人愿意把它送还给你。

劳伦斯　糟了！这封信不是等闲，十分重要，把它耽误下来，也许会引起极大的灾祸。约翰师弟，你快去给我找一柄铁锄，立刻带到这儿来。

约翰　好师兄，我去给你拿来。（下。）

劳伦斯　现在我必须独自到墓地里去；在这三小时之内，朱丽叶就会醒来，她因为罗密欧不曾知道这些事情，一定会责怪我。我现在要再写一封信到曼多亚去，让她留在我的寺院里，直等罗密欧到来。可怜的没有死的尸体，幽闭在一座死人的坟墓里！（下。）

第三场　同前。凯普莱特家坟茔所在的墓地

帕里斯及侍童携鲜花火炬上。

帕里斯　孩子，把你的火把给我；走开，站在远远的地方；还是灭了吧，我不愿给人看见。你到那边的紫杉树底下直躺下来，把你的耳朵贴着中空的地面，地下挖了许多墓穴，土是松的，要是有踉跄的脚步走到坟地上来，你准听得见；要是听见有什么声息，便吹一个唿哨通知我。把那些花给我。照我的话做去，走吧。

侍童　（旁白）我简直不敢独自一个人站在这墓地上，可是我要硬着头皮试一下。（退后。）

帕里斯　这些鲜花替你铺盖新床；
惨啊，一朵娇红永委沙尘！
我要用沉痛的热泪淋浪，
和着香水浇溉你的芳坟；
夜夜到你墓前散花哀泣，
这一段相思啊永无消歇！（侍童吹口哨。）

这孩子在警告我有人来了。哪一个该死的家伙在这晚上到这儿来打扰我在爱人墓前的凭吊？什么！还拿着火把来吗——让我躲在一旁看看他的动静。（退后。）

罗密欧及鲍尔萨泽持火炬锹锄等上。

罗密欧　把那锄头跟铁钳给我。且慢，拿着这封信；等天一亮，你就把它送给我的父亲。把火把给我。听好我的吩咐，无论你听见什么瞧见什么，都只好远远地站着不许动，免得妨碍我的事情；要是动一动，我就要你的命。我之所以要跑到这个坟墓里去，一部分的原因是要探望探望我的爱人，可是主要的理由却是要从她的手指上取下一个宝贵的指环，因为我有一个很重要的用途。所以你赶快给我走开吧；要是你不相信我的话，胆敢回来窥伺我的行动，那么，我可以对天发誓，我要把你的骨骼一节一节扯下来，让这饥饿的墓地上散满你的肢体。我现在的心境非常狂野，比饿虎或是咆哮的怒海都要凶猛无情，你可不要惹我性起。

鲍尔萨泽　少爷，我走就是了，决不来打扰您。

罗密欧　这才像个朋友。这些钱你拿去，愿你一生幸福。再会，好朋友。

鲍尔萨泽　（旁白）虽然这么说，我还是要躲在附近的地方看着他；他的脸色使我害怕，我不知道他究竟打算做出什么事来。（退后。）

罗密欧　你这无情的泥土，吞噬了世上最可爱的人儿，我要擘开你的馋吻，（将墓门掘开）索性让你再吃一个饱！

帕里斯　这就是那个已经被放逐出去的骄横的蒙太古，他杀死了我爱人的表兄，据说她就是因为伤心他的惨死而夭亡的。现在这家伙又要来盗尸挖墓了，待我去抓住他。（上前）万恶的蒙太古！停止你罪恶的工作，难道你杀了他们还不够，还要在死人身上发泄你的仇恨吗？该死的凶徒，赶快束手就捕，跟我见官去！

罗密欧　我果然该死，所以才到这儿来。年轻人，不要激怒一个不顾死活的人，快快离开我走吧；想想这些死了的人，你也该胆寒了。年轻人，请你不要激起我的怒气，使我再犯一次罪；啊，走吧！我可以对天发誓，我爱你远过于爱我自己，因为我来此的目的，就是要跟自己作对。别留在这儿，走吧；好好留着你的性命，以后也可以对人家说，是一个疯子发了慈悲，叫你逃走的。

帕里斯　我不听你这种鬼话；你是一个罪犯，我要逮捕你。

罗密欧　你一定要激怒我吗？那么好，来，朋友！（二人格斗。）

侍童　哎哟，主啊！他们打起来了，我去叫巡逻的人来！（下。）

帕里斯　（倒下）啊，我死了——你倘有几分仁慈，打开墓门来，把我放在朱丽叶的身旁吧！（死。）

罗密欧　好，我愿意成全你的心愿。让我瞧瞧他的脸；啊，茂丘西奥的亲戚，尊贵的帕里斯伯爵！当我们一路上骑马而来的时候，我的仆人曾经对我说过几句话，那时我因为心绪烦乱，没有听得进去；他说些什么？好像他告诉我说帕里斯本来预备娶朱丽叶为妻；他不是这样说的吗？还是我做过这样的梦？或者是我神经错乱，听见他说起朱丽叶的名字，所以产生了这一种幻想？啊！把你的手给我，你我都是登录在厄运的黑册上的人，我要把你葬在一个胜利的坟墓里；一个坟墓吗？啊，不！被杀害的少年，这是一个灯塔，因为朱丽叶睡在这里，她的美貌使这一个墓窟变成一座充满着光明的欢宴的华堂。死了的人，躺在那儿吧，一个死了的人把你安葬了。（将帕里斯放下墓中）人们临死的时候，往往反会觉得心中愉快，旁观的人便说这是死前的一阵回光返照。啊！这也就是我的回光返照吗？啊，我的爱人！我的妻子！死虽然已经吸去了你呼吸中的芳蜜，却还没有力量摧残你的美貌；你还没有被他征服，你的嘴唇上、面庞上，依然显着红润的美艳，不曾让灰白的死亡进占。提伯尔特，你也裹着你血淋淋的殓衾躺在那儿吗？啊！你的青春葬送在你仇人的手里，现在我来替你报仇来了，我要亲手杀死那杀害你的人。原谅我吧，兄弟！啊！亲爱的朱丽叶，你为什么仍然这样美丽？难道那虚无的死亡，那枯瘦可憎的妖魔，也是个多情种子，所以把你藏匿在这幽暗的洞府里做他的情妇吗？为了防止这样的事情，我要永远陪伴着你，再不离开这漫漫长夜的幽宫；我要留在这儿，跟你的侍婢，那些蛆虫们在一起；啊！我要在这儿永久安息下来，从我这厌倦人世的凡躯上挣脱厄运的束缚。眼睛，瞧你的最后一眼吧！手臂，做你最后一次的拥抱吧！嘴唇，啊，你呼吸的门户，用一个合法的吻，跟网罗一切的死亡订立一个永久的契约吧！来，苦味的向导，绝望的领港人，现在赶快把你的厌倦于风涛的船舶向那岩上冲撞过去吧！为了我的爱人，我干了这一杯！（饮药）啊！卖药的人果然没有骗我，药性很快地发作了。我就这样在这一吻中死去。（死。）

劳伦斯神父持灯笼、锄、锹自墓地另一端上。

劳伦斯　圣芳济保佑我！我这双老脚今天晚上怎么老是在坟堆里绊来跌去的！那边是谁？

鲍尔萨泽　是一个朋友，也是一个跟您熟识的人。

劳伦斯　祝福你！告诉我，我的好朋友，那边是什么火把，向蛆虫和没有眼睛的骷髅浪费着它的光明？照我辨认起来，那火把亮着的地方，似乎是凯普莱特家里的坟茔。

鲍尔萨泽　正是，神父；我的主人，您的好朋友，就在那儿。

劳伦斯　他是谁？

鲍尔萨泽　罗密欧。

劳伦斯　他来多久了？

鲍尔萨泽　足足半点钟了。

劳伦斯　陪我到墓穴里去。

鲍尔萨泽　我不敢，神父。我的主人不知道我还没有走；他曾经对我严辞恐吓，说要是我留在这儿窥伺他的动静，就要把我杀死。

劳伦斯　那么你留在这儿，让我一个人去吧。恐惧降临到我的身上。啊！我怕会有什么不幸的祸事发生。

鲍尔萨泽　当我在这株紫杉树底下睡了过去的时候，我梦见我的主人跟另外一个人打架，那个人被我的主人杀了。

劳伦斯　（趋前）罗密欧！哎哟！哎哟，这坟墓的石门上染着些什么血迹？在这安静的地方，怎么横放着这两柄无主的血污的刀剑？（进墓）罗密欧！啊，他的脸色这么惨白！还有谁？什么！帕里斯也躺在这儿，浑身浸在血泊里？啊！多么残酷的时辰，造成了这场凄惨的意外！那小姐醒了。

（朱丽叶醒。）

朱丽叶　啊，善心的神父！我的夫君呢？我记得很清楚我应当在什么地方，现在我正在这地方。我的罗密欧呢？（内喧声。）

劳伦斯　我听见有什么声音。小姐，赶快离开这个密布着毒气腐臭的死亡的巢穴吧；一种我们所不能反抗的力量已经阻挠了我们的计划。来，出去吧。你的丈夫已经在你的怀中死去；帕里斯也死了。来，我可以替你找一处地方出家做尼姑。不要耽误时间盘问我，巡夜的人就要来了。来，好朱丽叶，去吧。（内喧声又起）我不敢再等下去了。

朱丽叶　去，你去吧！我不愿意走。（劳伦斯下）这是什么？一只杯子，紧紧地握在我忠心的爱人的手里？我知道了，一定是毒药结果了他的生命。唉，冤家！你一起喝干了，不留下一滴给我吗？我要吻着你的嘴唇，也许这上面还留着一些毒液，可以让我当作兴奋剂服下而死去。（吻罗密欧）你的嘴唇还是温暖的！

巡丁甲　（在内）孩子，带路；在哪一个方向？

朱丽叶　啊，人声吗？那么我必须快一点了结。啊，好刀子！（攫住罗密欧的匕首）这就是你的鞘子；（以匕首自刺）你插了进去，让我死了吧。（扑在罗密欧身上死去。）

若干巡丁及帕里斯侍童上。

侍童　就是这儿，那火把亮着的地方。

巡丁甲　地上都是血；你们几个人去把墓地四周搜查一下，看见什么人就抓起来。（若干巡丁下。）好惨！伯爵被人杀了躺在这儿，朱丽叶胸口流着血，身上还是热热的，好像死得不久，虽然她已经葬在这里两天了。去，报告亲王，通知凯普莱特家里，再去把蒙太古家里的人也叫醒了，剩下的人到各处搜搜。（若干巡丁续下。）我们看见这些惨事发生在这个地方，可是在没有得到人证以前，却无法明了这些惨事的真相。

若干巡丁率鲍尔萨泽上。

巡丁乙　这是罗密欧的仆人；我们看见他躲在墓地里。

巡丁甲　把他好生看押起来，等亲王来审问。

若干巡丁率劳伦斯神父上。

巡丁丙　我们看见这个教士从墓地旁边跑出来，神色慌张，一边叹气一边流泪，他手里还拿着锄头铁锹，都给我们拿下来了。

巡丁甲　他有很重大的嫌疑；把这教士也看押起来。

亲王及侍从上。

亲王　什么祸事在这样早的时候发生，打断了我清晨的安睡？

凯普莱特、凯普莱特夫人及余人等上。

凯普莱特　外边这样乱叫乱喊，是怎么一回事？

凯普莱特夫人　街上的人们有的喊着罗密欧，有的喊着朱丽叶，有的喊着帕里斯；大家沸沸扬扬地向我们家里的坟上奔去。

亲王　这么多人为什么发出这样惊人的叫喊？

巡丁甲　王爷，帕里斯伯爵被人杀死了躺在这儿；罗密欧也死了；已经死了两天的朱丽叶，身上还热着，又被人重新杀死了。

亲王　用心搜寻，把这场万恶的杀人命案的真相调查出来。

巡丁甲　这儿有一个教士，还有一个被杀的罗密欧的仆人，他们都拿着掘墓的器具。

凯普莱特　天啊——啊，妻子！瞧我们的女儿流着这么多的血！这把刀弄错了地位了！瞧，它的空鞘子还在蒙太古家小子的背上，它却插进了我女儿的胸前！

凯普莱特夫人　哎哟！这些死的惨相就像惊心动魄的钟声，警告我这风烛残年，快要不久于人世了。

蒙太古及余人等上。

亲王　来，蒙太古，你起得虽然很早，可是你的儿子倒下得更早。

蒙太古　唉！殿下，我的妻子因为悲伤小儿的远逐，已经在昨天晚上去世了；还有什么祸事要来跟我这老头子作对呢？

亲王　瞧吧，你就可以看见。

蒙太古　啊，你这不孝的东西！你怎么可以抢在你父亲的前面，自己先钻到坟墓里去呢？

亲王　暂时停止你们的悲恸，让我把这些可疑的事实审问明白，知道了详细的原委以后，再来领导你们放声一哭吧；也许我的悲哀还要远远胜过你们呢——把嫌疑犯带上来。

劳伦斯　时间和地点都可以做不利于我的证人；在这场悲惨的血案中，我虽然是一个能力最薄弱的人，却是嫌疑最重的人。我现在站在殿下的面前，一方面要供认我自己的罪过，一方面也要为我自己辩解。

亲王　那么快把你所知道的一切说出来。

劳伦斯　我要把经过的情形尽量简单地叙述出来，因为我短促的残生还不及一段冗繁的故事那么长。死了的罗密欧是死了的朱丽叶的丈夫，她是罗密欧忠心的妻子，他们的婚礼是由我主持的。就在他们秘密结婚的那天，提伯尔特死于非命，这位才做新郎的人也从这城里被放逐出去；朱丽叶是为了他，不是为了提伯尔特，才那样伤心憔悴。你们因为要替她解除烦恼，把她许婚给帕里斯伯爵，还要强迫她嫁给他，她就跑来见我，神色慌张地要我替她想个办法避免这第二次的结婚，否则她要在我的寺院里自杀。所以我就根据我医药方面的学识，给她一服安眠的药水；它果然发生了我所预期的效力，她一服下去就像死了一样昏沉过去。同时我写信给罗密欧，叫他就在这一个悲惨的晚上到这儿来，帮助我把她搬出她寄寓的坟墓，因为药性一到时候便会过去。可是替我带信的约翰神父却因遭到意外，不能脱身，昨天晚上才把我的信原样带了回来。那时我只好按照预先算定她醒来的时间，一个人前去把她从她家族的墓茔里带出来，预备把她藏匿在我的寺院里，等方便再去叫罗密欧来；不料我在她醒来以前几分钟到这儿来的时候，尊贵的帕里斯和忠诚的罗密欧已经双双惨死了。她一醒过来，我就请她出去，劝她安心忍受这一种出自天意的变故；可是那时我听见了纷纷的人声，吓得逃出了墓穴，她在万分绝望之中不肯跟我去，看样子她是自杀了。这是我所知道的一切，至于他们两人的结婚，那么她的乳母也是与闻的。要是这一场不幸的惨祸，是由我的疏忽所造成的，那么我这条老命愿受最严厉的法律的制裁，请您让它提早几点钟牺牲了吧。

亲王　　我一向知道你是一个道行高尚的人。罗密欧的仆人呢？他有什么话说？

鲍尔萨泽　　我把朱丽叶的死讯通知了我的主人，因此他从曼多亚急急地赶到这里，到了这座坟堂的前面。这封信是他叫我一早送去给我家老爷的；当他走进墓穴里的时候，他还恐吓我，说要是我不离开他赶快走开，他就要杀死我。

亲王　　把那封信给我，我要看看。叫巡丁来的那个伯爵的侍童呢？喂，你的主人到这地方来做什么？

侍童　　他带了花来散在他夫人的坟上，他叫我站得远远的，我就听他的话；不一会儿工夫，来了一个拿着火把的人把坟墓打开了。后来我的主人就拔剑跟他打了起来，我就奔去叫巡丁了。

亲王　　这封信证实了这个神父的话，讲起他们恋爱的经过和她去世的消息；他还说他从一个穷苦的卖药人手里买到一种毒药，要把它带到墓穴里来准备和朱丽叶长眠在一起。这两家仇人在哪里——凯普莱特！蒙太古！瞧你们的仇恨已经受到了多大的惩罚，上天借手于爱情，夺去了你们心爱的人；我因为忽视你们的争执，也已经丧失了一双亲戚，大家都受到惩罚了。

凯普莱特　啊，蒙太古大哥！把你的手给我；这就是你给我女儿的一份聘礼，我不能再作更大的要求了。

蒙太古　但是我可以给你更多的；我要用纯金替她铸一座像，只要维洛那一天不改变它的名称，任何塑像都不会比忠贞的朱丽叶那一座更为卓越。

凯普莱特　罗密欧也要有一座同样富丽的金像卧在他情人的身旁，这两个在我们的仇恨下惨遭牺牲的可怜的人儿！

亲王　清晨带来了凄凉的和解，
太阳也惨得在云中躲闪。
大家先回去发几声感慨，
该恕的、该罚的再听宣判。
古往今来多少离合悲欢，
谁曾见这样的哀怨辛酸！（同下。）

麦克白

剧中人物

邓肯	苏格兰国王
马尔康 道纳本	邓肯之子
麦克白 班柯	苏格兰军中大将
麦克德夫 列诺克斯 洛斯 孟提斯 安格斯 凯士纳斯	苏格兰贵族

弗里恩斯	班柯之子
西华德	诺森伯兰伯爵，英国军中大将
小西华德	西华德之子
西登	麦克白的侍臣

麦克德夫的幼子

英格兰医生

苏格兰医生

军曹

门房

老翁

麦克白夫人

麦克德夫夫人

麦克白夫人的侍女

赫卡忒及三女巫

贵族、绅士、将领、兵士、刺客、侍从及使者等

班柯的鬼魂及其他幽灵等

地点

苏格兰、英格兰

第一幕

第一场　荒原

雷电。三女巫上。

女巫甲　何时姊妹再相逢，

雷电轰轰雨蒙蒙？

女巫乙　且等烽烟静四陲，

败军高奏凯歌回。

女巫丙　半山夕照尚含晖。

女巫甲　何处相逢？

女巫乙　在荒原。

女巫丙　共同去见麦克白。

女巫甲　我来了，狸猫精。

女巫乙　癞蛤蟆叫我了。

女巫丙　　来也。[①]

三女巫　　（合）美即丑恶丑即美，

翱翔毒雾妖云里。（同下。）

第二场　福累斯附近的营地

内号角声。邓肯、马尔康、道纳本、列诺克斯及侍从等上，与一流血之军曹相遇。

邓肯　　那个流血的人是谁？看他的样子，也许可以向我们报告关于叛乱的最近的消息。

马尔康　　这就是那个奋勇苦战帮助我冲出敌人重围的军曹。祝福，勇敢的朋友！把你离开战场以前的战况报告王上。

军曹　　双方还在胜负未决之中；正像两个精疲力竭的游泳者，彼此扭成一团，显不出他们的本领来。那残暴的麦克唐华德不愧为一个叛徒，因为无数奸恶的天性都丛集于他的一身；他已经征调了西方各岛上的轻重步兵，命运也像娼妓一样，有意向叛徒卖弄风情，助长他罪恶的气焰。可是这一切都无能为力，因为英勇的麦克白——真称得上一声“英勇”——不以命运的喜怒为意，挥舞着他血腥的宝剑，像个煞星似的一路砍杀过去，直到了那奴才的面前，也不打个躬，也不通一句话，就挺剑从他的肚脐上刺了进去，把他的胸膛划破，一直划到下巴上；他的头已经割下

① 三女巫各有一精怪听其驱使；侍候女巫甲的是狸猫精，侍候女巫乙的是癞蛤蟆，侍候女巫丙的当是怪鸟。

来挂在我们的城楼上了。

邓肯　啊，英勇的表弟！尊贵的壮士！

军曹　天有不测风云，从那透露曙光的东方偏卷来了无情的风暴，可怕的雷雨；我们正在兴高采烈的时候，却又遭遇了重大的打击。听着，陛下，听着：当正义凭着勇气的威力正在驱逐敌军向后溃退的时候，挪威国君看见有机可乘，调了一批甲械精良的生力军又向我们开始一次新的猛攻。

邓肯　我们的将军们，麦克白和班柯有没有因此而气馁？

军曹　是的，要是麻雀能使怒鹰退却、兔子能把雄狮吓走的话。实实在在地说，他们就像两尊巨炮，满装着双倍火力的炮弹，愈发愈猛，向敌人射击；瞧他们的神气，好像拼着浴血负创，非让尸骸铺满原野，决不罢手——可是我的气力已经不济了，我的伤口需要马上医治。

邓肯　你的叙述和你的伤口一样，都表现出一个战士的精神。来，把他送到军医那儿去。（侍从扶军曹下。）

洛斯上。

邓肯　谁来啦？

马尔康　尊贵的洛斯爵士。

列诺克斯　他的眼睛里露出多么慌张的神色！好像要说些什么意想不到的事情似的。

洛斯　上帝保佑吾王！

邓肯　爵士，你从什么地方来？

洛斯　从费辅来，陛下；挪威的旌旗在那边的天空招展，把一阵寒风扇进我们人民的心里。挪威国君亲自率领大队人马，靠着那个最奸恶的叛徒考特爵士的帮助，开始了一场残酷的血战；后来麦克白披甲戴盔，和他势均力敌，刀来枪往，奋勇交锋，方才挫折了他的凶焰；胜利终于属我们所有。

邓肯　好大的幸运！

洛斯　现在史威诺，挪威的国王，已经向我们求和了；我们责令他在圣戈姆小岛上缴纳一万块钱充入我们的国库，否则不让他把战死的将士埋葬。

邓肯　考特爵士再也不能骗取我的信任了，去宣布把他立即处死，他原来的爵位移赠麦克白。

洛斯　我就去执行陛下的旨意。

邓肯　他所失去的，也就是尊贵的麦克白所得到的。（同下。）

第三场　荒原

雷鸣。三女巫上。

女巫甲　妹妹，你从哪儿来？

女巫乙　我刚杀了猪来。

女巫丙　姊姊，你从哪儿来？

女巫甲　一个水手的妻子坐在那儿吃栗子，啃呀啃呀啃呀地啃着。“给我吃一点，”我说。“滚开，妖巫！”那个吃鱼吃肉的贱人喊起来了。她的丈夫是“猛虎号”的船长，到阿勒坡去了；可是我要坐在一张筛子里追上他，像一头没有尾巴的老鼠，瞧我的，瞧我的，瞧我的吧。

女巫乙　　我助你一阵风。

女巫甲　　感谢你的神通。

女巫丙　　我也助你一阵风。

女巫甲　　刮到西来刮到东。

到处狂风吹海立，

浪打行船无休息；

终朝终夜不得安，

骨瘦如柴血色干；

一年半载海上漂，

气断神疲精力销；

他的船儿不会翻，

暴风雨里受苦难。

瞧我有些什么东西？

女巫乙　　给我看，给我看。

女巫甲　　这是一个在归途覆舟殒命的舵工的拇指。（内鼓声。）

女巫丙　　鼓声！鼓声！麦克白来了。

三女巫（合）手携手，三姊妹，

沧海高山弹指地，

朝飞暮返任游戏。

姊三巡，妹三巡，

三三九转蛊方成。

麦克白及班柯上。

麦克白　　我从来没有见过这样阴郁而又光明的日子。

班柯　　到福累斯还有多少路？这些是什么人，形容这样枯瘦，服装这样怪诞，不像是地上的居民，可是却在地上出现？你们是活人吗？你们能不能回答我们的问题？好像你们懂得我的话，每一个人都同时把她满是皱纹的手指按在她干枯的嘴唇上。你们应当是女人，可是你们的胡须却使我不敢相信你们是女人。

麦克白　你们要是能够讲话，告诉我们你们是什么人？

女巫甲　万福，麦克白！祝福你，葛莱密斯爵士！

女巫乙　万福，麦克白！祝福你，考特爵士！

女巫丙　万福，麦克白，未来的君王！

班柯　将军，您为什么这样吃惊，好像害怕这种听上去很好的消息似的？用真理的名义回答我，你们到底是幻象呢，还是果真像你们所显现的生物那样？你们向我的高贵的同伴致敬，并且预言他未来的尊荣和远大的希望，使他仿佛听得出了神；可是你们却没有对我说一句话。要是你们能够洞察时间所播的种子，知道哪一颗会长成，哪一颗不会长成，那么请对我说吧；我既不乞讨你们的恩惠，也不惧怕你们的憎恨。

女巫甲　祝福！

女巫乙　祝福！

女巫丙　祝福！

女巫甲　比麦克白低微，可是你的地位在他之上。

女巫乙　不像麦克白那样幸运，可是比他更有福。

女巫丙　你虽然不是君王，你的子孙将要君临一国。万福，麦克白和班柯！

女巫甲　　班柯和麦克白，万福！

麦克白　　且慢，你们这些闪烁其词的预言者，明白一点告诉我。西纳尔[①]死了以后，我知道我已经晋封为葛莱密斯爵士；可是怎么会做起考特爵士来呢？考特爵士现在还活着，他的势力非常煊赫；至于说我是未来的君王，那正像说我是考特爵士一样难以置信。说，你们这种奇怪的消息是从什么地方得来的？为什么你们要在这荒凉的旷野用这种预言式的称呼使我们止步？说，我命令你们。（三女巫隐去。）

班柯　　水上有泡沫，土地也有泡沫，这些便是大地上的泡沫。她们消失到什么地方去了？

麦克白　　消失在空气之中，好像是有形体的东西，却像呼吸一样融化在风里了。我倒希望她们再多留一会儿。

班柯　　我们正在谈论的这些怪物，果然曾经在这儿出现吗？还是因为我们误食了令人疯狂的草根，已经丧失了我们的理智？

麦克白　　您的子孙将要成为君王。

班柯　　您自己将要成为君王。

麦克白　　而且还要做考特爵士；她们不是这样说的吗？

班柯　　正是这样说的。谁来啦？

洛斯及安格斯上。

洛斯　　麦克白，王上已经很高兴地接到了你胜利的消息；当他听见你在这次征讨叛逆的战争中所表现的英勇勋绩的时候，

① 西纳尔是麦克白的父亲。

他简直不知道应当惊异还是应当赞叹，在这两种心理的交相冲突之下，他快乐得说不出话来。他又得知你在同一天之内，又在雄壮的挪威大军的阵地上出现，不因为你自己亲手造成的死亡的惨象而感到些微的恐惧。报信的人像密雹一样接踵而至，异口同声地在他的面前称颂你保卫祖国的大功。

安格斯　我们奉王上的命令前来，向你传达他慰劳的诚意；我们的使命只是迎接你回去面谒王上，不是来酬答你的功绩。

洛斯　为了向你保证他将给你更大的尊荣起见，他叫我替你加上考特爵士的称号；祝福你，最尊贵的爵士！这一个尊号是属于你的了。

班柯　什么！魔鬼居然会说真话吗？

麦克白　考特爵士现在还活着；为什么你们要替我穿上借来的衣服？

安格斯　原来的考特爵士现在还活着，可是因为他自取其咎，犯了不赦的重罪，在无情的判决之下，将要失去他的生命。他究竟有没有和挪威人公然联合，或者曾经给叛党秘密的援助，或者同时用这两种手段来图谋颠覆他的祖国，我还不能确实知道；可是他叛国的重罪，已经由他亲口供认，并且有了事实的证明，使他遭到了毁灭的命运。

麦克白　（旁白）葛莱密斯，考特爵士；最大的尊荣还在后面。（向洛斯、安格斯）谢谢你们的跋涉。（向班柯）您不希望您的子孙将来做君王吗？方才她们称呼我为考特爵士，不同时也许给你的子孙莫大的尊荣吗？

班柯　　您要是果真完全相信了她们的话，也许做了考特爵士以后，还渴望把王冠攫到手里。可是这种事情很奇怪；魔鬼为了要陷害我们起见，往往故意向我们说真话，在小事情上取得我们的信任，然后在重要的关头我们便会堕入他的圈套。两位大人，让我对你们说句话。

麦克白　　（*旁白*）两句话已经证实，这好比是美妙的开场白，接下去就是帝王登场的正戏了。（*向洛斯、安格斯*）谢谢你们两位。（*旁白*）这种神奇的启示不会是凶兆，可是也不像是吉兆。假如它是凶兆，为什么用一开头就应验的预言保证我未来的成功呢？我现在不是已经做了考特爵士了吗？假如它是吉兆，为什么那句话会在我脑中引起可怖的印象，使我毛发悚然，使我的心全然失去常态，扑扑地跳个不住呢？想象中的恐怖远过于实际上的恐怖；我的思想中不过偶然浮起了杀人的妄念，就已经使我全身震撼，心灵在胡思乱想中丧失了作用，把虚无的幻影认为真实了。

班柯　　瞧，我们的同伴想得多么出神。

麦克白　　（*旁白*）要是命运将会使我成为君王，那么也许命运会替我加上王冠，用不着我自己费力。

班柯　　新的尊荣加在他的身上，就像我们穿上新衣服一样，在没有穿惯以前，总觉得有些不大适合身材。

麦克白　　（*旁白*）事情要来尽管来吧，到头来最难堪的日子也会对付得过去。

班柯　　尊贵的麦克白，我们在等候着您的意旨。

麦克白　　原谅我；我迟钝的脑筋刚才偶然想起了一些已经忘记了的

事情，两位大人，你们的辛苦已经铭刻在我的心上，我每天都要把它翻开来诵读。让我们到王上那儿去。想一想最近发生的这些事情；等我们把一切仔细考虑过以后，再把各人心里的意思彼此开诚相告吧。

班柯　很好。

麦克白　现在暂时不必多说。来，朋友们。（同下。）

第四场　福累斯。宫中一室

喇叭奏花腔。邓肯、马尔康、道纳本、列诺克斯及众侍从上。

邓肯　考特的死刑已经执行完毕没有？监刑的人还没有回来吗？

马尔康　陛下，他们还没有回来；可是我曾经和一个亲眼看见他就刑的人谈过话，他说他很坦白地供认他的叛逆，请求您宽恕他的罪恶，并且表示深切的悔恨。他的一生行事，从来不曾像他临终的时候那样得体；他抱着视死如归的态度，抛弃了他最宝贵的生命，就像它是不足介意、不值一钱的东西一样。

邓肯　世上还没有一种方法，可以从一个人的脸上探察他的居心；他是我曾经绝对信任的一个人。

麦克白、班柯、洛斯及安格斯上。

邓肯　啊，最值得钦佩的表弟！我忘恩负义的罪恶，刚才还重压在我的心头。你的功劳太超乎寻常了，飞得最快的报酬都追不上你；要是它再微小一点，那么也许我可以按照适当的名分，给你应得的感谢和酬劳；现在我只能这样说，一切的报酬都不能抵偿你伟大的勋绩。

麦克白　为陛下尽忠效命，它的本身就是一种酬报。接受我们的劳力是陛下的名分；我们对于陛下和王国的责任，正像子女和奴仆一样，为了尽我们的敬爱之忱，无论做什么事都是应该的。

邓肯　欢迎你回来；我已经开始把你栽培，我要努力使你繁茂。尊贵的班柯，你的功劳也不在他之下，让我把你拥抱在我的心头。

班柯　要是我能够在陛下的心头生长，那收获是属于陛下的。

邓肯　我洋溢在心头的盛大喜乐，想要在悲哀的泪滴里隐藏它自己。吾儿，各位国戚、各位爵士，以及一切最亲近的人，我现在向你们宣布立我的长子马尔康为储君，册封他为肯勃兰亲王，他将来要继承我的王位；不仅仅是他一个人受到这样的光荣，广大的恩宠将要像繁星一样，照耀在每一个有功者的身上。陪我到殷佛纳斯去，让我再享受你一次盛情的招待。

麦克白　不为陛下效劳，闲暇成了苦役。让我做一个前驱者，把陛下光降的喜讯先去让我的妻子知道；现在我就此告辞了。

邓肯　我尊贵的考特！

麦克白　（旁白）肯勃兰亲王！这是一块横在我前途上的阶石，我必须跳过这块阶石，否则就要颠仆在它的上面。星星啊，收起你们的火焰！不要让光亮照见我黑暗幽深的欲望。眼睛啊，别望这双手吧；可是我仍要下手，不管干下的事会吓得眼睛不敢看。（下。）

邓肯　真的，尊贵的班柯；他真是英勇非凡，我已经饱听人家对他的赞美，那对我就像是一桌盛筵。他现在先去预备款待我们了，让我们跟上去。真是一个无比的国戚。（喇叭奏花腔。众下。）

第五场　殷佛纳斯。麦克白的城堡

麦克白夫人上，读信。

麦克白夫人　“她们在我胜利的那天遇到我；我根据最可靠的说法，知道她们是具有超越凡俗的知识的。当我燃烧着热烈的欲望，想要向她们详细询问的时候，她们已经化为一阵风不见了。我正在惊奇不置，王上的使者就来了，他们都称我为‘考特爵士’；那一个尊号正是这些神巫用来称呼我的，而且她们还对我作这样的预示，说是‘祝福，未来的君王！’我想我应该把这样的消息告诉你，我最亲爱的有福同享的伴侣，好让你不至于因为对于你所将要得到的富贵一无所知，而失去你所应该享有的欢欣。把它放在你的心头，再会。”你本是葛莱密斯爵士，现在又做了考特爵士，将来还会达到那预言所告诉你的那样高位。可是我却为你的天性忧虑：它充满了太多的人情的乳臭，使你不敢采取最近的捷径；你希望做一个伟大的人物，你不是没有野心，可是你却缺少和那种野心相联属的奸恶；你的欲望很大，但又希望只用正当的手段；一方面不愿玩弄机诈，一方面却又要做非分的攫夺；伟大的爵士，你想要的那东西正在喊：“你要到手，就得这样干！”你也不是不肯这样干，而是怕干。赶快回来吧，让我把我的精神力量倾注在你的耳中；命运和玄奇的力量分明已经准备把黄金的宝冠罩在你的头上，让我用舌尖的勇气，把那阻止你得到那顶王冠的一切障碍驱扫一空吧。

一使者上。

麦克白夫人　你带了些什么消息来？

使者　王上今晚要到这儿来。

麦克白夫人　你在说疯话吗？主人是不是跟王上在一起？要是果真有这一回事，他一定会早就通知我们准备的。

使者　禀夫人，这话是真的。我们的爵爷快要来了；我的一个伙伴比他早到了一步，他跑得气都喘不过来，好容易告诉了我这个消息。

麦克白夫人　好好看顾他；他带来了重大的消息。（使者下）报告邓肯走进我这堡门来送死的乌鸦，它的叫声是嘶哑的。来，注视着人类恶念的魔鬼们！解除我女性的柔弱，用最凶恶的残忍自顶至踵贯注在我的全身；凝结我的血液，不要让怜悯钻进我的心头，不要让天性中的恻隐摇动我狠毒的决意！来，你们这些杀人的助手，你们无形的躯体散满在空间，到处找寻为非作恶的机会，进入我这妇人的胸中，把我的乳水当作胆汁吧！来，阴沉的黑夜，用最昏暗的地狱中的浓烟罩住你自己，让我的锐利的刀瞧不见它自己切开的伤口，让青天不能从黑暗的重衾里探出头来，高喊“住手，住手！”

麦克白上。

麦克白夫人　伟大的葛莱密斯！尊贵的考特！比这二者更伟大、更尊贵的未来的统治者！你的信使我飞越蒙昧的现在，我已经感觉到未来的搏动了。

麦克白　我最亲爱的亲人，邓肯今晚要到这儿来。

麦克白夫人　什么时候回去呢?

麦克白　他预备明天回去。

麦克白夫人　啊！太阳永远不会见到那样一个明天。您的脸，我的爵爷，正像一本书，人们可以从那上面读到奇怪的事情。您要欺骗世人，必须装出和世人同样的神气；让您的眼睛里、您的手上、您的舌尖，随处流露着欢迎；让人家瞧您像一朵纯洁的花朵，可是在花瓣底下却有一条毒蛇潜伏。我们必须准备款待这位将要来到的贵宾；您可以把今晚的大事交给我去办；凭此一举，我们今后就可以日日夜夜永远掌握君临万民的无上权威。

麦克白　我们还要商量商量。

麦克白夫人　泰然自若地抬起您的头来；脸上变色最易引起猜疑。其他一切都包在我身上。（同下。）

第六场　同前。城堡之前

高音笛奏乐。火炬前导；邓肯、马尔康、道纳本、班柯、列诺克斯、麦克德夫、洛斯、安格斯及众侍从上。

邓肯　　这座城堡的位置很好；一阵阵温柔的和风轻轻吹拂着我们，有一种微妙的感觉。

班柯　　夏天的客人——巡礼庙宇的燕子，也在这里筑下了它温暖的巢居，这可以证明这里的空气有一种诱人的香味；檐下梁间、墙头屋角，无不是这鸟儿安置吊床和摇篮的地方：凡是它们生息繁殖之处，我注意到空气总是很新鲜芬芳。

麦克白夫人上。

邓肯　　瞧，瞧，我们尊贵的主妇！到处跟随我们的挚情厚爱，有时候反而给我们带来麻烦，可是我们还是要把它当作厚爱来感谢；所以根据这个道理，我们给你带来了麻烦，你还应该感谢我们，祷告上帝保佑我们。

麦克白夫人　　我们的犬马微劳，即使加倍报效，比起陛下赐给我们的深恩广泽来，也还是不足挂齿的；我们只有燃起一瓣心香，为陛下祷祝上苍，报答陛下过去和新近加于我们的荣宠。

邓肯　　考特爵士呢？我们想要追在他的前面，趁他没有到家，先替他设筵洗尘；不料他骑马的本领十分了不得，他的一片忠心使他急如星火，帮助他比我们先到了一步。高贵贤淑的主妇，今天晚上我要做您的宾客了。

麦克白夫人　　只要陛下吩咐，您的仆人们随时准备把他们自己和他们所有的一切开列清单，向陛下报账，把原来属于陛下的依旧呈献给陛下。

邓肯　　把您的手给我；领我去见我的居停主人。我很敬爱他，我还要继续眷顾他。请了，夫人。（同下。）

第七场　同前。堡中一室

高音笛奏乐；室中遍燃火炬。一司膳及若干仆人持肴馔食具上，自台前经过。麦克白上。

麦克白　要是干了以后就完了，那么还是快一点干；要是凭着暗杀的手段，可以攫取美满的结果，又可以排除一切后患；要是这一刀砍下去，就可以完成一切、终结一切、解决一切——在这人世上，仅仅在这人世上，在时间这大海的浅滩上；那么来生我也就顾不到了。可是在这种事情上，我们往往逃不过现世的裁判；我们树立下血的榜样，教会别人杀人，结果反而自己被人所杀；把毒药投入酒杯里的人，结果也会自己饮鸩而死，这就是一丝不爽的报应。他到这儿来本有两重的信任：第一，我是他的亲戚，又是他的臣子，按照名分绝对不能干这样的事；第二，我是他的主人，应当保障他身体的安全，怎么可以自己持刀行刺？而且，这个邓肯秉性仁慈，处理国政，从来没有过失，要是把他杀死了，他生前的美德，将要像天使一般发出喇叭一样清澈的声音，向世人昭告我的弑君重罪；“怜悯”像一个赤身裸体在狂风中飘游的婴儿，又像一个御气而行的天婴，将要把这可憎的行为揭露在每一个人的眼中，使眼泪淹没叹息。没有一种力量可以鞭策我实现自己的意图，可是我跃跃欲试的野心，却不顾一切地驱着我去冒险。

麦克白夫人上。

麦克白　　啊！什么消息？

麦克白夫人　　他快要吃好了；你为什么从大厅里跑了出来？

麦克白　　他有没有问起我？

麦克白夫人　　你不知道他问起过你吗？

麦克白　　我们还是不要进行这一件事情吧。他最近给我极大的尊荣；我也好不容易从各种人的嘴里博到了无上的美誉，我的名声现在正在发射最灿烂的光彩，不能这么快就把它丢弃了。

麦克白夫人　　难道你把自己沉浸在里面的那种希望，只是醉后的妄想吗？它现在从一场睡梦中醒来，因为追悔自己的孟浪，而吓得脸色这样苍白吗？从这一刻起，我要把你的爱情看作同样靠不住的东西。你不敢让你在行为和勇气上跟你的欲望一致吗？你宁愿像一头畏首畏尾的猫儿，顾全你所认为生命的装饰品的名誉，不惜让你在自己眼中成为一个懦夫，让"我不敢"永远跟随在"我想要"的后面吗？

麦克白　　请你不要说了。只要是男子汉做的事，我都敢做；没有人比我有更大的胆量。

麦克白夫人　　那么当初是什么畜生使你把这一种企图告诉我的呢？是男子汉就应当敢作敢为；要是你敢做一个比你更伟大的人物，那才更是一个男子汉。那时候，无论时间和地点都不曾给你下手的方便，可是你却居然决意要实现你的愿望；现在你有了大好的机会，你又失去勇气了。我曾经哺乳过婴孩，知道一个母亲是怎样怜爱那吮吸她乳汁的子女；可是我会在它看着我的脸微笑的时候，从它柔软的嫩嘴里摘下我的乳头，把它的脑袋砸碎，要是我也像你一样，曾经发誓下这样毒手的话。

麦克白　假如我们失败了……

麦克白夫人　我们失败！只要你集中你的全副勇气，我们决不会失败。邓肯赶了这一天辛苦的路程，一定睡得很熟；我再去陪他那两个侍卫饮酒作乐，灌得他们头脑昏沉、记忆化成一阵烟雾；等他们烂醉如泥、像死猪一样睡去以后，我们不就可以把那毫无防卫的邓肯随意摆布了吗？我们不是可以把这一件重大的谋杀罪案，推在他酒醉的侍卫身上吗？

麦克白　愿你所生育的全是男孩子，因为你无畏的精神，只应该铸造一些刚强的男性。要是我们在那睡在他寝室里的两个人身上涂抹一些血迹，而且就用他们的刀子，人家会不会相信真是他们干下的事？

麦克白夫人　等他的死讯传出以后，我们就假意装出号啕痛哭的样子，这样还有谁敢不相信？

麦克白　我的决心已定，我要用全身的力量，去干这件惊人的举动。去，用最美妙的外表把人们的耳目欺骗；奸诈的心必须罩上虚伪的笑脸。（同下。）

第二幕

第一场　殷佛纳斯。堡中庭院

仆人执火炬引班柯及弗里恩斯上。

班柯　孩子，夜已经过了几更了？

弗里恩斯　月亮已经下去；我还没有听见打钟。

班柯　月亮是在十二点钟下去的。

弗里恩斯　我想不止十二点钟了，父亲。

班柯　等一下，把我的剑拿着。天上也讲究节俭，把灯烛一起熄灭了。把那个也拿着。催人入睡的疲倦，像沉重的铅块一样压在我的身上，可是我却一点也不想睡。慈悲的神明！抑制那些罪恶的思想，不要让它们潜入我的睡梦之中。

麦克白上，一仆人执火炬随上。

班柯　把我的剑给我——那边是谁？

麦克白　一个朋友。

班柯　什么，爵爷！还没有安息吗？王上已经睡了；他今天非常高兴，赏了你家仆人许多东西。这一颗金刚钻是他送给尊夫人的，他称她为最殷勤的主妇。无限的愉快笼罩着他的全身。

麦克白　我们因为事先没有准备，恐怕有许多招待不周的地方。

班柯　好说好说。昨天晚上我梦见那三个女巫；她们对您所讲的话倒有几分应验。

麦克白　我没有想到她们；可是等我们有了工夫，不妨谈谈那件事，要是您愿意的话。

班柯　悉如遵命。

麦克白　您听从了我的话，包您有一笔富贵到手。

班柯　为了觊觎富贵而丧失荣誉的事，我是不干的；要是您有什么见教，只要不毁坏我清白的忠诚，我都愿意接受。

麦克白　那么慢慢再说，请安息吧。

班柯　谢谢；您也可以安息啦。（班柯、弗里恩斯同下。）

麦克白　去对太太说要是我的酒[1]预备好了，请她打一下钟。你去睡吧。（仆人下）在我面前摇晃着、它的柄对着我的手的，不是一把刀子吗？来，让我抓住你。我抓不到你，可是仍旧看得见你。不祥的幻象，你只是一件可视不可触的东西吗？或者你不过是一把想象中的刀子，从狂热的脑筋里发出来的虚妄的意匠？我仍旧看得见你，你的形状正像

① 指睡前所喝的牛乳酒。

我现在拔出的这一把刀子一样明显。你指示着我所要去的方向，告诉我应当用什么利器。我的眼睛倘不是上了当，受其他知觉的嘲弄，就是兼领了一切感官的机能。我仍旧看得见你；你的刃上和柄上还流着一滴一滴刚才所没有的血。没有这样的事；杀人的恶念使我看见这种异象。现在在这个世界上，一切生命仿佛已经死去，罪恶的梦境扰乱着平和的睡眠，作法的女巫在向惨白的赫卡忒献祭；形容枯瘦的杀人犯，听到了替他巡哨、报更的豺狼的嗥声，仿佛淫乱的塔昆蹑着脚步像一个鬼似的向他的目的地走去。坚固结实的大地啊，不要听见我的脚步声音是向什么地方去的，我怕路上的砖石会泄漏了我的行踪，把黑夜中一派阴森可怕的气氛破坏了。我正在这儿威胁他的生命，他却在那儿活得好好的；在紧张的行动中间，言语不过是一口冷气。（钟声）我去，就这么干；钟声在招引我。不要听它，邓肯，这是召唤你上天堂或者下地狱的丧钟。（下。）

第二场　同前

麦克白夫人上。

麦克白夫人　酒让他们醉倒了，却提起了我的勇气；浇熄了他们的馋焰，却燃起了我心头的烈火。听！不要响！这是夜枭在啼声，它正在鸣着丧钟，向人们道凄厉的晚安。他在那儿动手了。门都开着，那两个醉饱的侍卫用鼾声代替他们的守望；我曾经在他们的乳酒里放下麻药，瞧他们熟睡的样子，简直分别不出他们是活人还是死人。

麦克白　（在内）那边是谁？喂！

麦克白夫人　哎哟！我怕他们已经醒过来了，这件事情却还没有办好；不是罪行本身，而是我们的企图毁了我们。听！我把他们的刀子都放好了；他不会找不到的。倘不是我看他睡着的样子活像我的父亲，我早就自己动手了。我的丈夫！

麦克白上。

麦克白　我已经把事情办好了。你没有听见一个声音吗？

麦克白夫人　我听见枭啼和蟋蟀的鸣声。你没有讲过话吗？

麦克白　什么时候？

麦克白夫人　刚才。

麦克白　我下来的时候吗？

麦克白夫人　嗯。

麦克白　听！谁睡在隔壁的房间里？

麦克白夫人　道纳本。

麦克白　（视手）好惨！

麦克白夫人　别发傻，惨什么。

麦克白　一个人在睡梦里大笑，还有一个人喊"杀人啦！"他们把彼此惊醒了；我站定听他们；可是他们念完祷告，又睡着了。

麦克白夫人　是有两个睡在那一间。

麦克白　一个喊："上帝保佑我们！"一个喊："阿门！"好像他们看见我高举这一双杀人的血手似的。听着他们惊慌的口

	气，当他们说过了“上帝保佑我们”以后，我想要说“阿门”，却怎么也说不出来。
麦克白夫人	不要把它放在心上。
麦克白	可是我为什么说不出“阿门”两个字来呢？我才是最需要上帝垂恩的，可是“阿门”两个字却哽在我的喉头。
麦克白夫人	我们干这种事，不能尽往这方面想下去；这样想着是会使我们发疯的。
麦克白	我仿佛听见一个声音喊着：“不要再睡了！麦克白已经杀害了睡眠。”那清白的睡眠，把忧虑的乱丝编织起来的睡眠，那日常的死亡，疲劳者的沐浴，受伤的心灵的油膏，大自然最丰盛的菜肴，生命的盛筵上主要的营养。
麦克白夫人	你这种话是什么意思？
麦克白	那声音继续向全屋子喊着：“不要再睡了！葛莱密斯已经杀害了睡眠，所以考特将再也得不到睡眠，麦克白将再也得不到睡眠！”
麦克白夫人	谁喊着这样的话？唉，我的爵爷，您这样胡思乱想，是会妨害您的健康的。去拿些水来，把您手上的血迹洗净。为什么您把这两把刀子带了来？它们应该放在那边。把它们拿回去，涂一些血在那两个熟睡的侍卫身上。
麦克白	我不高兴再去了；我不敢回想刚才所干的事，更没有胆量再去看它一眼。
麦克白夫人	意志动摇的人！把刀子给我。睡着的人和死了的人不过和画像一样；只有小儿的眼睛才会害怕画中的魔鬼。要是他还流着血，我就把它涂在那两个侍卫的脸上；因为我们必

须让人家瞧着是他们的罪恶。（下。内敲门声。）

麦克白　　那打门的声音是从什么地方来的？究竟是怎么一回事，一点点的声音都会吓得我心惊肉跳？这是什么手！嘿！它们要挖出我的眼睛。大洋里所有的水，能够洗净我手上的血迹吗？不，恐怕我这一手的血，倒要把一碧无垠的海水染成一片殷红呢。

麦克白夫人重上。

麦克白夫人　　我的两手也跟你的同样颜色了，可是我的心却羞于像你那样变成惨白。（内敲门声）我听见有人打着南面的门；让我们回到自己房间里去；一点点的水就可以替我们泯除痕迹；不是很容易的事吗？你的魄力不知道到哪儿去了。（内敲门声）听！又在那儿打门了。披上你的睡衣，也许人家会来找我们，不要让他们看见我们还没有睡觉。别这样傻头傻脑地呆想了。

麦克白　　要想到我所干的事，最好还是忘掉我自己。（内敲门声）用你打门的声音把邓肯惊醒了吧！我希望你能够惊醒他！（同下。）

第三场　同前

内敲门声。一门房上。

门房　　门打得这样厉害！要是一个人在地狱里做了管门人，就是拔闩开锁也足够他办的了。（内敲门声）敲，敲！凭着魔鬼的名义，谁在那儿？一定是个囤积粮食的富农，眼看碰上了丰收的年头，就此上了吊。赶快进来吧，多预备几方手帕，这儿是火坑，包你淌一身臭汗。（内敲门声）敲，敲！凭着还有一个魔鬼的名字，是谁在那儿？哼，一定是什么讲起话来暧昧含糊的家伙，他会同时站在两方面，一会儿帮着这个骂那个，一会儿帮着那个骂这个；他曾经为了上帝的缘故，干过不少亏心事，可是他那条暧昧含糊的舌头却不能把他送上天堂去。啊！进来吧，暧昧含糊的家伙。（内敲门声）敲，敲，敲！谁在那儿？哼，一定是什么英国的裁缝，他生前给人做条法国裤还要偷材料[①]，所以到了这里来。进来吧，裁缝；你可以在这儿烧你的烙铁。（内敲门声）敲，敲；敲个不停！你是什么人？可是这儿太冷，当不成地狱呢。我再也不想做这鬼看门人了。我倒很想放进几个各色各样的人来，让他们经过酒池肉林，一直到刀山火焰上去。（内敲门声）来了，来了！请你记着我这看门的人。（开门。）

麦克德夫及列诺克斯上。

麦克德夫　朋友，你是不是睡得太晚了，所以睡到现在还爬不起来？

门房　不瞒您说，大人，我们昨天晚上喝酒，一直闹到第二遍鸡啼哩；喝酒这一件事，大人，最容易引起三件事情。

麦克德夫　是哪三件事情？

门房　呃，大人，酒糟鼻、睡觉和撒尿。淫欲呢，它挑起来也压下去；它挑起你的春情，可又不让你真的干起来。所以

---

① 当时法国裤很紧俏，在这种裤子上偷材料的裁缝，必是老手。

多喝酒，对于淫欲也可以说是个两面派：成全它，又破坏它；捧它的场，又拖它的后腿；鼓励它，又打击它；替它撑腰，又让它站不住脚；结果呢，两面派把它哄睡了，叫它做了一场荒唐的春梦，就溜之大吉了。

麦克德夫　我看昨晚上杯子里的东西就叫你做了一场春梦吧。

门房　可不是，大爷，让我从来也没这么荒唐过。可我也不是好惹的，依我看，我比它强，我虽然不免给它揪住大腿，可我终究把它摔倒了。

麦克德夫　你的主人起来了没有？

麦克白上。

麦克德夫　我们打门把他吵醒了；他来了。

列诺克斯　早安，爵爷。

麦克白　两位早安。

麦克德夫　爵爷，王上起来了没有？

麦克白　还没有。

麦克德夫　他叫我一早就来叫他；我几乎误了时间。

麦克白　我带您去看他。

麦克德夫　我知道这是您乐意干的事，可是有劳您啦。

麦克白　我们喜欢的工作，可以使我们忘记劳苦。这门里就是。

麦克德夫　那么我就冒昧进去了，因为我奉有王上的命令。（下。）

列诺克斯　王上今天就要走吗？

麦克白　是的，他已经这样决定了。

列诺克斯　昨天晚上刮着很厉害的暴风，我们住的地方，烟囱都给吹了下来；他们还说空中有哀哭的声音，有人听见奇怪的死亡的惨叫，还有人听见一个可怕的声音，预言着将要有一场绝大的纷争和混乱，降临在这不幸的时代。黑暗中出现的凶鸟整整地吵了一个漫漫的长夜；有人说大地都发热而战抖起来了。

麦克白　　果然是一个可怕的晚上。

列诺克斯　　我年轻的经验里唤不起一个同样的回忆。

麦克德夫重上。

麦克德夫　　啊，可怕！可怕！可怕！不可言喻、不可想象的恐怖！

麦克白　　什么事？

列诺克斯　　什么事？

麦克德夫　　混乱已经完成了他的杰作！大逆不道的凶手打开了王上的圣殿，把它的生命偷了去了！

麦克白　　你说什么？生命？

列诺克斯　　你是说陛下吗？

麦克德夫　　到他的寝室里去，让一幕惊人的惨剧昏眩你们的视觉吧。不要向我追问；你们自己去看了再说。（麦克白、列诺克斯同下）醒来！醒来！敲起警钟来。杀了人啦！有人在谋反啦！班柯！道纳本！马尔康！醒来！不要贪恋温柔的睡眠，那只是死亡的表象，瞧一瞧死亡的本身吧！起来，起来，瞧瞧世界末日的影子！马尔康！班柯！像鬼魂从坟墓里起来一般，过来瞧瞧这一幕恐怖的景象吧！把钟敲起来！（钟鸣。）

麦克白夫人上。

麦克白夫人　　为什么要吹起这样凄厉的号角，把全屋子睡着的人唤醒？

说，说！

麦克德夫　啊，好夫人！我不能让您听见我嘴里的消息，它一进到妇女的耳朵里，是比利剑还要难受的。

班柯上。

麦克德夫　啊，班柯！班柯！我们的主上给人谋杀了！

麦克白夫人　嗳哟！什么！在我们的屋子里吗？

班柯　无论在什么地方，都是太惨了。好德夫，请你收回你刚才说过的话，告诉我们没有这么一回事。

麦克白及列诺克斯重上。

麦克白　要是我在这件变故发生以前一小时死去，我就可以说是活过了一段幸福的时间；因为从这一刻起，人生已经失去了它严肃的意义，一切都不过是儿戏；荣名和美德已经死了，生命的美酒已经喝完，剩下来的只是一些无味的渣滓，当作酒窖里的珍宝。

马尔康及道纳本上。

道纳本　出了什么乱子了？

麦克白　你们还没有知道你们重大的损失；你们的血液的源泉已经切断了，你们的生命的根本已经切断了。

麦克德夫　你们的父王给人谋杀了。

马尔康　啊！给谁谋杀的？

列诺克斯　瞧上去是睡在他房间里的那两个家伙干的事；他们的手上脸上都是血迹；我们从他们枕头底下搜出了两把刀，刀上的血迹也没有揩掉；他们的神色惊惶万分；谁也不能把他自己的生命信托给这种家伙。

麦克白　啊！可是我后悔一时鲁莽，把他们杀了。

麦克德夫　你为什么杀了他们？

麦克白　谁能够在惊愕之中保持冷静，在盛怒之中保持镇定，在激于忠愤的时候保持他的不偏不倚的精神？世上没有这样的人吧。我的理智来不及控制我愤激的忠诚。这儿躺着邓肯，他白晰的皮肤上镶着一缕缕黄金的宝血，他创巨痛深的伤痕张开了裂口，像是一道道毁灭的门户；那边站着这两个凶手，身上浸润着他们罪恶的颜色，他们的刀上凝结着刺目的血块；只要是一个尚有几分忠心的人，谁不要怒火中烧，替他的主子报仇雪恨？

麦克白夫人　啊，快来扶我进去！

麦克德夫　快来照料夫人。

马尔康　（向道纳本旁白）这是跟我们切身相关的事情，为什么我们一言不发？

道纳本　（向马尔康旁白）我们身陷危境，不可测的命运随时都会吞噬我们，还有什么话好说呢？去吧，我们的眼泪现在还只在心头酝酿呢。

马尔康　（向道纳本旁白）我们沉重的悲哀也还没有开头呢。

班柯　照料这位夫人。（侍从扶麦克白夫人下）我们这样袒露着身子，不免要受凉，大家且去披了衣服，回头再举行一次会议，详细彻查这一件最残酷的血案的真相。恐惧和疑虑使我们惊惶失措；站在上帝的伟大的指导之下，我一定要从尚未揭发的假面具下面，探出叛逆的阴谋，和它作殊死的奋斗。

麦克德夫　我也愿意作同样的宣告。

众人　我们也都抱着同样的决心。

麦克白　让我们赶快穿上战士的衣服，大家到厅堂里商议去。

众人　很好。（除马尔康、道纳本外均下。）

马尔康　你预备怎么办？我们不要跟他们在一起。假装出一副悲哀的脸，是每一个奸人的拿手好戏。我要到英格兰去。

道纳本　我到爱尔兰去；我们两人各奔前程，对于彼此都是比较安全的办法。我们现在所在的地方，人们的笑脸里都暗藏着利刃；越是跟我们血统相近的人，越是想喝我们的血。

马尔康　杀人的利箭已经射出，可是还没有落下，避过它的目标是我们唯一的活路。所以赶快上马吧；让我们不要斤斤于告别的礼貌，趁着有便就溜出去；明知没有网开一面的希望，就该及早逃避弋人的罗网。（同下。）

第四场　同前。城堡外

洛斯及一老翁上。

老翁　我已经活了七十个年头，惊心动魄的日子也经过得不少，稀奇古怪的事情也看到过不少，可是像这样可怕的夜晚，却还是第一次遇见。

洛斯　啊！好老人家，你看上天好像恼怒人类的行为，在向这流血的舞台发出恐吓。照钟点现在应该是白天了，可是黑夜的魔手却把那盏在天空中运行的明灯遮蔽得不露一丝光亮。难道黑夜已经统治一切，还是因为白昼不屑露面，所以在这应该有阳光遍吻大地的时候，地面上却被无边的黑暗所笼罩？

老翁　这种现象完全是反常的，正像那件惊人的血案一样。在上星期二那天，有一头雄踞在高岩上的猛鹰，被一只吃田鼠的鸱鸮飞来啄死了。

洛斯　还有一件非常怪异可是十分确实的事情，邓肯有几匹躯干俊美、举步如飞的骏马，的确是不可多得的良种，忽然野性大发，撞破了马棚，冲了出来，倔强得不受羁勒，好像要向人类挑战似的。

老翁　据说它们还彼此相食。

洛斯　是的，我亲眼看见这种事情，简直不敢相信自己的眼睛。麦克德夫来了。

麦克德夫上。

洛斯　情况现在变得怎么样啦？

麦克德夫　啊，您没有看见吗？

洛斯　已经知道了谁干的这件残酷得超乎寻常的罪行吗？

麦克德夫　就是那两个给麦克白杀死了的家伙。

洛斯　唉！他们干了这件事可以希望得到什么好处呢？

麦克德夫　他们是受人的指使。马尔康和道纳本，王上的两个儿子，已经偷偷地逃走了，这使他们也蒙上了嫌疑。

洛斯　那更加违反人情了！反噬自己的命根，这样的野心会有什么好结果呢？看来大概王位要让麦克白登上去了。

麦克德夫　他已经受到推举，现在到斯贡即位去了。

洛斯　邓肯的尸体在什么地方？

麦克德夫　　已经抬到戈姆基尔，他祖先的陵墓上。

洛斯　　您也要到斯贡去吗?

麦克德夫　　不，大哥，我还是到费辅去。

洛斯　　好，我要到那里去看看。

麦克德夫　　好，但愿您看见那里的一切都是好好的，再会！怕只怕我们的新衣服不及旧衣服舒服哩!

洛斯　　再见，老人家。

老翁　　上帝祝福您，也祝福那些把恶事化成善事、把仇敌化为朋友的人们！（各下。）

第三幕

第一场　福累斯。宫中一室

班柯上。

班柯　你现在已经如愿以偿了：国王、考特、葛莱密斯，一切符合女巫们的预言；你得到这种富贵的手段恐怕不大正当；可是据说你的王位不能传及子孙，我自己却要成为许多君王的始祖。要是她们的话里也有真理，就像对于你所显示的那样，那么，既然她们所说的话已经在你麦克白身上应验，难道不也会成为对我的启示，使我对未来发生希望吗？可是闭口！不要多说了。

喇叭奏花腔。麦克白王冠王服；麦克白夫人后冠后服；列诺克斯、洛斯、贵族、贵妇及众侍从上。

麦克白　这儿是我们主要的上宾。

麦克白夫人　要是忘记了请他，那就要成为我们盛筵上绝大的遗憾，一切都要显得寒碜了。

麦克白　将军，我们今天晚上要举行一次隆重的宴会，请你千万出席。

班柯　谨遵陛下命令；我的忠诚永远接受陛下的使唤。

麦克白　今天下午你要骑马去吗？

班柯　是的，陛下。

麦克白　不然我很想请你参加我们今天的会议，贡献我们一些良好的意见，你的老谋深算，我是一向佩服的；可是我们明天再谈吧。你要骑到很远的地方吗？

班柯　陛下，我想尽量把从现在起到晚餐时候为止这一段的时间在马上消磨过去；要是我的马不跑得快一些，也许要到天黑以后一两小时才能回来。

麦克白　不要误了我们的宴会。

班柯　陛下，我一定不失约。

麦克白　我听说我那两个凶恶的王侄已经分别到了英格兰和爱尔兰，他们不承认他们残酷的弑父重罪，却到处向人传播离奇荒谬的谣言；可是我们明天再谈吧，有许多重要的国事要等候我们两人共同处理呢。请上马吧；等你晚上回来的时候再会。弗里恩斯也跟着你去吗？

班柯　是，陛下；时间已经不早，我们就要去了。

麦克白　愿你快马飞驰，一路平安。再见。（班柯下）大家请便，各人去干各人的事，到晚上七点钟再聚首吧。为了要更能领略到嘉宾满堂的快乐起见，我在晚餐以前，预备一个人独自静息静息；愿上帝和你们同在！（除麦克白及侍从一人外均下）喂，问你一句话。那两个人是不是在外面等候着我的旨意？

侍从　是，陛下，他们就在宫门外面。

麦克白　带他们进来见我。（侍从下）单单做到了这一步还不算什么，总要把现状确定巩固起来才好。我对于班柯怀着深切的恐惧，他高贵的天性中有一种使我生畏的东西；他是个敢作敢为的人，在他无畏的精神上，又加上深沉的智虑，指导他的大勇在确有把握的时机行动。除了他以外，我什么人都不怕，只有他的存在使我惴惴不安；我的星宿给他罩住了，就像恺撒罩住了安东尼的里宿。当那些女巫们最初称我为王的时候，他呵斥她们，叫她们对他说话；她们就像先知似的说他的子孙将相继为王，她们把一顶没有后嗣的王冠戴在我的头上，把一根没有人继承的御杖放在我的手里，然后再从我的手里夺去，我自己的子孙却得不到继承。要是果真是这样，那么我玷污了我的手，只是为了班柯后裔的好处；我为了他们暗杀了仁慈的邓肯；为了他们良心上负着重大的罪疚和不安；我把我永生的灵魂送给了人类的公敌，只是为了使他们可以登上王座，使班柯的种子登上王座！不，我不能忍受这样的事，宁愿接受命运的挑战！是谁？

侍从率二刺客重上。

麦克白　你现在到门口去，等我叫你再进来。（侍从下）我们不是在昨天谈过话吗？

刺客甲　　回陛下的话，正是。

麦克白　　那么好，你们有没有考虑过我的话？你们知道从前都是因为他的缘故，使你们屈身微贱，虽然你们却错怪到我的身上。在上一次我们谈话的中间，我已经把这一点向你们说明白了，我用确凿的证据，指出你们怎样被人操纵愚弄、怎样受人牵制压抑、人家对你们是用怎样的手段、这种手段的主动者是谁以及一切其他的种种，所有这些都可以使一个半痴的、疯癫的人恍然大悟地说："这些都是班柯干的事。"

刺客甲　　我们已经蒙陛下开示过了。

麦克白　　是的，而且我还要更进一步，这就是我们今天第二次谈话的目的。你们难道有那样的好耐性，能够忍受这样的屈辱吗？他的铁手已经快要把你们压下坟墓里去，使你们的子孙永远做乞丐，难道你们就这样虔敬，还要叫你们替这个好人和他的子孙祈祷吗？

刺客甲　　陛下，我们人总有人气。

麦克白　　嗯，按说，你们也算是人，正像家狗、野狗、猎狗、叭儿狗、狮子狗、杂种狗、癞皮狗，统称为狗一样；它们有的跑得快，有的跑得慢，有的狡猾，有的可以看门，有的可以打猎，各自按照造物赋予它们的本能而分别价值的高下，在笼统的总称底下得到特殊的名号；人类也是一样。要是你们在人类的行列之中，并不属于最卑劣的一级，那么说吧，我就可以把一件事情信托你们，你们照我的话干了以后，不但可以除去你们的仇人，而且可以永远受我的眷宠；他一天活在世上，我的心病一天不能痊愈。

刺客乙　　陛下，我久受世间无情的打击和虐待，为了向这世界发泄我的怨恨起见，我什么事都愿意干。

刺客甲　　我也这样，一次次的灾祸逆运，使我厌倦于人世，我愿意拿我的生命去赌博，或者从此交上好运，或者了结我的一生。

麦克白　　你们两人都知道班柯是你们的仇人。

刺客乙　　是的，陛下。

麦克白　　他也是我的仇人；而且他是我的肘腋之患，他存在的每一分钟都深深威胁着我生命的安全；虽然我可以老实不客气地运用我的权力，把他从我的眼前铲去，而且只要说一声“这是我的意旨”就可以交代过去。可是我却还不能就这么干，因为他有几个朋友同时也是我的朋友，我不能招致他们的反感，即使我亲手把他打倒，也必须假意为他的死亡悲泣；所以我只好借重你们两人的助力，为了许多重要的理由，把这件事情遮过一般人的眼睛。

刺客乙　　陛下，我们一定照您的命令去做。

刺客甲　　即使我们的生命……

麦克白　　你们的勇气已经充分透露在你们的神情之间。最迟在这一小时之内，我就可以告诉你们在什么地方埋伏，等看准机会，再通知你们在什么时间动手；因为这件事情一定要在今晚干好，而且要离王宫远一些，你们必须记住不能把我牵涉在内；同时为了免得留下枝节起见，你们还要把跟在他身边的他的儿子弗里恩斯也一起杀了，他们父子两人的死，对于我是同样重要的，必须让他们同时接受黑暗的命运。你们先下去决定一下；我就来看你们。

刺客乙　我们已经决定了，陛下。

麦克白　我立刻就会来看你们；你们进去等一会儿。（二刺客下）班柯，你的命运已经决定，你的灵魂要是找得到天堂的话，今天晚上你就该找到了。（下。）

第二场　同前。宫中另一室

麦克白夫人及一仆人上。

麦克白夫人　班柯已经离开宫廷了吗？

仆人　是，娘娘，可是他今天晚上就要回来的。

麦克白夫人　你去对王上说，我要请他允许我跟他说几句话。

仆人　是，娘娘。（下。）

麦克白夫人　费尽了一切，结果还是一无所得，我们的目的虽然达到，却一点不感觉满足。要是用毁灭他人的手段，使自己置身在充满着疑虑的欢娱里，那么还不如那被我们所害的人，倒落得无忧无虑。

麦克白上。

麦克白夫人　啊！我的主！您为什么一个人孤零零的，让最悲哀的幻想做您的伴侣，把您的思想念念不忘地集中在一个已死者的身上？无法挽回的事，只好听其自然；事情干了就算了。

麦克白　我们不过刺伤了蛇身，却没有把它杀死，它的伤口会慢慢平复过来，再用它原来的毒牙向我们的暴行复仇。可是让一切秩序完全解体，让活人、死人都去受罪吧，为什么我们要在忧虑中进餐，在每夜使我们惊恐的噩梦的谑弄中睡眠呢？我们为了希求自身的平安，把别人送下坟墓里去享受永久的平安，可是我们的心灵却把我们磨折得没有一刻平静的安息，使我们觉得还是跟已死的人在一起，倒幸福得多了。邓肯现在睡在他的坟墓里；经过了一场人生的热病，他现在睡得好好的，叛逆已经对他施过最狠毒的伤害，再没有刀剑、毒药、内乱、外患，可以加害于他了。

麦克白夫人　算了算了，我的好丈夫，把您烦恼的面孔收起；今天晚上您必须和颜悦色地招待您的客人。

麦克白　正是，亲人；你也要这样。尤其请你对班柯曲意殷勤，用你的眼睛和舌头给他特殊的荣宠。我们的地位现在还没有巩固，我们虽在阿谀逢迎的人流中浸染周旋，却要保持我们的威严，用我们的外貌遮掩着我们的内心，不要给人家窥破。

麦克白夫人　您不要多想这些了。

麦克白　啊！我的头脑里充满着蝎子，亲爱的妻子；你知道班柯和他的弗里恩斯尚在人间。

麦克白夫人　可是他们并不是长生不死的。

麦克白　那还可以给我几分安慰，他们是可以伤害的；所以你快乐起来吧。在蝙蝠完成它黑暗中的飞翔以前，在振翅而飞的甲虫应答着赫卡忒的呼召，用嗡嗡的声音摇响催眠的晚钟以前，将要有一件可怕的事情干完。

麦克白夫人　　是什么事情？

麦克白　　你暂时不必知道，最亲爱的宝贝，等事成以后，你再鼓掌称快吧。来，使人盲目的黑夜，遮住可怜的白昼的温柔的眼睛，用你无形的毒手，毁除那使我畏惧的重大的绊脚石吧！天色在朦胧起来，乌鸦都飞回到昏暗的林中；一天的好事开始沉沉睡去，黑夜的罪恶的使者却在准备攫捕他们的猎物。我的话使你惊奇；可是不要说话；以不义开始的事情，必须用罪恶使它巩固。跟我来。（同下。）

第三场　同前。苑囿，有一路通王宫

三刺客上。

刺客甲　　可是谁叫你来帮我们的？

刺客丙　　麦克白。

刺客乙　　我们可以不必对他怀疑，他已经把我们的任务和怎样动手的方法都指示给我们了，跟我们得到的命令相符。

刺客甲　　那么就跟我们站在一起吧。西方还闪耀着一线白昼的余晖；晚归的行客现在快马加鞭，要来找寻宿处了；我们守候的目标已经在那儿向我们走近。

刺客丙　　听！我听见马蹄声。

班柯　　（在内）喂，给我们一个火把！

刺客乙　　一定是他；别的客人们都已经到宫里了。

刺客甲　　他的马在兜圈子。

刺客丙　　差不多有一英里路；可是他正像许多人一样，常常把从这

儿到宫门口的这一条路作为他们的走道。

刺客乙　火把，火把！

刺客丙　是他。

刺客甲　准备好。

班柯及弗里恩斯持火炬上。

班柯　今晚恐怕要下雨。

刺客甲　让它下吧。（刺客等向班柯攻击。）

班柯　啊，阴谋！快逃，好弗里恩斯，逃，逃，逃！你也许可以替我报仇。啊奴才！（死。弗里恩斯逃去。）

刺客丙　谁把火灭了？

刺客甲　不应该灭火吗？

刺客丙　只有一个人倒下；那儿子逃走了。

刺客乙　我们工作的重要一部分失败了。

刺客甲　好，我们回去报告我们工作的结果吧。（同下。）

第四场　同前。宫中大厅

厅中陈设筵席。麦克白、麦克白夫人、洛斯、列诺克斯、群臣及侍从等上。

麦克白　大家按着各人自己的品级坐下来；总而言之一句话，我竭诚欢迎你们。

群臣　谢谢陛下的恩典。

麦克白　我自己将要跟你们在一起，做一个谦恭的主人，我们的主妇现在还坐在她的宝座上，可是我就要请她对你们殷勤招待。

麦克白夫人　陛下，请您替我向我们所有的朋友们表示我欢迎的诚意吧。

刺客甲上，至门口。

麦克白　瞧，他们用诚意的感谢答复你了；两方面已经各得其平。我将要在这中间坐下来。大家不要拘束，乐一个畅快；等会儿我们就要合席痛饮一巡。（至门口）你的脸上有血。

刺客甲　那么它是班柯的。

麦克白　我宁愿你站在门外，不愿他置身室内。你们已经把他结果了吗？

刺客甲　陛下，他的咽喉已经割破了；这是我干的事。

麦克白　你是一个最有本领的杀人犯；可是谁杀死了弗里恩斯，也一样值得夸奖；要是你也把他杀了，那你才是一个无比的好汉。

刺客甲　陛下，弗里恩斯逃走了。

麦克白　我的心病本来可以痊愈，现在它又要发作了；我本来可以像大理石一样完整，像岩石一样坚固，像空气一样广大自由，现在我却被恼人的疑惑和恐惧所包围拘束。可是班柯已经死了吗？

刺客甲　是，陛下；他安安稳稳地躺在一条泥沟里，他的头上刻着二十道伤痕，最轻的一道也可以致他死命。

麦克白　谢天谢地。大蛇躺在那里；那逃走了的小虫，将来会用它的毒液害人，可是现在它的牙齿还没有长成。走吧，明天再来听候我的旨意。（刺客甲下。）

麦克白夫人　陛下，您还没有劝过客；宴会上倘没有主人的殷勤招待，那就不是在请酒，而是在卖酒；这倒不如待在自己家里吃饭来得舒适呢。既然出来做客，在席面上最让人开胃的就是主人的礼节，缺少了它，那就会使合席失去兴致的。

麦克白　亲爱的，不是你提起，我几乎忘了！来，请放量醉饱吧，愿各位胃纳健旺，身强力壮！

列诺克斯　陛下请安坐。

班柯鬼魂上，坐在麦克白座上。

麦克白　要是班柯在座，那么全国的英俊，真可以说是荟集于一堂了；我宁愿因为他的疏怠而嗔怪他，不愿因为他遭到什么意外而为他惋惜。

洛斯　陛下，他今天失约不来，是他自己的过失。请陛下上坐，让我们叨陪末席。

麦克白　席上已经坐满了。

列诺克斯　陛下，这儿是给您留着的一个位置。

麦克白　什么地方？

列诺克斯　这儿，陛下。什么事情使陛下这样变色？

麦克白　你们哪一个人干了这件事？

群臣　什么事，陛下？

麦克白　你不能说这是我干的事；别这样对我摇着你染着血的头发。

洛斯　各位大人，起来；陛下病了。

麦克白夫人　坐下，尊贵的朋友们，王上常常这样，他从小就有这种毛病。请各位安坐吧；他的癫狂不过是暂时的，一会儿就会好起来。要是你们太注意了他，他也许会动怒，发起狂来更加厉害；尽管自己吃喝，不要理他吧。你是一个男子吗？

麦克白　哦，我是一个堂堂男子，可以使魔鬼胆裂的东西，我也敢正眼瞧着它。

麦克白夫人　啊，这倒说得不错！这不过是你的恐惧所描绘出来的一幅图画；正像你所说的那柄引导你去行刺邓肯的空中的匕首一样。啊！要是在冬天的火炉旁，听一个妇女讲述她的老祖母告诉她的故事的时候，那么这种情绪的冲动、恐惧的伪装，倒是非常合适的。不害羞吗？你为什么扮这样的怪脸？说到底，你瞧着的不过是一张凳子罢了。

麦克白　你瞧那边！瞧！瞧！瞧！你怎么说？哼，我什么都不在乎。要是你会点头，你也应该会说话。要是殡舍和坟墓必须把我们埋葬了的人送回世上，那么鸢鸟的胃囊将要变成我们的坟墓了。（鬼魂隐去。）

麦克白夫人　什么！你发了疯，把你的男子气都失掉了吗？

麦克白　要是我现在站在这儿，那么刚才我明明瞧见他。

麦克白夫人　啐！不害羞吗？

麦克白　在人类不曾制定法律保障公众福利以前的古代，杀人流血是不足为奇的事；即使在有了法律以后，惨不忍闻的谋杀事件，也随时发生。从前的时候，一刀下去，当场毙命，事情就这样完结了；可是现在他们却会从坟墓中起来，他们的头上戴着二十件谋杀的重罪，把我们推下座位。这种事情是比这样一件谋杀案更奇怪的。

麦克白夫人　陛下，您尊贵的朋友们都因为您不去陪他们而十分扫兴哩！

麦克白　我忘了。不要对我惊诧，我最尊贵的朋友们；我有一种怪病，认识我的人都知道那是不足为奇的。来，让我们用这一杯酒表示我们的同心永好，祝各位健康！你们干了这一杯，我就坐下。给我拿些酒来，倒得满满的。我为今天在座众人的快乐，还要为我们亲爱的缺席的朋友班柯尽此一杯；要是他也在这儿就好了！来，为大家、为他，请干杯，请各位为大家的健康干一杯。

群臣　不敢不从命。

班柯鬼魂重上。

麦克白　去！离开我的眼前！让土地把你藏匿了！你的骨髓已经枯竭，你的血液已经凝冷；你那向人瞪着的眼睛也已经失去了光彩。

麦克白夫人　各位大人，这不过是他的旧病复发，没有什么别的缘故；害各位扫兴，真是抱歉得很。

麦克白　别人敢做的事，我都敢：无论你用什么形状出现，像粗暴的俄罗斯大熊也好，像披甲的犀牛、舞爪的猛虎也好，只要不是你现在的样子，我坚定的神经决不会起半分战栗；或者你现在死而复活，用你的剑向我挑战，要是我会惊惶胆怯，那么你就可以宣称我是一个少女怀抱中的婴孩。去，可怕的影子！虚妄的揶揄，去！（鬼魂隐去）嘿，他一去，我的勇气又恢复了。请你们安坐吧。

麦克白夫人　你这样疯疯癫癫的，已经打断了众人的兴致，扰乱了今天的聚会。

麦克白　难道碰到这样的事，能像飘过夏天的一朵浮云那样不叫人吃惊吗？我吓得面无人色，你们眼看着这样的怪象，脸上却仍然保持着天然的红润，这才怪哩！

洛斯　什么怪象，陛下？

麦克白夫人　请您不要对他说话；他越来越疯了；你们多问了他，他会动怒的。对不起，请各位还是散席吧；大家不必推先让后，请立刻离去，晚安！

列诺克斯　晚安；愿陛下早复健康！

麦克白夫人　各位晚安！（群臣及侍从等下。）

麦克白　流血是免不了的；他们说，流血必须引起流血。据说石块曾经自己转动，树木曾经开口说话；鸦鹊的鸣声里曾经泄露过阴谋作乱的人。夜过去了多少了？

麦克白夫人　差不多到了黑夜和白昼的交界，分别不出是昼是夜来。

麦克白　麦克德夫藐视王命，拒不奉召，你看怎么样？

麦克白夫人　你有没有差人去叫过他？

麦克白　我偶然听人这么说；可是我要差人去唤他。他们这一批人家里谁都有一个被我买通的仆人，替我窥探他们的动静。我明天要趁早去访那三个女巫，听她们还有什么话说；因为我现在非得从最妖邪的恶魔口中知道我最悲惨的命运不可。为了我自己的好处，只好把一切置之不顾。我已经两足深陷于血泊之中，要是不再涉血前进，那么回头的路也是同样使人厌倦的。我想起了一些非常的计谋，必须不等斟酌就迅速实行。

麦克白夫人　一切有生之伦，都少不了睡眠的调剂，可是你还没有好好睡过。

麦克白　来，我们睡去。我的疑鬼疑神、出乖露丑，都是因为未经磨炼、心怀恐惧的缘故；我们干这事太缺少经验了。（同下。）

第五场　荒原

雷鸣。三女巫上，与赫卡忒相遇。

女巫甲　哎哟，赫卡忒！您在发怒吗？

赫卡忒　我不应该发怒吗，你们这些放肆大胆的丑婆子？你们怎么敢用哑谜和有关生死的秘密和麦克白打交道；我是你们魔法的总管，一切的灾祸都由我主持支配，你们却不通知我一声，让我也来显一显我们的神通？而且你们所干的事，都只是为了一个刚愎自用、残忍狂暴的人；他像所有的世人一样，只知道自己的利益，一点不是对你们存着什么好意。可是现在你们必须补赎你们的过失；快去，天明的时候，在阿契隆[a]的地坑附近会我，他将要到那边来探询他的命运；把你们的符咒、魔蛊和一切应用的东西预备齐整，不得有误。我现在乘风而去，今晚我要用整夜的工夫，布置出一场悲惨的结果；在正午以前，必须完成大

① 阿契隆（Acheron），本为希腊神话中的一条冥河，这里借指地狱。

事。月亮角上挂着一颗湿淋淋的露珠，我要在它坠地以前把它摄取，用魔术提炼以后，就可以凭着它呼灵唤鬼，让种种虚妄的幻影迷乱他的本性；他将要藐视命运，唾斥死生，超越一切的情理，排弃一切的疑虑，执着他的不可能的希望；你们都知道自信是人类最大的仇敌。（内歌声，“来吧，来吧……”）听！他们在叫我啦；我的小精灵们，瞧，他们坐在云雾之中，在等着我呢。（下。）

女巫甲　来，我们赶快；她就要回来的。（同下。）

第六场　福累斯。宫中一室

列诺克斯及另一贵族上。

列诺克斯　我以前的那些话只是叫你听了觉得对劲，那些话是还可以进一步解释的；我只觉得事情有些古怪。仁厚的邓肯被麦克白所哀悼；邓肯是已经死去的了。勇敢的班柯不该在深夜走路，您也许可以说——要是您愿意这么说的话，他是被弗里恩斯杀死的，因为弗里恩斯已经逃匿无踪；人总不应该在夜深的时候走路。哪一个人不以为马尔康和道纳本杀死他们仁慈的父亲，是一件异常惊人的巨变？万恶的行为！麦克白为了这件事多么痛心；他不是趁着一时的气愤，把那两个酗酒贪睡的溺职卫士杀了吗？那件事干得不是很忠勇的吗？嗯，而且也干得很聪明；因为要是人家听见他们抵赖他们的罪状，谁都会怒从心起的。所以我说，他把一切事情处理得很好；我想要是邓肯的两个儿子也给他拘留起来——上天保佑他们不会落在他的手里——他们就会知道，向自己的父亲行弑必须受到怎样的报应；弗里恩斯也是一样。可是这些话别提啦，我听说麦克德夫因为出言不逊，又不出席那暴君的宴会，已经受到贬辱。您能够告诉我他现在在什么地方吗？

贵族　被这暴君篡逐出亡的邓肯世子现在寄身在英格兰宫廷之中，谦恭的爱德华对他非常优待，一点不因为他处境颠危而减削了敬礼。麦克德夫也到那里去了，他的目的是要请求贤明的英王协力激励诺森伯兰和好战的西华德，使他们出兵相援，凭着上帝的意旨帮助我们恢复已失的自由，使我们仍旧能够享受食桌上的盛馔和酣畅的睡眠，不再畏惧宴会中有沾血的刀剑，让我们能够一方面输诚效忠，一方面安受爵赏而心无疑虑；这一切都是我们现在所渴望而求之不得的。这一个消息已经使我们的王上大为震怒，他正在那儿准备作战了。

列诺克斯　他有没有差人到麦克德夫那儿去？

贵族　他已经差人去过了；得到的回答是很干脆的一句："老兄，我不去。"那个恼怒的使者转身就走，嘴里好像叽咕着说，"你给我这样的答复，看着吧，你一定会自食其果。"

列诺克斯　那很可以叫他留心留心远避当前的祸害。但愿什么神圣的天使飞到英格兰的宫廷里，预先替他把信息传到那儿；让上天的祝福迅速回到我们这一个在毒手压制下备受苦难的国家！

贵族　我愿意为他祈祷。（同下。）

第四幕

第一场　山洞。中置沸釜

雷鸣。三女巫上。

女巫甲　斑猫已经叫过三声。

女巫乙　刺猬已经啼了四次。

女巫丙　怪鸟在鸣啸：时候到了，时候到了。

女巫甲　绕釜环行火融融，

毒肝腐脏寘其中。

蛤蟆蛰眠寒石底，

三十一日夜相继；

汗出淋漓化毒浆，

投之鼎釜沸为汤。

众巫　（合）不惮辛劳不惮烦，

釜中沸沫已成澜。

女巫乙　　沼地蟒蛇取其肉，

脔以为片煮至熟；

蝾螈之目青蛙趾，

蝙蝠之毛犬之齿，

蝮舌如叉蚯蚓刺，

蜥蜴之足枭之翅，

炼为毒蛊鬼神惊，

扰乱人世无安宁。

众巫　　（合）不惮辛劳不惮烦，

釜中沸沫已成澜。

女巫丙　　豺狼之牙巨龙鳞，

千年巫尸貌狰狞；

海底抉出鲨鱼胃，

夜掘毒芹根块块；

杀犹太人摘其肝，

剖山羊胆汁潺潺；

雾黑云深月蚀时，

潜携斤斧劈杉枝；

娼妇弃儿死道间，

断指持来血尚殷；

土耳其鼻鞑靼唇，

烈火糜之煎作羹；

猛虎肝肠和鼎内，

练就妖丹成一味。

众巫　（合）不惮辛劳不惮烦，

釜中沸沫已成澜。

女巫乙　炭火将残蛊将成，

猩猩滴血蛊方凝。

赫卡忒上。

赫卡忒　善哉尔曹功不浅，

颁赏酬劳利泽遍。

于今绕釜且歌吟，

大小妖精成环形，

摄人魂魄荡人心。（音乐，众巫唱幽灵之歌。）

女巫乙　拇指怦怦动，

必有恶人来；

既来皆不拒，

洞门敲自开。

麦克白上。

麦克白　啊，你们这些神秘的幽冥的夜游的妖婆子！你们在干什么？

众巫　（合）一件没有名义的行动。

麦克白　凭着你们的法术，我吩咐你们回答我，不管你们的秘法是从哪里得来的。即使你们放出狂风，让它们向教堂猛击；即使汹涌的波涛会把航海的船只颠覆吞噬；即使谷物的叶片会倒折在田亩上，树木会连根拔起；即使城堡会向它们的守卫者的头上倒下；即使宫殿和金字塔都会倾圮；即使大自然所孕育的一切灵奇完全归于毁灭，连“毁灭”都感到手软了，我也要你们回答我的问题。

女巫甲　说。

女巫乙　你问吧。

女巫丙　我们可以回答你。

女巫甲　你愿意从我们嘴里听到答复呢，还是愿意让我们的主人们回答你？

麦克白　叫他们出来；让我见见他们。

女巫甲　母猪九子食其豚，
血浇火上焰生腥；
杀人恶犯上刑场，
汗脂投火发凶光。

众巫　（合）鬼王鬼卒火中来，
现形作法莫惊猜。

雷鸣。第一幽灵出现，为一戴盔之头。

麦克白　告诉我，你这不知名的力量——

女巫甲　他知道你的心事；听他说，你不用开口。

第一幽灵　麦克白！麦克白！麦克白！留心麦克德夫；留心费辅爵士。放我回去。够了。（隐入地下。）

麦克白　不管你是什么精灵，我感谢你的忠言警告；你已经一语道破了我的忧虑。可是再告诉我一句话——

女巫甲　他是不受命令的。这儿又来了一个，比第一个法力更大。

雷鸣。第二幽灵出现，为一流血之小儿。

第二幽灵　麦克白！麦克白！麦克白！——

麦克白　我要是有三只耳朵，我的三只耳朵都会听着你。

第二幽灵　你要残忍、勇敢、坚决；你可以把人类的力量付之一笑，因为没有一个妇人所生下的人可以伤害麦克白。（隐入地下。）

麦克白　那么尽管活下去吧，麦克德夫；我何必惧怕你呢？可是我要使确定的事实加倍确定，从命运手里接受切实的保证。我还是要你死，让我可以斥胆怯的恐惧为虚妄，在雷电怒作的夜里也能安心睡觉。

雷鸣。第三幽灵出现，为一戴王冠之小儿，手持树枝。

麦克白　这升起来的是什么，他的模样像是一个王子，他的幼稚的头上还戴着统治的荣冠？

众巫　静听，不要对它说话。

第三幽灵　你要像狮子一样骄傲而无畏，不要关心人家的怨怒，也不要担忧有谁在算计你。麦克白永远不会被人打败，除非有一天勃南的树林会冲着他向邓西嫩高山移动。（隐入地下。）

麦克白　那是决不会有的事；谁能够命令树木，叫它从泥土之中拔起它的深根来呢？幸运的预兆！好！勃南的树林不会移动，叛徒的举事也不会成功，我们巍巍高位的麦克白将要尽其天年，在他寿数告终的时候奄然物化。可是我的心还在跳动着想要知道一件事情；告诉我，要是你们的法术能够解释我的疑惑，班柯的后裔会不会在这一个国土上称王？

众巫　不要追问下去了。

麦克白　我一定要知道究竟；要是你们不告诉我，愿永久的诅咒降在你们身上！告诉我。为什么那口釜沉了下去？这是什么声音？（高音笛声。）

女巫甲　出来！

女巫乙　出来！

女巫丙　出来！

众巫　（合）一见惊心，魂魄无主；

如影而来，如影而去。

作国王装束者八人次第上；最后一人持镜；班柯鬼魂随其后。

麦克白　你太像班柯的鬼魂了；下去！你的王冠刺痛了我的眼珠。怎么，又是一个戴着王冠的？你的头发也跟第一个一样。第三个又跟第二个一样。该死的鬼婆子！你们为什么让我看见这些人？第四个！跳出来吧，我的眼睛！什么！这一连串戴着王冠的，要到世界末日才会完结吗？又是一个？第七个！我不想再看了。可是第八个又出现了，他拿着一面镜子，我可以从镜子里面看见许许多多戴王冠的人；有几个还拿着两个金球，三根御杖。可怕的景象！啊，现在我知道这不是虚妄的幻象，因为血污的班柯在向我微笑，用手指点着他们，表示他们就是他的子孙。（众幻影消灭）什么！真是这样吗？

女巫甲　嗯，这一切都是真的；可是麦克白为什么这样呆若木鸡？来，姊妹们，让我们鼓舞鼓舞他的精神，用最好的歌舞替他消愁解闷。我先用魔法使空中奏起乐来，你们就搀成一个圈子团团跳舞，让这位伟大的君王知道，我们并没有怠慢他。（音乐。众女巫跳舞，舞毕与赫卡忒俱隐去。）

麦克白　她们在哪儿？去了？愿这不祥的时辰在日历上永远被人诅咒！外面有人吗？进来！

列诺克斯上。

列诺克斯　陛下有什么命令？

麦克白　你看见过那三个女巫吗？

列诺克斯　没有，陛下。

麦克白　她们没有打你身边过去吗？

列诺克斯　确实没有，陛下。

麦克白　愿她们所驾乘的空气都化为毒雾，愿一切相信她们言语的人都永堕沉沦！我方才听见奔马的声音，是谁经过这地方？

列诺克斯　启禀陛下，刚才有两三个使者来过，向您报告麦克德夫已经逃奔英格兰去了。

麦克白　逃奔英格兰去了？

列诺克斯　是，陛下。

麦克白　时间，你早就料到我的狠毒的行为，竟抢先了一着；要追赶上那飞速的恶念，就得马上见诸行动；从这一刻起，我心里一想到什么，便要立刻把它实行，没有迟疑的余地；我现在就要用行动表示我的意志——想到便下手。我要去突袭麦克德夫的城堡；把费辅攫取下来；把他的妻子儿女和一切跟他有血缘之亲的不幸的人们一齐杀死。我不能像一个傻瓜似的只会空口说大话；我必须趁着我这一个目的还没有冷淡下来以前把这件事干好。可是我不想再看见什么幻象了！那几个使者呢？来，带我去见见他们。（同下。）

第二场　费辅。麦克德夫城堡

麦克德夫夫人、麦克德夫子及洛斯上。

麦克德夫夫人　他干了什么事，要逃亡国外？

洛斯　您必须安心忍耐，夫人。

麦克德夫夫人　他可没有一点忍耐；他的逃亡全然是发疯。我们的行为本来是光明坦荡的，可是我们的疑虑却使我们成为叛徒。

洛斯　您还不知道他的逃亡究竟是明智的行为还是无谓的疑虑。

麦克德夫夫人　明智的行为！他自己高飞远走，把他的妻子儿女、他的宅第尊位，一齐丢弃不顾，这算是明智的行为吗？他不爱我们；他没有天性之情；鸟类中最微小的鹪鹩也会奋不顾身，和鸱鸮争斗，保护它巢中的众雏。他心里只有恐惧没有爱；也没有一点智慧，因为他的逃亡是完全不合情理的。

洛斯　好嫂子，请您抑制一下自己；讲到尊夫的为人，那么他是高尚明理而有识见的，他知道应该怎样见机行事。我不敢多说什么；现在这种时世太冷酷无情了，我们自己还不知道，就已经蒙上了叛徒的恶名；一方面恐惧流言，一方面却不知道为何而恐惧，就像在一个风波险恶的海上漂浮，全没有一定的方向。现在我必须向您告辞；不久我会再到这儿来。最恶劣的事态总有一天告一段落，或者逐渐恢复原状。我的可爱的侄儿，祝福你！

麦克德夫夫人　他虽然有父亲，却和没有父亲一样。

洛斯　我要是再逗留下去，才真是不懂事的傻子，既会叫人家笑话我不像个男子汉，还要连累您心里难过；我现在立刻告辞。（下。）

麦克德夫夫人　小子，你爸爸死了；你现在怎么办？你预备怎样过活？

麦克德夫子　像鸟儿一样过活，妈妈。

麦克德夫夫人　什么！吃些小虫儿、飞虫儿吗？

麦克德夫子　我的意思是说，我得到些什么就吃些什么，正像鸟儿一样。

麦克德夫夫人　可怜的鸟儿！你从来不怕有人张起网儿、布下陷阱，捉了你去英里。

麦克德夫子　我为什么要怕这些，妈妈？他们是不会算计可怜的小鸟的。我的爸爸并没有死，虽然您说他死了。

麦克德夫夫人　不，他真的死了。你没了父亲怎么好呢？

麦克德夫子　您没了丈夫怎么好呢？

麦克德夫夫人　嘿，我可以到随便哪个市场上去买二十个丈夫回来。

麦克德夫子　那么您买了他们回来，还是要卖出去的。

麦克德夫夫人　这刁钻的小油嘴；可也亏你想得出来。

麦克德夫子　我的爸爸是个反贼吗，妈妈？

麦克德夫夫人　嗯，他是个反贼。

麦克德夫子　怎么叫做反贼？

麦克德夫夫人　反贼就是起假誓扯谎的人。

麦克德夫子　凡是反贼都是起假誓扯谎的吗？

麦克德夫夫人　起假誓扯谎的人都是反贼，都应该绞死。

麦克德夫子　起假誓扯谎的都应该绞死吗？

麦克德夫夫人　都应该绞死。

麦克德夫子　谁去绞死他们呢？

麦克德夫夫人　那些正人君子。

麦克德夫子　那么那些起假誓扯谎的都是些傻瓜，他们有这许多人，为什么不联合起来打倒那些正人君子，把他们绞死了呢？

麦克德夫夫人　哎哟，上帝保佑你，可怜的孩子！可是你没了父亲怎么好呢？

麦克德夫子　要是他真的死了，您会为他哀哭的；要是您不哭，那是一个好兆，我就可以有一个新的爸爸了。

麦克德夫夫人　这小油嘴真会胡说！

一使者上。

使者　祝福您，好夫人！您不认识我是什么人，可是我久闻夫人的令名，所以特地前来，报告您一个消息。我怕夫人目下有极大的危险，要是您愿意接受一个微贱之人的忠告，那么还是离开此地，赶快带着您的孩子们避一避的好。我这样惊吓着您，已经是够残忍的了；要是有人再要加害于您，那真是太没有人道了，可是这没人道的事儿快要落到您头上了。上天保佑您！我不敢多耽搁时间。（下。）

麦克德夫夫人　叫我逃到哪儿去呢？我没有做过害人的事。可是我记起来了，我是在这个世上，这世上做了恶事才会被人恭维赞美，做了好事反会被人当作危险的傻瓜；那么，唉！我为什么还要用这种婆子气的话替自己辩护，说是我没有做过害人的事呢？

刺客等上。

麦克德夫夫人　这些是什么人？

众刺客　你的丈夫呢？

麦克德夫夫人　我希望他是在光天化日之下你们这些鬼东西不敢露脸的地方。

刺客　他是个反贼。

麦克德夫子　你胡说，你这蓬头的恶人！

刺客　什么！你这叛徒的孽种！（刺麦克德夫子。）

麦克德夫子　他杀死我了，妈妈；您快逃吧！（死。麦克德夫夫人呼“杀了人啦！”下，众刺客追下。）

第三场　英格兰。王宫前

马尔康及麦克德夫上。

马尔康　让我们找一处没有人踪的树荫，在那里把我们胸中的悲哀痛痛快快地哭个干净吧。

麦克德夫　我们还是紧握着利剑，像好汉子似的卫护我们被蹂躏的祖国吧。每一个新的黎明都听得见新孀的寡妇在哭泣，新失父母的孤儿在号啕，新的悲哀上冲霄汉，发出凄厉的回声，就像哀悼苏格兰的命运，替她奏唱挽歌一样。

马尔康　我相信的事就叫我痛哭，我知道的事就叫我相信；我只要有机会效忠祖国，也愿意尽我的力量。您说的话也许是事

娇娥。

马尔康　　除了这一种弱点以外，在我的邪僻的心中还有一种不顾廉耻的贪婪，要是我做了国王，我一定要除贵族，侵夺他们的土地；不是向这个人索取珠宝，就是向那个人索取房屋；我所有的越多，我的贪心越不知道餍足，我一定会为了图谋财富的缘故，向善良忠贞的人无端寻衅，把他们陷于死地。

麦克德夫　　这一种贪婪比起少年的情欲来，它的根是更深而更有毒的，我们曾经有许多过去的国王死在它的剑下。可是您不用担心，苏格兰有足够您享用的财富，它都是属于您的；只要有其他的美德，这些缺点都不算什么。

马尔康　　可是我一点没有君主之德，什么公平、正直、节俭、镇定、慷慨、坚毅、仁慈、谦恭、诚敬、宽容、勇敢、刚强，我全没有；各种罪恶却应有尽有，在各方面表现出来。嘿，要是我掌握了大权，我一定会把和谐的甘乳倾入地狱，扰乱世界的和平，破坏地上的统一。

麦克德夫　　啊，苏格兰，苏格兰！

马尔康　　你说这样一个人是不是适宜于统治？我正是像我所说那样的人。

麦克德夫　　适宜于统治！不，这样的人是不该让他留在人世的。啊，多难的国家，一个篡位的暴君握着染血的御杖高踞在王座上，你的最合法的嗣君又亲口吐露了他是这样一个可诅咒的人，辱没了他的高贵的血统，那么你几时才能重见天日呢？你的父王是一个最圣明的君主；生养你的母后每天都想到人生难免的死亡，她朝夕都在屈膝跪求上天的垂怜。再会！你自己供认的这些罪恶，已经把我从苏格兰放逐。啊，我的胸膛，你的希望永远在这儿埋葬了！

马尔康　麦克德夫，只有一颗正直的心，才会有这种勃发的忠义之情，它已经把黑暗的疑虑从我的灵魂上一扫而空，使我充分信任你的真诚。魔鬼般的麦克白曾经派了许多说客来，想要把我诱进他的罗网，所以我不得不着意提防；可是上帝降临在你我二人的中间！从现在起，我委身听从你的指导，并且撤回我刚才对我自己所讲的坏话，我所加在我自己身上的一切污点，都是我的天性中所没有的。我还没有近过女色，从来没有背过誓，即使是我自己的东西，我也没有贪得的欲念；我从不曾失信于人，我不愿把魔鬼出卖给他的同伴，我珍爱忠诚不亚于生命；刚才我对自己的诽谤，是我第一次的说谎。那真诚的我，是准备随时接受你和我的不幸的祖国的命令的。在你还没有到这儿来以前，年老的西华德已经带领了一万个战士，装备齐全，向苏格兰出发了。现在我们就可以把我们的力量合并在一起；我们堂堂正正的义师，一定可以得胜。您为什么不说话？

麦克德夫　好消息和恶消息同时传进了我的耳朵里，使我的喜怒都失去了自主。

一医生上。

马尔康　好，等会儿再说。请问一声，王上出来了吗？

医生　出来了，殿下；有一大群不幸的人们在等候他医治，他们的疾病使最高明的医生束手无策，可是上天给他这样神奇的力量，只要他的手一触，他们就立刻痊愈了。

马尔康　谢谢您的见告，大夫。（医生下。）

麦克德夫　他说的是什么疾病？

马尔康　他们都把它叫做瘰疬；自从我来到英国以后，我常常看见这位善良的国王显示他的奇妙无比的本领。除了他自己以外，谁也不知道他是怎样祈求着上天；可是害着怪病的人，浑身肿烂，惨不忍睹，一切外科手术无法医治的，他只要嘴里念着祈祷，用一枚金章亲手挂在他们的颈上，他们便会霍然痊愈；据说他这种治病的天能，是世世相传永袭罔替的。除了这种特殊的本领以外，他还是一个天生的预言者，福祥环拱着他的王座，表示他具有各种美德。

麦克德夫　瞧，谁来啦？

马尔康　是我们国里的人；可是我还认不出他是谁。

洛斯上。

麦克德夫　我的贤弟，欢迎。

马尔康　我现在认识他了。好上帝，赶快除去使我们成为陌路之人的那一层隔膜吧！

洛斯　阿门，殿下。

麦克德夫　苏格兰还是原来那样子吗？

洛斯　唉！可怜的祖国！它简直不敢认识它自己。它不能再称为我们的母亲，只是我们的坟墓；在那边，除了浑浑噩噩、一无所知的人以外，谁的脸上也不曾有过一丝笑容；叹息、呻吟、震撼天空的呼号，都是日常听惯的声音，不能再引起人们的注意；剧烈的悲哀变成一般的风气；葬钟敲响的时候，谁也不再关心它是为谁而鸣；善良人的生命往往在他们帽上的花朵还没有枯萎以前就化为朝露。

麦克德夫　啊！太巧妙、也是太真实的描写！

马尔康　最近有什么令人痛心的事情？

洛斯　一小时以前的变故，在叙述者的嘴里就已经变成陈迹了；每一分钟都产生新的祸难。

麦克德夫　我的妻子安好吗？

洛斯　呃，她很安好。

麦克德夫　我的孩子们呢？

洛斯　也很安好。

麦克德夫　那暴君还没有毁坏他们的平静吗？

洛斯　没有；当我离开他们的时候，他们是很平安的。

麦克德夫　不要吝惜你的言语；究竟怎样？

洛斯　当我带着沉重的消息、预备到这儿来传报的时候，一路上听见谣传，说是许多有名望的人都已经起义；这种谣言照我想起来是很可靠的，因为我亲眼看见那暴君的军队在出动。现在是应该出动全力挽救祖国沦夷的时候了；你们要是在苏格兰出现，可以使男人们个个变成兵士，使女人们愿意从她们的困苦之下争取解放而作战。

马尔康　我们正要回去，让这消息作为他们的安慰吧。友好的英格兰已经借给我们西华德将军和一万兵士，所有基督教的国家里找不出一个比他更老练、更优秀的军人。

洛斯　我希望我也有同样好的消息给你们！可是我所要说的话，是应该把它在荒野里呼喊，不让它钻进人们耳中的。

麦克德夫　它是关于哪方面的？是和大众有关的呢，还是一两个人单独的不幸？

洛斯　天良未泯的人，对于这件事谁都要觉得像自己身受一样伤心，虽然你是最能感到切身之痛的一个。

麦克德夫　倘若那是与我有关的事，那么不要瞒过我；快让我知道了吧。

洛斯　但愿你的耳朵不要从此永远憎恨我的舌头，因为它将要让你听见你有生以来所听到的最惨痛的声音。

麦克德夫　哼，我猜到了。

洛斯　你的城堡受到袭击；你的妻子和儿女都惨死在野蛮的刀剑之下；要是我把他们的死状告诉你，那会使你痛不欲生，在他们已经成为被杀害了的驯鹿似的尸体上，再加上了你的。

马尔康　慈悲的上天！什么，朋友！不要把你的帽子拉下来遮住你的额角；用言语把你的悲伤倾泻出来吧；无言的哀痛是会向那不堪重压的心低声耳语，叫它裂成碎片的。

麦克德夫　我的孩子也都死了吗？

洛斯　妻子、孩子、仆人，凡是被他们找得到的，杀得一个不存。

麦克德夫　我却不得不离开那里！我的妻子也被杀了吗？

洛斯　我已经说过了。

马尔康　请宽心吧；让我们用壮烈的复仇做药饵，治疗这一段残酷的悲痛。

麦克德夫　他自己没有儿女。我的可爱的宝贝们都死了吗？你说他们一个也不存吗？啊，地狱里的恶鸟！一个也不存？什么！我的可爱的鸡雏们和他们的母亲一起葬送在毒手之下了吗？

马尔康　拿出男子汉的气概来。

麦克德夫　我要拿出男子汉的气概来；可是我不能抹杀我的人类的感情。我怎么能够把我所最珍爱的人置之度外，不去想念他们呢？难道上天看见这一幕惨剧而不对他们抱同情吗？罪恶深重的麦克德夫！他们都是为了你而死于非命的。我真该死，他们没有一点罪过，只是因为我自己不好，无情的屠戮才会降临到他们的身上。愿上天给他们安息！

马尔康　把这一桩仇恨作为磨快你的剑锋的砺石；让哀痛变成愤怒；不要让你的心麻木下去，激起它的怒火来吧。

麦克德夫　啊！我可以一方面让我的眼睛里流着妇人之泪，一方面让我的舌头发出大言壮语。可是，仁慈的上天，求你撤除一切中途的障碍，让我跟这苏格兰的恶魔正面相对，使我的剑能够刺到他的身上；要是我放他逃走了，那么上天饶恕他吧！

马尔康　这几句话说得很像个汉子。来，我们见国王去；我们的军队已经调齐，一切齐备，只待整装出发。麦克白气数将绝，天诛将至；黑夜无论怎样悠长，白昼总会到来的。（同下。）

第五幕

第一场　邓西嫩。城堡中一室

一医生及一侍女上。

医生　我已经陪着你看守了两夜，可是一点不能证实你的报告。她最后一次晚上起来行动是在什么时候？

侍女　自从王上出征以后，我曾经看见她从床上起来，披上睡衣，开了橱门上的锁，拿出信纸，把它折起来，在上面写了字，读了一遍，然后把信封好，再回到床上去；可是在这一段时间里，她始终睡得很熟。

医生　这是心理上的一种重大的纷乱，一方面入于睡眠的状态，一方面还能像醒着一般做事。在这种睡眠不安的情形之下，除了走路和其他动作以外，你有没有听见她说过什么话？

侍女　　大夫，那我可不能把她的话照样告诉您。

医生　　你不妨对我说，而且应该对我说。

侍女　　我不能对您说，也不能对任何人说，因为没有一个见证可以证实我的话。

麦克白夫人持烛上。

侍女　　您瞧！她来啦。这正是她往常的样子；凭着我的生命起誓，她现在睡得很熟。留心看着她；站近一些。

医生　　她怎么会有那支蜡烛？

侍女　　那就是放在她的床边的；她的寝室里通宵点着灯火，这是她的命令。

医生　　你瞧，她的眼睛睁着呢。

侍女　　嗯，可是她的视觉却关闭着。

医生　　她现在在干什么？瞧，她在擦着手。

侍女　　这是她的一个惯常的动作，好像在洗手似的。我曾经看见她这样擦了足有一刻钟的时间。

麦克白夫人　　可是这儿还有一点血迹。

医生　　听！她说话了。我要把她的话记下来，免得忘记。

麦克白夫人　　去，该死的血迹！去吧！一点、两点，啊，那么现在可以动手了。地狱里是这样幽暗！呸，我的爷，呸！你是一个军人，也会害怕吗？既然谁也不能奈何我们，为什么我们要怕被人知道？可是谁想得到这老头儿会有这么多血？

医生　　你听见没有？

麦克白夫人　　费辅爵士从前有一个妻子；现在她在哪儿？什么！这两只手再也不会干净了吗？算了，我的爷，算了；你这样大惊小怪，把事情都弄糟了。

医生　说下去，说下去；你已经知道你所不应该知道的事。

侍女　我想她已经说了她所不应该说的话；天知道她心里有些什么秘密。

麦克白夫人　这儿还是有一股血腥气；所有阿拉伯的香科都不能叫这只小手变得香一点。啊！啊！啊！

医生　这一声叹息多么沉痛！她的心里蕴蓄着无限的凄苦。

侍女　我不愿为了身体上的尊荣，而让我的胸膛里装着这样一颗心。

医生　好，好，好。

侍女　但愿一切都是好好的，大夫。

医生　这种病我没有法子医治。可是我知道有些曾经在睡梦中走动的人，都是很虔敬地寿终正寝。

麦克白夫人　洗净你的手，披上你的睡衣；不要这样面无人色。我再告诉你一遍，班柯已经下葬了；他不会从坟墓里出来的。

医生　有这等事？

麦克白夫人　睡去，睡去；有人在打门英里。来，来，来，来，让我搀着你。事情已经干了就算了。睡去，睡去，睡去。（下。）

医生　她现在要上床去吗？

侍女　就要上床去了。

医生　外边很多骇人听闻的流言。反常的行为引起了反常的纷扰；良心负疚的人往往会向无言的衾枕泄漏他们的秘密；她需要教士的训诲甚于医生的诊视。上帝，上帝饶恕我们一切世人！留心照料她；凡是可以伤害她自己的东西全都要从她手边拿开；随时看顾着她。好，晚安！她扰乱了我的心，迷惑了我的眼睛。我心里所想到的，却不敢把它吐出嘴唇。

侍女　　晚安，好大夫。（各下。）

第二场　邓西嫩附近乡野

旗鼓前导，孟提斯、凯士纳斯、安格斯、列诺克斯及兵士等上。

孟提斯　　英格兰军队已经迫近，领军的是马尔康、他的叔父西华德和麦克德夫三人，他们的胸头燃起复仇的怒火；即使心如死灰的人，为了这种痛入骨髓的仇恨也会激起流血的决心。

安格斯　　在勃南森林附近，我们将要碰上他们；他们正在从那条路上过来。

凯士纳斯　　谁知道道纳本是不是跟他的哥哥在一起？

列诺克斯　　我可以确实告诉你，将军，他们不在一起。我有一张他们军队里高级将领的名单，里面有西华德的儿子，还有许多初上战场、乳臭未干的少年。

孟提斯　　那暴君有什么举动？

凯士纳斯　　他把邓西嫩防御得非常坚固。有人说他疯了；对他比较没有什么恶感的人，却说那是一个猛士的愤怒；可是他不能自己约束住他的惶乱的心情，却是一件无疑的事实。

安格斯　现在他已经感觉到他的暗杀的罪恶紧粘在他的手上；每分钟都有一次叛变，谴责他的不忠不义；受他命令的人，都不过是奉命行事，并不是出于对他的忠诚；现在他已经感觉到他的尊号罩在他的身上，就像一个矮小的偷儿穿了一件巨人的衣服一样束手绊脚。

孟提斯　他自己的灵魂都在谴责它本身的存在，谁还能怪他的昏乱的知觉怔忡不安呢？

凯士纳斯　好，我们整队前进吧；我们必须认清谁是我们应该服从的人。为了拔除祖国的沉疴，让我们准备和他共同流尽我们的最后一滴血。

列诺克斯　否则我们也愿意喷洒我们的热血，灌溉这一朵国家主权的娇花，淹没那凭陵它的野草。向勃南进军！（众列队行进下。）

第三场　邓西嫩。城堡中一室

麦克白、医生及侍从等上。

麦克白　不要再告诉我什么消息；让他们一个个逃走吧；除非勃南的森林会向邓西嫩移动，我是不知道有什么事情值得害怕的。马尔康那小子算得什么？他不是妇人所生的吗？预知人类死生的精灵曾经这样向我宣告：“不要害怕，麦克白，没有一个妇人所生下的人可以加害于你。”那么逃走吧，不忠的爵士们，去跟那些饕餮的英国人在一起吧。我的头脑，永远不会被疑虑所困扰，我的心灵永远不会被恐惧所震荡。

一仆人上。

麦克白　魔鬼罚你变得像炭团一样黑，你这脸色惨白的狗头！你从哪儿得来这么一副呆鹅的蠢相？

仆人　有一万——

麦克白　一万只鹅吗，狗才？

仆人　一万个兵，陛下。

麦克白　去刺破你自己的脸，把你那吓得毫无血色的两颊染一染红吧，你这鼠胆的小子。什么兵，蠢材？该死的东西！瞧你吓得脸像白布一般。什么兵，不中用的奴才？

仆人　启禀陛下，是英格兰兵。

麦克白　不要让我看见你的脸。（仆人下）西登！——我心里很不舒服，当我看见——喂，西登！——这一次的战争也许可以使我从此高枕无忧，也许可以立刻把我倾覆。我已经活得够长久了；我的生命已经日就枯萎，像一片凋谢的黄叶；凡是老年人所应该享有的尊荣、敬爱、服从和一大群的朋友，我是没有希望再得到的了；代替这一切的，只有低声而深刻的诅咒、口头上的恭维和一些违心的假话。西登！

西登上。

西登　陛下有什么吩咐？

麦克白　还有什么消息没有？

西登　陛下，刚才所报告的消息，全都证实了。

麦克白　我要战到我的全身不剩一块好肉。给我拿战铠来。

西登　现在还用不着英里。

麦克白　我要把它穿起来。加派骑兵，到全国各处巡回视察，要是有谁嘴里提起了一句害怕的话，就把他吊死。给我拿战铠来。大夫，你的病人今天怎样？

医生　回陛下，她并没有什么病，只是因为思虑太过，连续不断的幻想扰乱了她的神经，使她不得安息。

麦克白　替她医好这一种病。你难道不能诊治那种病态的心理，从记忆中拔去一桩根深蒂固的忧郁，拭掉那写在脑筋上的烦恼，用一种使人忘却一切的甘美的药剂，把那堆满在胸间、重压在心头的积毒扫除干净吗？

医生　那还是要仗病人自己设法的。

麦克白　那么把医药丢给狗子吧；我不要仰仗它。来，替我穿上战铠；给我拿指挥杖来。西登，把骑兵派出去。——大夫，那些爵士们都背了我逃走了。——来，快。——大夫，要是你能够替我的国家验一验小便，查明它的病根，使它回复原来的健康，我一定要使太空之中充满着我对你的赞美的回声。——喂，把它脱下了。——什么大黄肉桂，什么清泻的药剂，可以把这些英格兰人排泄掉？你听见过这类药草吗？

医生　是的，陛下；我听说陛下准备亲自带兵迎战呢。

麦克白　给我把铠甲带着。除非勃南森林会向邓西嫩移动，我对死亡和毒害都没有半分惊恐。

医生　（旁白）要是我能够远远离开邓西嫩，高官厚禄再也诱不动我回来。（同下。）

第四场　勃南森林附近的乡野

旗鼓前导，马尔康、西华德父子、麦克德夫、孟提斯、凯士纳斯、安格斯、列诺克斯、洛斯及兵士等列队行进上。

马尔康　诸位贤卿，我希望大家都能够安枕而寝的日子已经不远了。

孟提斯　那是我们一点也不疑惑的。

西华德　前面这一座是什么树林？

孟提斯　勃南森林。

马尔康　每一个兵士都砍下一根树枝来，把它举起在各人的面前；这样我们可以隐匿我们全军的人数，让敌人无从知道我们的实力。

众兵士　得令。

西华德　我们所得到的情报，都说那自信的暴君仍旧在邓西嫩深居不出，等候我们兵临城下。

马尔康　这是他唯一的希望；因为在他手下的人，不论地位高低，一找到机会都要叛弃他，他们接受他的号令，都只是出于被迫，并不是自己情愿。

麦克德夫　等我们看清了真情实况再下准确的判断吧，眼下让我们发扬战士的坚毅的精神。

西华德　我们这一次的胜败得失，不久就可以分晓。口头的推测不过是一些悬空的希望，实际的行动才能够产生决定的结果，大家奋勇前进吧！（众列队行进下。）

第五场　邓西嫩。城堡内

旗鼓前导，麦克白、西登及兵士等上。

麦克白　把我们的旗帜挂在城墙外面；到处仍旧是一片“他们来了”的呼声；我们这座城堡防御得这样坚固，还怕他们围攻吗？让他们到这儿来，等饥饿和瘟疫来把他们收拾去吧。倘不是我们自己的军队也倒了戈跟他们联合在一起，我们尽可以挺身出战，把他们赶回老家去。（内妇女哭声）那是什么声音？

西登　是妇女们的哭声，陛下。（下。）

麦克白　我简直已经忘记了恐惧的滋味。从前一声晚间的哀叫，可以把我吓出一身冷汗，听着一段可怕的故事，我的头发会像有了生命似的竖起来。现在我已经饱尝无数的恐怖；我的习惯于杀戮的思想，再也没有什么悲惨的事情可以使它惊悚了。

西登重上。

麦克白　那哭声是为了什么事？

西登　陛下，王后死了。

麦克白　她反正要死的，迟早会有听到这个消息的一天。明天，明天，再一个明天，一天接着一天地蹑步前进，直到最后一秒钟的时间；我们所有的昨天，不过替傻子们照亮了到死亡的土壤中去的路。熄灭了吧，熄灭了吧，短促的烛光！人生不过是一个行走的影子，一个在舞台上指手画脚的拙劣的伶人，登场片刻，就在无声无臭中悄然退下；它是一个愚人所讲的故事，充满着喧哗和骚动，却找不到一点意义。

一使者上。

麦克白　　你要来播弄你的唇舌；有什么话快说。

使者　　陛下，我应该向您报告我以为我所看见的事，可是我不知道应该怎样说起。

麦克白　　好，你说吧。

使者　　当我站在山头守望的时候，我向勃南一眼望去，好像那边的树木都在开始行动了。

麦克白　　说谎的奴才！

使者　　要是没有那么一回事，我愿意悉听陛下的惩处；在这三英里路以内，您可以看见它向这边过来；一座活动的树林。

麦克白　　要是你说了谎话，我要把你活活吊在最近的一株树上，让你饿死；要是你的话是真的，我也希望你把我吊死了吧。我的决心已经有些动摇，我开始怀疑起那魔鬼所说的似是而非的暧昧的谎话了；“不要害怕，除非勃南森林会到邓西嫩来；”现在一座树林真的到邓西嫩来了。披上武装，出去！他所说的这种事情要是真的出现，那么固然逃走不了，留在这儿也不过坐以待毙。我现在开始厌倦白昼的阳光，但愿这世界早一点崩溃。敲起警钟来！吹吧，狂风！来吧，灭亡！就是死我们也要捐躯沙场。（同下。）

第六场　同前。城堡前平原

旗鼓前导，马尔康、老西华德、麦克德夫等率军队各持树枝上。

马尔康　现在已经相去不远；把你们树叶的幕障抛下，现出你们威武的军容来。尊贵的叔父，请您带领我的兄弟——您的英勇的儿子，先去和敌人交战；其余的一切统归尊贵的麦克德夫跟我两人负责部署。

西华德　再会。今天晚上我们只要找得到那暴君的军队，一定要跟他们拼个你死我活。

麦克德夫　把我们所有的喇叭一齐吹起来；鼓足了你们的勇气，把流血和死亡的消息吹进敌人的耳里。（同下。）

第七场　同前。平原上的另一部分

号角声。麦克白上。

麦克白　他们已经缚住我的手脚；我不能逃走，可是我必须像熊一样挣扎到底。哪一个人不是妇人生下的？除了这样一个人以外，我还怕什么人。

小西华德上。

小西华德　你叫什么名字？

麦克白　我的名字说出来会吓坏你。

小西华德　即使你给自己取了一个比地狱里的魔鬼更炽热的名字，也吓不倒我。

麦克白　我就叫麦克白。

小西华德　魔鬼自己也不能向我的耳中说出一个更可憎恨的名字。

麦克白　他也不能说出一个更可怕的名字。

小西华德　胡说，你这可恶的暴君；我要用我的剑证明你是说谎。

（二人交战，小西华德被杀。）

麦克白　你是妇人所生的；我瞧不起一切妇人之子手里的刀剑。（下。）

号角声。麦克德夫上。

麦克德夫　那喧声是在那边。暴君，露出你的脸来；要是你已经被人杀死，等不及我来取你的性命，那么我的妻子儿女的阴魂一定不会放过我。我不能杀害那些被你雇佣的倒霉的士卒；我的剑倘不能刺中你，麦克白，我宁愿让它闲置不用，保全它的锋刃，把它重新插回鞘里。你应该在那边；这一阵高声的呐喊，好像是宣布什么重要的人物上阵似的。命运，让我找到他吧！我没有此外的奢求了。（下。号角声。）

马尔康及老西华德上。

西华德　这儿来，殿下；那城堡已经拱手纳降。暴君的人民有的帮这一面，有的帮那一面；英勇的爵士们一个个出力奋战；您已经胜算在握，大势就可以决定了。

马尔康　我们也碰见了敌人，他们只是虚晃几枪罢了。

西华德　殿下，请进堡里去吧。（同下。号角声。）

麦克白重上。

麦克白　我为什么要学那些罗马人的傻样子，死在我自己的剑上呢？我的剑是应该为杀敌而用的。

麦克德夫重上。

麦克德夫　转过来，地狱里的恶狗，转过来！

麦克白　在一切人中间，我最不愿意看见你。可是你回去吧，我的灵魂里沾着你一家人的血，已经太多了。

麦克德夫　我没有话说；我的话都在我的剑上，你这没有一个名字可以形容你这狠毒的恶贼！（二人交战。）

麦克白　你不过白费了气力；你要使我流血，正像用你锐利的剑锋在空气上划一道痕迹一样困难。让你的刀刃降落在别人的头上吧；我的生命是有魔法保护的，没有一个妇人所生的人可以把它伤害。

麦克德夫　不要再信任你的魔法了吧；让你所信奉的神告诉你，麦克德夫是没有足月就从他母亲的腹中剖出来的。

麦克白　愿那告诉我这样的话的舌头永受诅咒，因为它使我失去了男子汉的勇气！愿这些欺人的魔鬼再也不要被人相信，他们用模棱两可的话愚弄我们，听来好像大有希望，结果却完全和我们原来的期望相反。我不愿跟你交战。

麦克德夫　那么投降吧，懦夫，我们可以饶你活命，可是要叫你在众人的面前出丑：我们要把你的像画在篷帐外面，底下写着，“请来看暴君的原形。”

麦克白　我不愿投降，我不愿低头吻那马尔康小子足下的泥土，被那些下贱的民众任意唾骂。虽然勃南森林已经到了邓西嫩，虽然今天和你狭路相逢，你偏偏不是妇人所生下的，可是我还要擎起我的雄壮的盾牌，尽我最后的力量。来，麦克德夫，谁先喊“住手，够了”的，让他永远在地狱里沉沦。（二人且战且下。）

吹退军号。喇叭奏花腔。旗鼓前导，马尔康、老西华德、洛斯、众爵士及兵士等重上。

马尔康　我希望我们不见的朋友都能够安然到来。

西华德　总有人免不了牺牲；可是照我看见的眼前这些人说起来，我们这次重大的胜利所付的代价是很小的。

马尔康　麦克德夫跟您的英勇的儿子都失踪了。

洛斯　老将军，令郎已经尽了一个军人的责任；他刚刚活到成人的年龄，就用他的勇往直前的战斗精神证明了他的勇力，像一个男子汉似的死了。

西华德　那么他已经死了吗？

洛斯　是的，他的尸体已经从战场上搬走。他的死是一桩无价的损失，您必须勉抑哀思才好。

西华德　他的伤口是在前面吗？

洛斯　是的，在他的额部。

西华德　那么愿他成为上帝的兵士！要是我有像头发一样多的儿子，我也不希望他们得到一个更光荣的结局；这就作为他的丧钟吧。

马尔康　他是值得我们更深的悲悼的，我将向他致献我的哀思。

西华德　他已经得到他最大的酬报；他们说，他死得很英勇，他的责任已尽；愿上帝与他同在！又有好消息来了。

麦克德夫携麦克白首级重上。

麦克德夫　祝福，吾王陛下！你就是国王了。瞧，篡贼的万恶的头颅已经取来；无道的虐政从此推翻了。我看见全国的英俊拥绕在你的周围，他们心里都在发出跟我同样的敬礼；现在我要请他们陪着我高呼：祝福，苏格兰的国王！

众人　祝福，苏格兰的国王！（喇叭奏花腔。）

马尔康　多承各位拥戴，论功行赏，在此一朝。各位爵士国戚，从现在起，你们都得到了伯爵的封号，在苏格兰你们是最初享有这样封号的人。在这去旧布新的时候，我们还有许多事情要做；那些因为逃避暴君的罗网而出亡国外的朋友们，我们必须召唤他们回来；这个屠夫虽然已经死了，他的魔鬼一样的王后，据说也已经亲手杀害了自己的生命，可是帮助他们杀人行凶的党羽，我们必须一一搜捕，处以极刑；此外一切必要的工作，我们都要按照上帝的旨意，分别先后，逐步处理。现在我要感谢各位的相助，还要请你们陪我到斯贡去，参与加冕大典。（喇叭奏花腔。众下。）

李尔王

剧中人物

李尔	不列颠国王
法兰西国王	
勃艮第公爵	
康华尔公爵	
奥本尼公爵	
肯特伯爵	
葛罗斯特伯爵	
爱德伽	葛罗斯特之子
爱德蒙	葛罗斯特之庶子
克伦	朝士

奥斯华德　　高纳里尔的管家

老人　　葛罗斯特的佃户

医生

弄人

爱德蒙属下一军官

考狄利娅一侍臣

传令官

康华尔的众仆

高纳里尔	}	李尔之女
里根		
考狄利娅		

扈从李尔之骑士、军官、使者、兵士及侍从等

地点

不列颠

第一幕

第一场　李尔王宫中大厅

肯特、葛罗斯特及爱德蒙上。

肯特　我想王上对于奥本尼公爵，比对于康华尔公爵更有好感。

葛罗斯特　我们一向都觉得是这样；可是这次划分国土的时候，却看不出来他对这两位公爵有什么偏心；因为他分配得那么平均，无论他们怎样斤斤较量，都不能说对方比自己占了便宜。

肯特　大人，这位是令郎吗？

葛罗斯特　他是在我手里长大的；我常常不好意思承认他，可是现在惯了，也就不以为意啦。

肯特　我不懂您的意思。

葛罗斯特　伯爵，这个小子的母亲可心里明白，因此，不瞒您说，她还没有嫁人就大了肚子生下儿子来。您想这应该不应该？

肯特　能够生下这样一个好儿子来，即使一时错误，也是可以原谅的。

葛罗斯特　我还有一个合法的儿子，年纪比他大一岁，然而我还是喜欢他。这畜生虽然不等我的召唤，就自己莽莽撞撞来到这世上，可是他的母亲是个迷人的东西，我们在制造他的时候，曾经有过一场销魂的游戏，这孽种我不能不承认他。爱德蒙，你认识这位贵人吗？

爱德蒙　不认识，父亲。

葛罗斯特　肯特伯爵；从此以后，你该记着他是我的尊贵的朋友。

爱德蒙　大人，我愿意为您效劳。

肯特　我一定喜欢你，希望我们以后能够常常见面。

爱德蒙　大人，我一定尽力报答您的垂爱。

葛罗斯特　他已经在国外九年，不久还是要出去的。王上来了。

喇叭奏花腔。李尔、康华尔、奥本尼、高纳里尔、里根、考狄利娅及侍从等上。

李尔　葛罗斯特，你去招待招待法兰西国王和勃艮第公爵。

葛罗斯特　是，陛下。（葛罗斯特、爱德蒙同下。）

李尔　现在我要向你们说明我的心事。把那地图给我。告诉你们吧，我已经把我的国土划成三部；我因为自己年纪老了，决心摆脱一切事务的牵萦，把责任交给年轻力壮之人，让自己松一松肩，好安安心心地等死。康华尔贤婿，还有同样是我心爱的奥本尼贤婿，为了预防他日的争执，我想还是趁现在把我的几个女儿的嫁妆当众分配清楚。法兰西和勃艮第两位君主正在竞争我的小女儿的爱情，他们为了求婚而住在我们宫廷里，也已经有好多时候了，现在他们就可以得到答复。孩子们，在我把我的政权、领土和国事的重任全部放弃以前，告诉我，你们中间哪一个人最爱我？我要看看谁最有孝心，最有贤德，我就给她最大的恩惠。高纳里尔，我的大女儿，你先说。

高纳里尔　父亲，我对您的爱，不是言语所能表达的；我爱您胜过自己的眼睛、整个的空间和广大的自由；超越一切可以估价的贵重稀有的事物；不亚于赋有淑德、健康、美貌和荣誉的生命；不曾有一个儿女这样爱过他的父亲，也不曾有一个父亲这样被他的儿女所爱；这一种爱可以使唇舌无能为力，辩才失去效用；我爱您是不可以数量计算的。

考狄利娅　（旁白）考狄利娅应该怎么好呢？默默地爱着吧。

李尔　在这些疆界以内，从这一条界线起，直到这一条界线为止，所有一切浓密的森林、膏腴的平原、富庶的河流、广大的牧场，都要奉你为它们的女主人；这一块土地永远为你和奥本尼的子孙所保有。我的二女儿，最亲爱的里根，康华尔的夫人，你怎么说？

里根　我跟姐姐具有同样的品质，您凭着她就可以判断我。在我的真心之中，我觉得她刚才所说的话，正是我爱您的实际的情形，可是她还不能充分说明我的心理：我厌弃一切凡是敏锐的知觉所能感受到的快乐，只有爱您才是我的无上的幸福。

考狄利娅　（旁白）那么，考狄利娅，你只好自安于贫穷了！可是我并不贫穷，因为我深信我的爱心比我的口才更富有。

李尔　这一块从我们这美好的王国中划分出来的三分之一的沃壤，

是你和你的子孙永远世袭的产业，和高纳里尔所得到的一份同样广大、同样富庶，也同样佳美。现在，我的宝贝，虽然是最后的一个，却并非最不在我的心头；法兰西的葡萄和勃艮第的乳酪都在竞争你的青春之爱；你有些什么话，可以换到一份比你的两个姐姐更富庶的土地？说吧。

考狄利娅　父亲，我没有话说。

李尔　没有？

考狄利娅　没有。

李尔　没有只能换到没有；重新说过。

考狄利娅　我是个笨拙的人，不会把我的心涌上我的嘴里；我爱您只是按照我的名分，一分不多，一分不少。

李尔　怎么，考狄利娅！把你的话修正修正，否则你要毁坏你自己的命运了。

考狄利娅　父亲，您生下我来，把我教养成人，爱惜我、厚待我；我受到您这样的恩德，只有恪尽我的责任，服从您、爱您、敬重您。我的姐姐们要是用她们整个的心来爱您，那么她们为什么要嫁人呢？要是我有一天出嫁了，那接受我的忠诚的誓约的丈夫，将要得到我的一半的爱、我的一半的关心和责任；假如我只爱我的父亲，我一定不会像我的两个姐姐一样再去嫁人的。

李尔　你这些话果然是从心里说出来的吗？

考狄利娅　是的，父亲。

李尔　年纪这样小，却这样没有良心吗？

考狄利娅　父亲，我年纪虽小，我的心却是忠实的。

李尔　好，那么让你的忠实做你的嫁妆吧。凭着太阳神圣的光辉，凭着黑夜的神秘，凭着主宰人类生死的星球的运行，我发誓从现在起，永远和你断绝一切父女之情和血缘亲属的关系，把你当做一个路人看待。啖食自己儿女的生番，比起你，我的旧日的女儿来，也不会更令我憎恨。

肯特　陛下——

李尔　闭嘴，肯特！不要来批怒龙的逆鳞。她是我最爱的一个，我本来想要在她的殷勤看护之下，终养我的天年。去，不要让我看见你的脸！让坟墓做我安息的眠床吧，我从此割断对她的天伦的慈爱了！叫法兰西王来！都是死人吗？叫勃艮第来！康华尔，奥本尼，你们已经分到我的两个女儿的嫁妆，现在把我第三个女儿那一份也拿去分了吧；让骄傲——她自己所称为坦白的——替她找一个丈夫。我把我的威力、特权和一切君主的尊荣一起给了你们。我自己只保留一百名骑士，在你们两人的地方按月轮流居住，由你们负责供养。除了国王的名义和尊号以外，所有行政的大权、国库的收入和大小事务的处理，完全交在你们手里；为了证实我的话，两位贤婿，我赐给你们这一顶宝冠，归你们两人共同保有。

肯特　尊严的李尔，我一向敬重您像敬重我的君王，爱您像爱我的父母，总把您当作我伟大的恩主——

李尔　弓已经弯好拉满，你留心躲开箭锋吧。

肯特　让它落下来吧，即使箭镞会刺进我的心里。李尔发了疯，肯特也只好不顾礼貌了。你究竟要怎样，老头儿？你以为有权有位的人向谄媚者低头，尽忠守职的臣僚就不敢说话了吗？

君主不顾自己的尊严，干下了愚蠢的事情，在朝的端人正士只好直言极谏。保留你的权力，仔细考虑一下你的举措，收回这种鲁莽灭裂的成命。你的小女儿并不是最不孝顺你；有人不会口若悬河，说得天花乱坠，可并不就是无情无义。我的判断要是有错，你尽管取我的命。

李尔　肯特，你要是想活命，赶快闭住你的嘴。

肯特　我的生命本来是预备向你的仇敌抛掷的；为了你的安全，我也不怕把它失去。

李尔　走开，不要让我看见你！

肯特　瞧明白一些，李尔；还是让我像箭垛上的红心一般永远站在你的眼前吧。

李尔　凭着阿波罗起誓——

肯特　凭着阿波罗，老王，你向神明发誓也是没用的。

李尔　啊，可恶的奴才！（以手按剑。）

奥本尼　陛下请息怒。

康华尔　陛下请息怒。

肯特　好，杀了你的医生，把你的恶病养得一天比一天厉害吧。赶快撤销你的分土授国的原议；否则只要我的喉舌尚在，我就要大声疾呼，告诉你你做了错事啦。

李尔　听着，逆贼！你给我按照做臣子的道理，好生听着！你想要煽动我毁弃我的不容更改的誓言，凭着你的不法的跋扈，对我的命令和权力妄加阻挠，这一种目无君上的态度，使我忍无可忍；为了维持王命的尊严，不能不给你应得的处分。我现在宽容你五天的时间，让你预备些应用的衣服食物，免得受饥寒的痛苦；在第六天上，你那可憎的身体必须离开我的国境；要是在此后十天之内，我们的领土上再发现了你的踪迹，那时候就要把你当场处死。去！凭着朱庇特发誓，这一个判决是无可改移的。

肯特　再会，国王；你既不知悔改，

囚笼里也没有自由存在。（向考狄利娅）

姑娘，自有神明为你照应：

你心地纯洁，说话真诚！（向里根、高纳里尔）

愿你们的夸口变成实事，

假树上会结下真的果子。

各位王子，肯特从此远去；

到新的国土走他的旧路。（下。）

喇叭奏花腔。葛罗斯特偕法兰西王、勃艮第及侍从等重上。

葛罗斯特　陛下，法兰西国王和勃艮第公爵来了。

李尔　勃艮第公爵，您跟这位国王都是来向我的女儿求婚的，现在我先问您：您希望她至少要有多少陪嫁的奁资，否则就要放弃对她的追求？

勃艮第　陛下，照着您所已经答应的数目，我就很满足了；想来您也不会再吝惜的。

李尔　尊贵的勃艮第，当她为我所宠爱的时候，我是把她看得非常珍重的，可是现在她的价格已经跌落了。公爵，您瞧她站在那儿，一个小小的东西，要是除了我的憎恨以外，我什么都不给她，而您仍然觉得她有使您喜欢的地方，或者您觉得她整个儿都能使您满意，那么她就在那儿，您把她带去好了。

勃良第　我不知道怎样回答。

李尔　像她这样一个一无可取的女孩子，没有亲友的照顾，新近遭到我的憎恨，诅咒是她的嫁妆，我已经立誓和她断绝关系了，您是还愿意娶她呢，还是愿意把她放弃？

勃良第　恕我，陛下；在这种条件之下，决定取舍是一件很为难的事。

李尔　那么放弃她吧，公爵；凭着赋予我生命的神明起誓，我已经告诉您她的全部价值了。（向法兰西王）至于您，伟大的国王，为了重视你、我的友谊，我断不愿把一个我所憎恶的人匹配给您；所以请您还是丢开这一个为天地所不容的贱人，另外去找寻佳偶吧。

法兰西王　这太奇怪了，她刚才还是您的眼中的珍宝、您的赞美的题目、您的老年的安慰、您的最好、最心爱的人儿，怎么一转瞬间，就会干下这么一件罪大恶极的行为，丧失了您的深恩厚爱！她的罪恶倘不是超乎寻常，您的爱心决不会变得这样厉害；可是除非那是一桩奇迹，否则我无论如何不相信她会干那样的事。

考狄利娅　陛下，我只是因为缺少娓娓动人的口才，不会讲一些违心的言语，凡是我心里想到的事情，我总不愿在没有把它实行以前就放在嘴里宣扬；要是您因此而恼我，我必须请求您让世人知道，我所以失去您的欢心的原因，并不是什么丑恶的污点、淫邪的行动，或是不名誉的举止；只是因为我缺少像人家那样的一双献媚求恩的眼睛，一条我所认为可耻的善于逢迎的舌头，虽然没有了这些使我不能再受您的宠爱，可是唯其如此，才使我格外尊重我自己的人格。

李尔　像你这样不能在我面前曲意承欢，还不如当初没有生下你来的好。

法兰西王　只是为了这一个原因吗？为了生性不肯有话便说，不肯把心里想做到的出之于口？勃艮第公爵，您对于这位公主意下如何？爱情里面要是掺杂了和它本身无关的算计，那就不是真的爱情。您愿不愿意娶她？她自己就是一注无价的嫁妆。

勃艮第　尊严的李尔，只要把您原来已经允许过的那一份嫁妆给我，我现在就可以使考狄利娅成为勃艮第公爵夫人。

李尔　我什么都不给；我已经发过誓，再也不能挽回了。

勃艮第　那么抱歉得很，您已经失去一个父亲，现在必须再失去一个丈夫了。

考狄利娅　愿勃艮第平安！他所爱的既然只是财产，我也不愿做他的妻子。

法兰西王　最美丽的考狄利娅！你因为贫穷，所以是最富有的；你因为被遗弃，所以是最可宝贵的；你因为遭人轻视，所以最蒙我的怜爱。我现在把你和你的美德一起攫在我的手里；人弃我取是法理上所许可的。天啊天！想不到他们的冷酷的蔑视，却会激起我热烈的敬爱。陛下，您的没有嫁妆的女儿被抛在一边，正好成全我的良缘；她现在是我的分享荣华的王后，法兰西全国的女主人了；沼泽之邦的勃艮第所有的公爵，都不能从我手里买去这一个无价的女郎。考狄利娅，向他们告别吧，虽然他们是这样冷酷无情；你抛弃了故国，将要得到一个更好的家乡。

李尔　　你带了她去吧，法兰西王；她是你的，我没有这样的女儿，也再不要看见她的脸，去吧，你们不要想得到我的恩宠和祝福。来，尊贵的勃艮第公爵。（喇叭奏花腔。李尔、勃艮第、康华尔、奥本尼、葛罗斯特及侍从等同下。）

法兰西王　　向你的两位姐姐告别吧。

考狄利娅　　父亲眼中的两颗宝玉，考狄利娅用泪洗过的眼睛向你们告别。我知道你们是怎样的人；因为碍着姊妹的情分，我不愿直言指斥你们的错处。好好对待父亲；你们自己说是孝敬他的，我把他托付给你们了。可是，唉！要是我没有失去他的欢心，我一定不让他依赖你们的照顾。再会了，两位姐姐。

里根　　我们用不着你教训。

高纳里尔　　你还是去小心侍候你的丈夫吧，命运的慈悲把你交在他的手里；你自己忤逆不孝，今天空手跟了汉子去也是活该。

考狄利娅　　总有一天，深藏的奸诈会渐渐显出它的原形；罪恶虽然可以掩饰一时，免不了最后出乖露丑。愿你们幸福！

法兰西王　　来，我美丽的考狄利娅。（法兰西王、考狄利娅同下。）

高纳里尔　　妹妹，我有许多对我们两人有切身关系的话必须跟你谈谈。我想我们的父亲今晚就要离开此地。

里根　　那是十分确定的事，他要住到你们那儿去；下个月他就要跟我们住在一起了。

高纳里尔　　你瞧他现在年纪老了，他的脾气多么变化不定；我们已经屡次注意到他的行为的怪僻了。他一向都是最爱我们妹妹的，现在他凭着一时的气恼就把她撵走，这就可以见得他是多么糊涂。

里根　这是他老年的昏悖；可是他向来就是这样喜怒无常的。

高纳里尔　他年轻的时候性子就很暴躁，现在他任性惯了，再加上老年人刚愎自用的怪脾气，看来我们只好准备受他的气了。

里根　他把肯特也放逐了；谁知道他心里一不高兴起来，不会用同样的手段对付我们？

高纳里尔　法兰西王辞行回国，跟他还有一番礼仪上的应酬。让我们同心合力，决定一个方策；要是我们的父亲顺着他这种脾气滥施威权起来，这一次的让国对于我们未必有什么好处。

里根　我们还要仔细考虑一下。

高纳里尔　我们必须趁早想个办法。（同下。）

第二场　葛罗斯特伯爵城堡中的厅堂

爱德蒙持信上。

爱德蒙　大自然，你是我的女神，我愿意在你的法律之前俯首听命。为什么我要受世俗的排挤，让世人的歧视剥夺我应享的权利，只因为我比一个哥哥迟生了一年或是十四个月？为什么他们要叫我私生子？为什么我比人家卑贱？我的壮健的体格、我的慷慨的精神、我的端正的容貌，哪一点比不上正经女人生下的儿子？为什么他们要给我加上庶出、贱种、私生子的恶名？贱种，贱种；贱种？难道在热烈兴奋的奸情里，得天地精华、父母元气而生下的孩子，倒不及拥着一个毫无欢趣的老婆，在半睡半醒之间制造出来的那一批蠢货？好，合法的爱德伽，我一定要得到你的土地；我们的父亲喜欢他的私生子爱德蒙，正像他喜欢他的合法的嫡子一样。好听的名词，“合法”！好，我的合法的哥哥，要是这封信发生效力，我的计策能够成功，瞧着吧，庶出的爱德蒙将要把合法的嫡子压在他的下面——那时候我可要扬眉吐气啦。神啊，帮助帮助私生子吧！

葛罗斯特上。

葛罗斯特　肯特就这样被放逐了！法兰西王盛怒而去；王上昨晚又走了！他的权力全部交出，依靠他的女儿过活！这些事情都在匆促中决定，不曾经过丝毫的考虑！爱德蒙，怎么！有什么消息？

爱德蒙　禀父亲，没有什么消息。（藏信。）

葛罗斯特　你为什么急急忙忙地把那封信藏起来？

爱德蒙　我不知道有什么消息，父亲。

葛罗斯特　你读的是什么信？

爱德蒙　没有什么，父亲。

葛罗斯特　没有什么？那么你为什么慌慌张张地把它塞进你的衣袋里去？既然没有什么，何必藏起来？来，给我看；要是那上面没有什么话，我也可以不用戴眼镜。

爱德蒙　父亲，请您原谅我；这是我哥哥写给我的一封信，我还没有把它读完，照我所已经读到的一部分看起来，我想还是不要让您看见的好。

葛罗斯特　把信给我。

爱德蒙　不给您看您要恼我，给您看了您又要动怒。哥哥真不应该写出这种话来。

葛罗斯特　给我看，给我看。

爱德蒙　我希望哥哥写这封信是有他的理由的，他不过要试试我的德性。

葛罗斯特　（读信）“这一种尊敬老年人的政策，使我们在年轻时候不能享受生命的欢乐；我们的财产不能由我们自己处分，等到年纪老了，这些财产对我们也失去了用处。我开始觉得老年人的专制，实在是一种荒谬愚蠢的束缚；他们没有权力压迫我们，是我们自己容忍他们的压迫。来跟我讨论讨论这一个问题吧。要是我们的父亲在我把他惊醒之前，一直好好睡着，你就可以永远享受他的一半的收入，并且将要为你的哥哥所喜爱。爱德伽。”——哼！阴谋！“要是我们的父亲在我把他惊醒之前，一直好好睡着，你就可以永远享受他的一半的收入。”我的儿子爱德伽！他会有这样的心思？他能写得出这样一封信吗？这封信是什么时候到你手里的？谁把它送给你的？

爱德蒙　它不是什么人送给我的，父亲；这正是他狡猾的地方；我看见它塞在我的房间的窗眼里。

葛罗斯特　你认识这笔迹是你哥哥的吗？

爱德蒙　父亲，要是这信里所写的都是很好的话，我敢发誓这是他的笔迹；可是那上面写的既然是这种话，我但愿不是他写的。

葛罗斯特　这是他的笔迹。

爱德蒙　笔迹确是他的，父亲；可是我希望这种话不是出于他的真心。

葛罗斯特　他以前有没有用这一类话试探过你？

爱德蒙　没有，父亲；可是我常常听见他说，儿子成年以后，父亲要是已经衰老，他应该受儿子的监护，把他的财产交给他的儿子掌管。

葛罗斯特　啊，混蛋！混蛋！正是他在这信里所表示的意思！可恶的混蛋！不孝的、没有心肝的畜生！禽兽不如的东西！去，把他找来；我要依法惩办他。可恶的混蛋！他在哪儿？

爱德蒙　我不大知道，父亲。照我的意思，你在没有得到可靠的证据，证明哥哥确有这种意思以前，最好暂时忍一忍您的怒气；因为要是您立刻就对他采取激烈的手段，万一事情出于误会，那不但大大妨害了您的尊严，而且他对于您的孝心，也要从此动摇了！我敢拿我的生命为他作保，他写这封信的用意，不过是试探试探我对您的孝心，并没有其他危险的目的。

葛罗斯特　你以为是这样的吗？

爱德蒙　您要是认为可以的话，让我把您安置在一个隐僻的地方，从那个地方您可以听到我们两人谈论这件事情，用您自己的耳朵得到一个真凭实据；事不宜迟，今天晚上就可以一试。

葛罗斯特　他不会是这样一个大逆不道的禽兽——

爱德蒙　他断不会是这样的人。

葛罗斯特　天地良心！我做父亲的从来没有亏待过他，他却这样对待我。爱德蒙，找他出来；探探他究竟居心何在；你尽管照你自己的意思随机应付。我愿意放弃我的地位和财产，把这一件事情调查明白。

爱德蒙　父亲，我立刻就去找他，用最适当的方法探明这回事情，然后再来告诉您知道。

葛罗斯特　最近这一些日蚀月蚀果然不是好兆；虽然人们凭着天赋的智慧，可以对它们作种种合理的解释，可是接踵而来的天灾人祸，却不能否认是上天对人们所施的惩罚。亲爱的人互相疏远，朋友变为陌路，兄弟化成仇雠；城市里有暴动，国家发生内乱，宫廷之内潜藏着逆谋；父不父，子不子，纲常伦纪完全破灭。我这畜生也是上应天数；有他这样逆亲犯上的儿子，也就有像我们王上一样不慈不爱的父亲。我们最好的日子已经过去；现在只有一些阴谋、欺诈、叛逆、纷乱，追随在我们的背后，把我们赶下坟墓里去。爱德蒙，去把这畜生侦查个明白；那对你不会有什么妨害的；你只要自己留心一点就是了。——忠心的肯特又放逐了！他的罪名是正直！怪事，怪事！（下。）

爱德蒙　人们最爱用这一种糊涂思想来欺骗自己；往往当我们因为自己行为不慎而遭逢不幸的时候，我们就会把我们的灾祸归怨于日月星辰，好像我们做恶人也是命运注定，做傻瓜也是出于上天的旨意，做无赖、做盗贼、做叛徒，都是受到天体运行的影响，酗酒、造谣、奸淫，都有一颗什么星在那儿主持操纵，我们无论干什么罪恶的行为，全都是因为有一种超自然的力量在冥冥之中驱策着我们。明明自己跟人家通奸，却把他的好色的天性归咎到一颗星上，真是绝妙的推诿！我的父亲跟我的母亲在巨龙星的尾巴底下交媾，我又是在大熊星底下出世，所以我就是个粗暴而好色的家伙。嘿！即使当我的父母苟合成奸的时候，有一颗最贞洁的处女星在天空睒眼睛，我也绝不会换个样子的。爱德伽——

爱德伽上。

爱德蒙　一说起他，他就来了，正像旧式喜剧里的大团圆一样；我现在必须装出一副忧愁煞人的样子，像疯子一般长吁短叹。唉！这些日蚀月蚀果然预兆着人世的纷争！法——索——拉——咪。

爱德伽　啊，爱德蒙兄弟！你在沉思些什么？

爱德蒙　哥哥，我正在想起前天读到的一篇预言，说是在这些日蚀月蚀之后，将要发生些什么事情。

爱德伽　你让这些东西烦扰你的精神吗？

爱德蒙　告诉你吧，他所预言的事情，果然不幸被他说中了；什么父子的乖离、死亡、饥荒、友谊的毁灭、国家的分裂、对于国王和贵族的恫吓和诅咒、无谓的猜疑、朋友的放逐、军队的瓦解、婚姻的破坏，还有许许多多我所不知道的事情。

爱德伽　你什么时候相信起星象之学来？

爱德蒙　来，来；你最近一次看见父亲在什么时候？

爱德伽　昨天晚上。

爱德蒙　你跟他说过话没有？

爱德伽　嗯，我们谈了两个钟头。

爱德蒙　你们分别的时候，没有闹什么意见吗？你在他的辞色之间，不觉得他对你有点恼怒吗？

爱德伽　一点没有。

爱德蒙　想想看你在什么地方得罪了他；听我的劝告，暂时避开一下，等他的怒气平息下来再说，现在他正在大发雷霆，恨不得一口咬下你的肉来呢。

爱德伽　一定有哪一个坏东西在搬弄是非。

爱德蒙　我也怕有什么人在暗中离间。请你千万忍耐忍耐，不要碰在他的火性上；现在你还是跟我到我的地方去，我可以想法让你躲起来听听他老人家怎么说。请你去吧；这是我的钥匙。你要是在外面走动的话，最好身边带些武器。

爱德伽　带些武器，弟弟！

爱德蒙　哥哥，我这样劝告你都是为了你的好处；带些武器在身边吧；要是没有人在暗算你，就算我不是个好人。我已经把我所看到、听到的事情都告诉你了；可还只是轻描淡写，实际的情形，却比我的话更要严重可怕得多哩。请你赶快去吧。

爱德伽　我不久就可以听到你的消息吗？

爱德蒙　我在这一件事情上总是竭力帮你的忙就是了。（爱德伽下）一个轻信的父亲，一个忠厚的哥哥，他自己从不会算计别人，所以也不疑心别人算计他；对付他们这样老实的傻瓜，我的奸计是绰绰有余的。该怎么下手，我已经想好了。既然凭我的身份，产业到不了我的手，那就只好用我的智谋；不管什么手段只要使得上，对我说来，就是正当。（下。）

第三场　奥本尼公爵府中一室

高纳里尔及其管家奥斯华德上。

高纳里尔　我的父亲因为我的侍卫骂了他的弄人，所以动手打他吗？

奥斯华德　是，夫人。

高纳里尔　他一天到晚欺侮我；每一点钟他都要借端寻事，把我们这儿吵得鸡犬不宁。我不能再忍受下去了。他的骑士们一天一天横行不法起来，他自己又在每一件小事上都要责骂我们。等他打猎回来的时候，我不高兴见他说话；你就对他说我病了。你也不必像从前那样殷勤侍候他；他要是责怪，都在我身上。

奥斯华德　他来了，夫人；我听见他的声音。（内号角声。）

高纳里尔　你跟你手下的人尽管对他装出一副不理不睬的模样；我要看看他有些什么话说。要是他恼了，那么让他到我妹妹那儿去吧，我知道我的妹妹的心思，她也跟我一样不能受人压制。这老废物已经放弃了他的权力，还想管这个管那个！凭着我的生命发誓，年老的傻瓜正像小孩子一样，一味地姑息纵容会坏了他的脾气，不对他凶一点是不行的，记住我的话。

奥斯华德　是，夫人。

高纳里尔　让他的骑士们也受到你们的冷眼；无论发生什么事情，你们都不用管；你去这样通知你手下的人吧。我要造成一些借口，和他当面说个明白。我还要立刻写信给我的妹妹，叫她采取一致的行动。吩咐他们备饭。（各下。）

第四场　奥本尼公爵府中厅堂

肯特化装上。

肯特　我已经完全隐去我的本来面目，要是我能够把我的语音也完全改变过来，那么我的一片苦心，也许可以达到目的。被放逐的肯特啊，要是你顶着一身罪名，还依然能够尽你的忠心，那么总有一天，对你所爱戴的主人会大有用处的。

内号角声。李尔、众骑士及侍从等上。

李尔　我一刻也不能等待，快去叫他们拿出饭来。（一侍从下）啊！你是什么？

肯特　我是一个人，大爷。

李尔　你是干什么的？你来见我有什么事？

肯特　您瞧我像干什么的，我就是干什么的；谁要是信任我，我愿意尽忠服侍他；谁要是居心正直，我愿意爱他；谁要是聪明而不爱多说话，我愿意跟他来往；我害怕法官；逼不得已的时候，我也会跟人家打架；我不吃鱼[①]。

李尔　你究竟是什么人？

肯特　一个心肠非常正直的汉子，而且像国王一样穷。

李尔　要是你这做臣民的，也像那个做国王的一样穷，那么你也可以算得真穷了。你要什么？

肯特　就要讨一个差事。

李尔　你想替谁做事？

肯特　替您。

李尔　你认识我吗？

肯特　不，大爷，可是在您的神气之间，有一种什么力量，使我愿意叫您做我的主人。

李尔　是什么力量？

肯特　一种天生的威严。

① 意即不是天主教徒。天主教徒逢星期五按例吃鱼。

李尔　你会做些什么事？

肯特　我会保守秘密，我会骑马，我会跑路，我会把一个复杂的故事讲得索然无味，我会老老实实传一个简单的口信；凡是普通人能够做的事情，我都可以做，我的最大的好处是勤劳。

李尔　你年纪多大了？

肯特　大爷，说我年轻，我也不算年轻，我不会为了一个女人会唱几句歌而害相思；说我年老，我也不算年老，我不会糊里糊涂地溺爱一个女人；我已经活过四十八个年头了。

李尔　跟着我吧；你可以替我做事。要是我在吃过晚饭以后，还是这样欢喜你，那么我还不会就把你撵走。喂！饭呢？拿饭来！我的孩子呢？我的傻瓜呢？你去叫我的傻瓜来。（一侍从下。）

奥斯华德上。

李尔　喂，喂，我的女儿呢？

奥斯华德　对不起——（下。）

李尔　这家伙怎么说？叫那蠢东西回来。（一骑士下）喂，我的傻瓜呢？全都睡着了吗？怎么！那狗头呢？

骑士重上。

骑士　陛下，他说公主有病。

李尔　我叫他回来，那奴才为什么不回来？

骑士　陛下，他非常放肆，回答我说他不高兴回来。

李尔　他不高兴回来！

骑士　陛下，我也不知道为了什么缘故，可是照我看起来，他们对待您的礼貌，已经不像往日那样殷勤了；不但一般下人从仆，就是公爵和公主也对您冷淡得多了。

李尔　嘿！你这样说吗？

骑士　陛下，要是我说错了话，请您原谅我；可是当我觉得您受人欺侮的时候，责任所在，我不能闭口不言。

李尔　你不过向我提起一件我自己已经感觉到的事；我近来也觉得他们对我的态度有点儿冷淡，可是我总以为那是我自己多心，不愿断定是他们有意怠慢。我还要仔细观察观察他们的举止。可是我的傻瓜呢？我这两天没有看见他。

骑士　陛下，自从小公主到法国去了以后，这傻瓜老是郁郁不乐。

李尔　别再提那句话了；我也注意到他这种情形。——你去对我的女儿说，我要跟她说话。（一侍从下）你去叫我的傻瓜来。（另一侍从下。）

奥斯华德重上。

李尔　啊！你，大爷，你过来，大爷。你不知道我是什么人吗，大爷？

奥斯华德　我们夫人的父亲。

李尔　“我们夫人的父亲”！我们大爷的奴才！好大胆的狗！你这奴才！你这狗东西！

奥斯华德　对不起，我不是狗。

李尔　你敢跟我当面顶嘴瞪眼吗，你这混蛋？（打奥斯华德。）

奥斯华德　您不能打我。

肯特　我也不能踢你吗，你这踢皮球的下贱东西[①]？（自后踢奥斯华德倒地。）

---

① 踢皮球在当时只是下层市民的娱乐。

李尔　谢谢你，好家伙；你帮了我，我喜欢你。

肯特　来，朋友，站起来，给我滚吧！我要教训教训你，让你知道尊卑上下的分别。去！去！你还想用你蠢笨的身体在地上打滚，丈量土地吗？滚！你难道不懂得厉害吗？去。（将奥斯华德推出。）

李尔　我的好小子，谢谢你；这是你替我做事的定钱。（以钱给肯特。）

弄人上。

弄人　让我也把他雇下来；这儿是我的鸡头帽。（脱帽授肯特。）

李尔　啊，我的乖乖！你好？

弄人　喂，你还是戴了我的鸡头帽吧。

肯特　傻瓜，为什么？

弄人　为什么？因为你帮了一个失势的人。要是你不会看准风向把你的笑脸迎上去，你就会吞下一口冷气的。来，把我的鸡头帽拿去。嘿，这家伙撵走了两个女儿，他的第三个女儿倒很受他的好处，虽然也不是出于他的本意；要是你跟了他，你必须戴上我的鸡头帽。啊，老伯伯！但愿我有两顶鸡头帽，再有两个女儿！

李尔　为什么，我的孩子？

弄人　要是我把我的家私一起给了她们，我自己还可以存下两顶鸡头帽。我这儿有一顶；再去向你的女儿们讨一顶戴戴吧。

李尔　嘿，你留心着鞭子。

弄人　真理是一条贱狗，它只好躲在狗洞里；当猎狗太太站在火边撒尿的时候，它必须一顿鞭子被人赶出去。

李尔　　简直是揭我的疮疤！

弄人　　（向肯特）喂，让我教你一段话。

李尔　　你说吧。

弄人　　听着，老伯伯；——

多积财，少摆阔；

耳多听，话少说；

少放款，多借债；

走路不如骑马快；

三言之中信一语，

多掷骰子少下注；

莫饮酒，莫嫖妓；

待在家中把门闭；

会打算的占便宜，

不会打算叹口气。

肯特　　傻瓜，这些话一点意思也没有。

弄人　　那么正像拿不到讼费的律师一样，我的话都白说了。老伯伯，你不能从没有意思的中间，探求出一点意思来吗？

李尔　　啊，不，孩子；垃圾里是淘不出金子来的。

弄人　　（向肯特）请你告诉他，他有那么多的土地，也就成为一堆垃圾了；他不肯相信一个傻瓜嘴里的话。

李尔　　好尖酸的傻瓜！

弄人　　我的孩子，你知道傻瓜是有酸有甜的吗？

李尔　　不，孩子；告诉我。

弄人　　听了他人话，

土地全丧失；

我傻你更傻，

两傻相并立：

一个傻瓜甜，

一个傻瓜酸；

一个穿花衣，

一个戴王冠。

李尔　　你叫我傻瓜吗，孩子？

弄人　　你把你所有的尊号都送了别人；只有这一个名字是你娘胎里带来的。

肯特　　陛下，他倒不全然是个傻瓜哩。

弄人　　不，那些老爷大人们都不肯答应我的；要是我取得了傻瓜的专利权，他们一定要来夺我一份去，就是太太小姐们也不会放过我的；他们不肯让我一个人做傻瓜。老伯伯，给我一个蛋，我给你两顶冠。

李尔　　两顶什么冠？

弄人　　我把蛋从中间切开，吃完了蛋黄、蛋白，就用蛋壳给你做两顶冠。你想你自己好端端有了一顶王冠，却把它从中间剖成两半，把两半全都送给人家，这不是背了驴子过泥潭吗？你这光秃秃的头顶连里面也是光秃秃的没有一点脑子，所以才会把一顶金冠送了人。我说了我要说的话，谁说这种话是傻话，让他挨一顿鞭子。——

这年头傻瓜供过于求，

聪明人个个变了糊涂，

顶着个没有思想的头，

只会跟着人依样葫芦。

李尔　你儿时学会了这许多歌儿？

弄人　老伯伯，自从你把你的女儿当作了你的母亲以后，我就常常唱起歌儿来了；因为当你把棒儿给了她们，拉下你自己的裤子的时候，——

她们高兴得眼泪盈眶，

我只好唱歌自遣哀愁，

可怜你堂堂一国之王，

却跟傻瓜们作伴嬉游。

老伯伯，你去请一位先生来，教教你的傻瓜怎样说谎吧；我很想学学说谎。

李尔　要是你说了谎，小子，我就用鞭子抽你。

弄人　我不知道你跟你的女儿们究竟是什么亲戚：她们因为我说了真话，要用鞭子抽我，你因为我说谎，又要用鞭子抽我；有时候我话也不说，你们也要用鞭子抽我。我宁可做一个无论什么东西，也不要做个傻瓜；可是我宁可做个傻瓜，也不愿意做你，老伯伯；你把你的聪明从两边削掉了，削得中间不剩一点东西。瞧，那削下的一块来了。

高纳里尔上。

李尔　啊，女儿！为什么你的脸上罩满了怒气？我看你近来老是皱着眉头。

弄人　从前你用不着看她的脸，随她皱不皱眉头都不与你相干，那时候你也算得了一个好汉子；可是现在你却变成一个孤零零的圆圈圈儿了。你还比不上我；我是个傻瓜，你简直不是个东西。（向高纳里尔）好，好，我闭嘴就是啦；虽然你没有说话，我从你的脸色知道你的意思。

闭嘴，闭嘴；
你不知道积谷防饥，
活该啃不到面包皮。
他是一个剥空了的豌豆荚。（指李尔。）

高纳里尔　父亲，您这一个肆无忌惮的傻瓜不用说了，还有您那些蛮横的卫士，也都在时时刻刻寻事骂人，种种不法的暴行，实在叫人忍无可忍。父亲，我本来还以为要是让您知道了这种情形，您一定会戒饬他们的行动；可是照您最近所说的话和所做的事看来，我不能不疑心您有意纵容他们，他们才会这样有恃无恐。要是果然出于您的授意，为了维持法纪的尊严，我们也不能默尔而息，不采取断然的处置，虽然也许在您的脸上不大好看；本来，这是说不过去的，可是眼前这样的步骤，在事实上却是必要的。

弄人　你看，老伯伯——
那篱雀养大了杜鹃鸟，
自己的头也给它吃掉。
蜡烛熄了，我们眼前只有一片黑暗。

李尔　你是我的女儿吗？

高纳里尔　算了吧，老人家，您不是一个不懂道理的人，我希望您想明白一些；近来您动不动就动气，实在太有失一个做长辈的体统啦。

弄人　马儿颠倒过来给车子拖着走，就是一头蠢驴不也看得清楚吗？“呼，玖格！我爱你。”

李尔　这儿有谁认识我吗？这不是李尔。是李尔在走路吗？在说话吗？他的眼睛呢？他的知觉迷乱了吗？他的神志麻木了吗？嘿！他醒着吗？没有的事。谁能够告诉我我是什么人？

弄人　李尔的影子。

李尔　我要弄明白我是谁；因为我的君权、知识和理智都在哄我，要我相信我是个有女儿的人。

弄人　那些女儿们是会叫你做一个孝顺的父亲的。

李尔　太太，请教您的芳名？

高纳里尔　父亲，您何必这样假痴假呆，近来您就爱开这么一类的玩笑。您是一个有年纪的老人家，应该懂事一些。请您明白我的意思；您在这儿养了一百个骑士，全是些胡闹放荡、胆大妄为的家伙，我们好好的宫廷给他们骚扰得像一个喧嚣的客店；他们成天吃、喝、玩女人，简直把这儿当作了酒馆妓院，哪里还是一座庄严的御邸。这一种可耻的现象，必须立刻设法纠正；所以请您依了我的要求，酌量减少您的扈从的人数，只留下一些适合于您的年龄、知道您的地位、也明白他们自己身份的人跟随您；要是您不答应，那么我没有法子，只好勉强执行了。

李尔　地狱里的魔鬼！备起我的马来；召集我的侍从。没有良心的贱人！我不要麻烦你；我还有一个女儿哩。

高纳里尔　你打我的用人，你那一班捣乱的流氓也不想想自己是什么东西，胆敢把他们上面的人像奴仆一样呼来叱去。

奥本尼上。

李尔　唉！现在懊悔也来不及了。（向奥本尼）啊！你也来了吗？这是不是你的意思？你说。——替我备马。丑恶的海怪也比不上忘恩的儿女那样可怕。

奥本尼　陛下，请您不要生气。

李尔　（向高纳里尔）枭獍不如的东西！你说谎！我的卫士都是最有品行的人，他们懂得一切的礼仪，他们的一举一动，都不愧骑士之名。啊！考狄利娅不过犯了一点小小的错误，怎么在我的眼睛里却会变得这样丑恶？它像一座酷虐的刑具，扭曲了我的天性，抽干了我心里的慈爱，把苦味的怨恨灌了进去。啊，李尔！李尔！李尔！对准这一扇装进你的愚蠢、放出你的智慧的门，着力痛打吧！（自击其头）去，去，我的人。

奥本尼　陛下，我没有得罪您，我也不知道您为什么生气。

李尔　也许不是你的错，公爵。——听着，造化的女神，听我的吁诉！要是你想使这畜生生男育女，请你改变你的意旨吧！取消她的生殖的能力，干涸她的产育的器官，让她的下贱的肉体里永远生不出一个子女来抬高她的身价！要是她必须生产，请你让她生下一个忤逆狂悖的孩子，使她终身受苦！让她年轻的额角上很早就刻了皱纹；眼泪流下她的面颊，磨成一道道的沟渠；她的鞠育的辛劳，只换到一声冷笑和一个白眼；让她也感觉到一个负心的孩子，比毒蛇的牙齿还要多么使人痛入骨髓！去，去！（下。）

奥本尼　凭着我们敬奉的神明，告诉我这是怎么一回事？

高纳里尔　你不用知道为了什么原因；他老糊涂了，让他去发他的火吧。

李尔重上。

李尔　什么！我在这儿不过住了半个月，就把我的卫士一下子裁撤了五十名吗？

奥本尼　什么事，陛下？

李尔　等一等告诉你。（向高纳里尔）吸血的魔鬼！我真惭愧，你有这本事叫我在你的面前失去了大丈夫的气概，让我的热泪为了一个下贱的婢子而滚滚流出。愿毒风吹着你，恶雾罩着你！愿一个父亲的诅咒刺透你的五官百窍，留下永远不能平复的疮痍！痴愚的老眼，要是你再为此而流泪，我要把你挖出来，丢在你所流的泪水里，和泥土拌在一起！哼！竟有这等事吗？好，我还有一个女儿，我相信她是孝顺我的；她听见你这样对待我，一定会用指爪抓破你的豺狼一样的脸。你以为我一辈子也不能恢复我的原来的威风了吗？好，你瞧着吧。（李尔、肯特及侍从等下。）

高纳里尔　你听见没有？

奥本尼　高纳里尔，虽然我十分爱你，可是我不能这样偏心——

高纳里尔　你不用管我。喂，奥斯华德！（向弄人）你这七分奸刁三分傻的东西，跟你的主人去吧。

弄人　李尔老伯伯，李尔老伯伯！等一等，带傻瓜一块儿去。

捉狐狸，杀狐狸，

谁家女儿是狐狸？

可惜我这顶帽子，

换不到一条绳子；

追上去，你这傻子。（下。）

高纳里尔　不知道是什么人替他出的好主意。一百个骑士！让他随身带着一百个全副武装的卫士，真是万全之计；只要他做了一个梦，听了一句谣言，转了一个念头，或者心里有什么不高兴不舒服，就可以任着性子，用他们的力量危害我们的生命。喂，奥斯华德！

奥本尼　也许你太过虑了。

高纳里尔　过虑总比大意好些。与其时时刻刻提心吊胆，害怕人家的暗算，宁可爽爽快快除去一切可能的威胁。我知道他的心理。他所说的话，我已经写信去告诉我的妹妹了；她要是不听我的劝告，仍旧容留他带着他的一百个骑士——

奥斯华德重上。

高纳里尔　啊，奥斯华德！什么！我叫你写给我妹妹的信，你写好了没有？

奥斯华德　写好了，夫人。

高纳里尔　带几个人跟着你，赶快上马出发；把我所担心的情形明白告诉她，再加上一些你所想到的理由，让它格外动听一些。去吧，早点回来。（奥斯华德下）不，不，我的爷，你做人太仁善厚道了，虽然我不怪你，可是恕我说一句话，只有人批评你糊涂，却没有什么人称赞你一声好。

奥本尼　我不知道你的眼光能够看到多远；可是过分操切也会误事的。

高纳里尔　咦，那么——

奥本尼　好，好，但看结果如何。（同下。）

第五场　奥本尼公爵府外院

李尔、肯特及弄人上。

李尔　　你带着这封信，先到葛罗斯特去。我的女儿看了我的信，倘然有什么话问你，你就照你所知道的回答她，此外可不要多说什么。要是你在路上偷懒耽搁时间，也许我会比你先到的。

肯特　　陛下，我在没有把您的信送到以前，决不打一次盹。（下。）

弄人　　要是一个人的脑筋生在脚跟上，它会不会长起脓疱来呢？

李尔　　嗯，不会的，孩子。

弄人　　那么你放心吧；反正你的脑筋不用穿了拖鞋走路。

李尔　　哈哈哈！

弄人　　你到了你那另外一个女儿的地方，就可以知道她会待你多么好；因为虽然她跟这一个就像野苹果跟家苹果一样相像，可是我可以告诉你我所知道的事情。

李尔　　你可以告诉我什么，孩子？

弄人　　你一尝到她的滋味，就会知道她跟这一个完全相同，正像两只野苹果一般没有分别。你能够告诉我为什么一个人的鼻子生在脸中间吗？

李尔　　不能。

弄人　　因为中间放了鼻子，两旁就可以安放眼睛；鼻子嗅不出来的，眼睛可以看个仔细。

李尔　　我对不起她——

弄人　　你知道牡蛎怎样造它的壳吗？

李尔　不知道。

弄人　我也不知道；可是我知道蜗牛为什么背着一个屋子。

李尔　为什么？

弄人　因为可以把它的头放在里面；它不会把它的屋子送给它的女儿，害得它的角也没有地方安顿。

李尔　我也顾不得什么天性之情了。我这做父亲的有什么地方亏待了她！我的马儿都已经预备好了吗？

弄人　你的驴子们正在那儿给你预备呢。北斗七星为什么只有七颗星，其中有一个绝妙的理由。

李尔　因为它们没有第八颗吗？

弄人　正是，一点不错；你可以做一个很好的傻瓜。

李尔　用武力夺回来！忘恩负义的畜生！

弄人　假如你是我的傻瓜，老伯伯，我就要打你，因为你不到时候就老了。

李尔　那是什么意思？

弄人　你应该懂得些世故再老呀。

李尔　啊！不要让我发疯！天哪，抑制住我的怒气，不要让我发疯！我不想发疯！

侍臣上。

李尔　怎么！马预备好了吗？

侍臣　预备好了，陛下。

李尔　来，孩子。

弄人　哪一个姑娘笑我走这一遭，

她的贞操眼看就要保不牢。（同下。）

第二幕

第一场　葛罗斯特伯爵城堡庭院

爱德蒙及克伦自相对方向上。

爱德蒙　您好，克伦？

克伦　您好，公子。我刚才见过令尊，通知他康华尔公爵跟他的夫人里根公主今天晚上要到这儿来拜访他。

爱德蒙　他们怎么要到这儿来？

克伦　我也不知道。您有没有听见外边的消息？我的意思是说，人们交头接耳，在暗中互相传说的那些消息。

爱德蒙　我没有听见；请教是些什么消息？

克伦　您没有听见说起康华尔公爵也许会跟奥本尼公爵开战吗？

爱德蒙　一点没有听见。

克伦　那么您也许慢慢会听到的。再会，公子。（下。）

爱德蒙　公爵今天晚上到这儿来！那也好！再好没有了！我正好利用这个机会。我的父亲已经叫人四处把守，要捉我的哥哥；我还有一件不大好办的事情，必须赶快动手做起来。这事情要做得敏捷迅速，但愿命运帮助我！——哥哥，跟你说一句话；下来，哥哥！

爱德伽上。

爱德蒙　父亲在那儿守着你。啊，哥哥！离开这个地方吧；有人已经告诉他你躲在什么所在；趁着现在天黑，你快逃吧。你有没有说过什么反对康华尔公爵的话？他也就要到这儿来了，在这样的夜里，急急忙忙的。里根也跟着他来；你有没有站在他这一边，说过奥本尼公爵什么话吗？想一想看。

爱德伽　我真的一句话也没有说过。

爱德蒙　我听见父亲来了；原谅我；我必须假装对你动武；拔出剑来，就像你在防御你自己一般；好好地应付一下吧。（高声）放下你的剑；见我的父亲去！喂，拿火来！这儿！——逃吧，哥哥。（高声）火把！火把！——再会。（爱德伽下）身上沾几点血，可以使他相信我真的作过一番凶猛的争斗。（以剑刺伤手臂）我曾经看见有些醉汉为了开玩笑的缘故，往往不顾死活地割破他自己的皮肉。（高声）父亲！父亲！住手！住手！没有人来帮我吗？

葛罗斯特率众仆持火炬上。

葛罗斯特　爱德蒙，那畜生呢？

爱德蒙　他站在这儿黑暗之中，拔出他的锋利的剑，嘴里念念有词，见神见鬼地请月亮帮他的忙。

葛罗斯特　可是他在什么地方？

爱德蒙　瞧，父亲，我流着血呢。

葛罗斯特　爱德蒙，那畜生呢？

爱德蒙　往这边逃去了，父亲。他看见他没有法子——

葛罗斯特　喂，你们追上去！（若干仆人下）“没有法子”什么？

爱德蒙　没有法子劝我跟他同谋把您杀死；我对他说，疾恶如仇的神明看见弑父的逆子，是要用天雷把他殛死的；我告诉他儿子对于父亲的关系是多么深切而不可摧毁；总而言之一句话，他看见我这样憎恶他的荒谬的图谋，他就老羞成怒，拔出他早就预备好的剑，气势汹汹地向我毫无防卫的身上挺了过来，把我的手臂刺破了；那时候我也发起怒来，自恃理直气壮，跟他奋力对抗，他倒胆怯起来，也许因为听见我喊叫的声音，就飞也似的逃走了。

葛罗斯特　让他逃得远远的吧；除非逃到国外去，我们总有捉到他的一天；看他给我们捉住了还活得成活不成。公爵殿下，我的高贵的恩主，今晚要到这儿来啦，我要请他发出一道命令，谁要是能够把这杀人的懦夫捉住，交给我们绑在木桩上烧死，我们将要重重酬谢他；谁要是把他藏匿起来，一经发觉，就要把他处死。

爱德蒙　当他不听我的劝告，决意实行他的企图的时候，我就严辞恫吓他，对他说我要宣布他的秘密；可是他却回答我说，“你这个没份儿继承遗产的私生子！你以为要是我们两人立在敌对的地位，人家会相信你的道德品质，因而相信你所说的话吗？哼！我可以矢口否认——我自然要否认，即使你拿出我亲手写下的笔迹，我还可以反咬你一口，说这全是你的阴谋恶计；人们不是傻瓜，他们当然会相信你因为觊觎我死后的利益，所以才会起这样的毒心，想要害我的命。”

葛罗斯特　好狠心的畜生！他赖得掉他的信吗？他不是我生出来的。（内喇叭奏花腔）听！公爵的喇叭。我不知道他来有什么事。我要把所有的城门关起来，看这畜生逃到哪儿去；公爵必须答应我这一个要求；而且我还要把他的肖像传送到各处，让全国的人都可以注意他。我的孝顺的孩子，你不学你哥哥的坏样，我一定想法子使你能够承继我的土地。

康华尔、里根及侍从等上。

康华尔　您好，我的尊贵的朋友！我还不过刚到这儿，就已经听见了奇怪的消息。

里根　要是真有那样的事，那罪人真是万死不足蔽辜了。是怎么一回事，伯爵？

葛罗斯特　啊！夫人，我这颗老心已经碎了，已经碎了！

里根　什么！我父亲的义子要谋害您的性命吗？就是我父亲替他取名字的，您的爱德伽吗？

葛罗斯特　啊！夫人，夫人，发生了这种事情，说来真是叫人丢脸。

里根　他不是常常跟我父亲身边的那些横行不法的骑士们在一起吗？

葛罗斯特　我不知道，夫人。太可恶了！太可恶了！

爱德蒙　是的，夫人，他正是常跟这些人在一起的。

里根　无怪他会变得这样坏；一定是他们撺掇他谋害了老头子，好把他的财产拿出来给大家挥霍。今天傍晚的时候，我接到我姐姐的一封信，她告诉我他们种种不法的情形，并且警告我要是他们想要住到我的家里来，我千万不要招待他们。

康华尔　相信我，里根，我也绝不会去招待他们。爱德蒙，我听说你对你的父亲很尽孝道。

爱德蒙　那是做儿子的本分，殿下。

葛罗斯特　他揭发了他哥哥的阴谋；您看他身上的这一处伤就是因为他奋不顾身，想要捉住那畜生而受到的。

康华尔　那凶徒逃走了，有没有人追上去？

葛罗斯特　有的，殿下。

康华尔　要是他给我们捉住了，我们一定不让他再为非作恶；你只要决定一个办法，在我的权力范围以内，我都可以替你办到。爱德蒙，你这一回所表现的深明大义的孝心，使我们十分赞美；像你这样不负付托的人，正是我们所需要的，我们将要大大地重用你。

爱德蒙　殿下，我愿意为您尽忠效命。

葛罗斯特　殿下这样看得起他，使我感激万分。

康华尔　你还不知道我们现在所以要来看你的原因——

里根　尊贵的葛罗斯特，我们这样在黑暗的夜色之中，一路摸索前来，实在是因为有一些相当重要的事情，必须请教请教您的高见。我们的父亲和姐姐都有信来，说他们两人之间发生了一些冲突；我想最好不要在我们自己的家里答复他们；两方面的使者都在这儿等候我打发。我们的善良的老朋友，您不要气恼，替我们赶快出个主意吧。

葛罗斯特　夫人但有所命，我总是愿意贡献我的一得之愚的。殿下和夫人光临蓬荜，欢迎得很！（同下。）

第二场　葛罗斯特城堡之前

肯特及奥斯华德各上。

奥斯华德　早安，朋友；你是这屋子里的人吗？

肯特　嗯。

奥斯华德　什么地方可以让我们拴马？

肯特　烂泥地里。

奥斯华德　对不起，大家是好朋友，告诉我吧。

肯特　谁是你的好朋友？

奥斯华德　好，那么我也不理你。

肯特　要是我把你一口咬住，看你理不理我。

奥斯华德　你为什么对我这样？我又不认识你。

肯特　家伙，我认识你。

奥斯华德　你认识我是谁？

肯特　一个无赖；一个恶棍；一个吃剩饭的家伙；一个下贱的、骄傲的、浅薄的、叫化子一样的、只有三身衣服、全部家私算起来不过一百镑的、卑鄙龌龊的、穿毛绒袜子的奴才；一个没有胆量的、靠着官府势力压人的奴才；一个婊子生的、顾影自怜的、奴颜婢膝的、涂脂抹粉的混账东西；全部家私都在一只箱子里的下流胚，一个天生的王八胚子；又是奴才，又是叫化子，又是懦夫，又是王八，又是一条杂种老母狗的儿子；要是你不承认你这些头衔，我要把你打得放声大哭。

奥斯华德　咦，奇怪，你是个什么东西，你也不认识我，我也不认识你，怎么开口骂人？

肯特　你还说不认识我，你这厚脸皮的奴才！两天以前，我不是把你踢倒在地上，还在王上的面前打过你吗？拔出剑来，你这混蛋；虽然是夜里，月亮照着呢；我要在月光底下把你剁得稀烂。（拔剑）拔出剑来，你这婊子生的、臭打扮的下流东西，拔出剑来！

奥斯华德　去！我不跟你胡闹。

肯特　拔出剑来，你这恶棍！谁叫你做人家的傀儡，替一个女儿寄信攻击她的父王，还自鸣得意呢？拔出剑来，你这混蛋，否则我要砍下你的胫骨。拔出剑来，恶棍；来来来！

奥斯华德　喂！救命哪！要杀人啦！救命哪！

肯特　来，你这奴才；站住，混蛋，别跑；你这漂亮的奴才，你不会还手吗？（打奥斯华德。）

奥斯华德　救命啊！要杀人啦！要杀人啦！

爱德蒙拔剑上。

爱德蒙　怎么！什么事？（分开二人。）

肯特　好小子，你也要寻事吗？来，我们试一下吧！来，小哥儿。

康华尔、里根、葛罗斯特及众仆上。

葛罗斯特　动刀动剑的，什么事呀？

康华尔　大家不要闹；谁再动手，就叫他死。怎么一回事？

里根　一个是我姐姐的使者，一个是国王的使者。

康华尔　你们为什么争吵？说。

奥斯华德　殿下，我给他缠得气都喘不过来啦。

肯特　怪不得你，你把全身勇气都提起来了。你这怯懦的恶棍，造化不承认他曾经造下你这个人；你是一个裁缝手里做出来的。

康华尔　你是一个奇怪的家伙；一个裁缝会做出一个人来吗？

肯特　嗯，一个裁缝；石匠或者油漆匠都不会把他做得这样坏，即使他们学会这行手艺才不过两个钟头。

康华尔　说，你们怎么会吵起来的？

奥斯华德　这个老不讲理的家伙，殿下，倘不是我看在他的花白胡子分上，早就要他的命了——

肯特　你这婊子养的、不中用的废物！殿下，要是您允许我的话，我要把这不成东西的流氓踏成一堆替人家涂刷茅厕的泥浆。看在我的花白胡子分上？你这摇尾乞怜的狗！

康华尔　住口！畜生，你规矩也不懂吗？

肯特　是，殿下；可是我实在气愤不过，也就顾不得了。

康华尔　你为什么气愤？

肯特　我气愤的是像这样一个奸诈的奴才，居然也让他佩起剑来。都是这种笑脸的小人，像老鼠一样咬破了神圣的伦常纲纪；他们的主上起了一个恶念，他们便竭力逢迎，不是火上浇油，就是雪上添霜；他们最擅长的是随风转舵，他们的主人说一声是，他们也跟着说是，说一声不，他们也跟着说不，就像狗一样什么都不知道，只知道跟着主人跑。恶疮烂掉了你的抽搐的面孔！你笑我所说的话，你以为我是个傻瓜吗？呆鹅，要是我在旷野里碰见了你，看我不把你打得嘎嘎乱叫，一路赶回你的老家去！

康华尔　什么！你疯了吗，老头儿？

葛罗斯特　说，你们究竟是怎么吵起来的？

肯特　我跟这混蛋是势不两立的。

康华尔　你为什么叫他混蛋？他做错了什么事？

肯特　我不喜欢他的面孔。

康华尔　也许你也不喜欢我的面孔、他的面孔，还有她的面孔。

肯特　殿下，我是说惯老实话的：我曾经见过一些面孔，比现在站在我面前的这些面孔好得多啦。

康华尔　这个人正是那种因为有人称赞了他的言辞率直，就此装出一副粗鲁的、目中无人的样子，一味矫揉造作，仿佛他生来就是这样一个家伙。他不会谄媚，他有一颗正直坦白的心，他必须说老实话；要是人家愿意接受他的意见，很好；不然的话，他是个老实人。我知道这种家伙，他们用坦白的外表，包藏着极大的奸谋祸心，比二十个胁肩谄笑、小心翼翼的愚蠢的谄媚者更要不怀好意。

肯特　殿下，您的伟大的明鉴，就像福玻斯神光煜煜的额上的烨耀的火轮，诸您照临我的善意的忠诚，恳切的虔心——

康华尔　这是什么意思？

肯特　因为您不喜欢我的话，所以我改变了一个样子。我知道我不是一个谄媚之徒；我也不愿做一个故意用率直的言语诱惑人家听信的奸诈小人；即使您请求我做这样的人，我也不怕得罪您，决不从命。

康华尔　（向奥斯德）你在什么地方冒犯了他？

奥斯华德　我从来没有冒犯过他。最近王上因为对我有了点误会，把我殴打；他便助纣为虐，闪在我的背后把我踢倒在地，侮辱谩骂，无所不至，装出一副非常勇敢的神气；他的王上看见他这样，称赞了他两句，我又极力克制自己，他便得意忘形，以为我不是他的对手，所以一看见我，又拔剑跟我闹起来了。

肯特　和这些流氓和懦夫相比，埃阿斯只能当他们的傻子[①]。

康华尔　拿足枷来！你这口出狂言的倔强的老贼，我们要教训你一下。

肯特　殿下，我已经太老，不能受您的教训了；您不能用足枷枷我。我是王上的人，奉他的命令前来；您要是把他的使者枷起来，那未免对我的主上太失敬、太放肆无礼了。

康华尔　拿足枷来！凭着我的生命和荣誉起誓，他必须锁在足枷里直到中午为止。

里根　到中午为止！到晚上，殿下；把他整整枷上一夜再说。

肯特　啊，夫人，假如我是您父亲的狗，您也不该这样对待我。

里根　因为你是他的奴才，所以我要这样对待你。

康华尔　这正是我们的姐姐说起的那个家伙。来，拿足枷来。（从仆取出足枷。）

葛罗斯特　殿下，请您不要这样。他的过失诚然很大，王上知道了一定会责罚他的；您所决定的这一种羞辱的刑罚，只能惩戒那些犯偷窃之类普通小罪的下贱的囚徒；他是王上差来的人，要是您给他这样的处分，王上一定要认为您轻蔑了他的来使而心中不快。

康华尔　那我可以负责。

---

① 意即好出大言的埃阿斯也比不上他们善于吹牛。

里根　　我的姐姐要是知道她的使者因为奉行她的命令而被人这样侮辱殴打，她的心里还要不高兴哩。把他的腿放进去。（从仆将肯特套入足枷）来，殿下，我们走吧。（除葛罗斯特、肯特外均下。）

葛罗斯特　　朋友，我很为你抱憾；这是公爵的意思，全世界都知道他的脾气非常固执，不肯接受人家的劝阻。我还要替你向他求情。

肯特　　请您不必多此一举，大人。我走了许多路，还没有睡过觉；一部分的时间将在瞌睡中过去，醒着的时候我可以吹吹口哨。好人上足枷，因此就走好运也说不定呢。再会！

葛罗斯特　　这是公爵的不是；王上一定会见怪的。（下。）

肯特　　好王上，你正像俗语说的，抛下天堂的幸福，来受赤日的煎熬了。来吧，你这照耀下土的炬火，让我借着你的温柔的光辉，可以读一读这封信。只有倒霉的人才会遇见奇迹；我知道这是考狄利娅寄来的，我的改头换面的行踪，已经侥幸给她知道了；她一定会找到一个机会，纠正这种反常的情形。疲倦得很；闭上了吧，沉重的眼睛，免得看见你自己的耻辱。晚安，命运，求你转过你的轮子来，再向我们微笑吧。（睡。）

第三场　荒野的一部

爱德伽上。

爱德伽　　听说他们已经发出告示捉我；幸亏我躲在一株空心的树干

里，没有给他们找到。没有一处城门可以出入无阻；没有一个地方不是警卫森严，准备把我捉住！我总得设法逃过人家的耳目，保全自己的生命；我想还不如改扮作一个最卑贱穷苦、最为世人所轻视、和禽兽相去无几的家伙；我要用污泥涂在脸上，一块毡布裹住我的腰，把满头的头发打了许多乱结，赤身裸体，抵抗着风雨的侵凌。这地方本来有许多疯丐，他们高声叫喊，用针哪、木锥哪、钉子哪、迷迭香的树枝哪，刺在他们麻木而僵硬的手臂上；用这种可怕的形状，到那些穷苦的农场、乡村、羊棚和磨坊里去，有时候发出一些疯狂的诅咒，有时候向人哀求祈祷，乞讨一些布施。我现在学着他们的样子，一定不会引起人家的疑心。可怜的疯叫化！可怜的汤姆！倒有几分像；我现在不再是爱德伽了。（下。）

第四场　葛罗斯特城堡前

肯特系足枷中。李尔、弄人及侍臣上。

李尔　真奇怪，他们不在家里，又不打发我的使者回去。

侍臣　我听说他们在前一个晚上还不曾有走动的意思。

肯特　祝福您，尊贵的主人！

李尔　嘿！你把这样的羞辱作为消遣吗?

肯特　不，陛下。

弄人　哈哈！他吊着一副多么难受的袜带！缚马缚在头上，缚狗缚熊缚在脖子上，缚猴子缚在腰上，缚人缚在腿上；一个人的腿儿太会活动了，就要叫他穿木袜子。

李尔　谁认错了人，把你锁在这儿？

肯特　是那一对男女——您的女婿和女儿。

李尔　不。

肯特　是的。

李尔　我说不。

肯特　我说是的。

李尔　不，不，他们不会干这样的事。

肯特　他们干也干了。

李尔　凭着朱庇特起誓，没有这样的事。

肯特　凭着朱诺起誓，有这样的事。

李尔　他们不敢做这样的事；他们不能，也不会做这样的事；要是他们有意作出这种重大的暴行来，那简直比杀人更不可恕了。赶快告诉我，你究竟犯了什么罪，他们才会用这种刑罚来对待一个国王的使者。

肯特　陛下，我带了您的信到了他们家里，当我跪在地上把信交上去，还没有立起身来的时候，又有一个使者汗流满面，气喘吁吁，急急忙忙地奔了进来，代他的女主人高纳里尔向他们请安，随后把一封书信递上去，打断了我的公事；他们看见她也有信来，就来不及理睬我，先读她的信；读罢了信，他们立刻召集仆从，上马出发，叫我跟到这儿来，等候他们的答复；对待我十分冷淡。一到这儿，我又碰见了那个使者，他也就是最近对您非常无礼的那个家伙，我知道他们对我这样冷淡，都是因为他来了的缘故，一时激于气愤，不加考虑地向他动起武来；他看见我这样，就高声发出怯懦的叫喊，惊动了全宅子的人。您的女婿女儿认为我犯了这样的罪，应该把我羞辱一下，所以就把我枷起来了。

弄人　冬天还没有过去，要是野雁尽往那个方向飞。

老父衣百结，
儿女不相识。
老父满囊金，
儿女尽孝心。
命运如娼妓，
贫贱遭遗弃。

虽然这样说，你的女儿们还要孝敬你数不清的烦恼哩。

李尔　啊！我这一肚子的气都涌上我的心头来了！你这一股无名的气恼，快给我平下去吧！我这女儿呢？

肯特　在里边，陛下；跟伯爵在一起。

李尔　不要跟我；在这儿等着。（下。）

侍臣　除了你刚才所说的以外，你没有犯其他的过失吗？

肯特　没有。王上怎么不多带几个人来？

弄人　你会发出这么一个问题，活该给人用足枷枷起来。

肯特　为什么，傻瓜？

弄人　你应该拜蚂蚁做老师，让它教训你冬天是不能工作的。谁都长着眼睛，除非瞎子，每个人都看得清自己该朝哪一边走；就算眼睛瞎了，二十个鼻子里也没有一个鼻子嗅不出来他身上发霉的味道。一个大车轮滚下山坡的时候，你千万不要抓住它，免得跟它一起滚下去，跌断了你的头颈；可是你要是看见它上山去，那么让它拖着你一起上去吧。倘然有什么聪明人给你更好的教训，请你把这番话还我；一个傻瓜的教训，只配让一个混蛋去遵从。

他为了自己的利益，
向你屈节卑躬，
天色一变就要告别，
留下你在雨中。
聪明的人全都飞散，
只剩傻瓜一个；
傻瓜逃走变成混蛋，
那混蛋不是我。

肯特　傻瓜，你从什么地方学会这支歌儿？

弄人　不是在足枷里，傻瓜。

李尔偕葛罗斯特重上。

李尔　拒绝跟我说话！他们有病！他们疲倦了，他们昨天晚上走路辛苦！都是些鬼话，明明是要背叛我的意思。给我再去向他们要一个好一点的答复来。

葛罗斯特　陛下，您知道公爵的火性，他决定了怎样就是怎样，再也没有更改的。

李尔　报应哪！疫疠！死亡！祸乱！火性！什么火性？嘿，葛罗斯特，葛罗斯特，我要跟康华尔公爵和他的妻子说话。

葛罗斯特　呃，陛下，我已经对他们说过了。

李尔　对他们说过了！你懂得我的意思吗？

葛罗斯特　是，陛下。

李尔　国王要跟康华尔说话；亲爱的父亲要跟他的女儿说话，叫她出来见我：你有没有这样告诉他们？我这口气，我这一腔血！哼，火性！火性子的公爵！对那性如烈火的公爵说——不，且慢，也许他真的不大舒服；一个人为了疾病往往疏忽了他原来健康时的责任，是应当加以原谅的；我们身体上有了病痛，精神上总是连带觉得烦躁郁闷，那时候就不由我们自己做主了。我且忍耐一下，不要太鲁莽了，对一个有病的人作过分求全的责备。该死！（视肯特）为什么把他枷在这儿？这一种举动使我相信公爵和她对我回避，完全是一种预定的计谋。把我的仆人放出来还我。去，对公爵和他的妻子说，我现在立刻就要跟他们说话；叫他们赶快出来见我，否则我要在他们的寝室门前擂起鼓来，搅得他们不能安睡。

葛罗斯特　我但愿你们大家和和好好的。（下。）

李尔　啊！我的心！我的怒气直冲的心！把怒气退下去吧！

弄人　你向它吆喝吧，老伯伯，就像厨娘把活鳗鱼放进面糊里的时候那样；她拿起手里的棍子，在它们的头上敲了几下，喊道："下去，坏东西，下去！"也就像她的兄弟，为了爱他的马儿，替它在草料上涂了牛油。

康华尔、里根、葛罗斯特及众仆上。

李尔　你们两位早安！

康华尔　祝福陛下！（众人视肯特。）

里根　我很高兴看见陛下。

李尔　里根，我想你一定高兴看见我的；我知道我为什么要这样想；要是你不高兴看见我，我就要跟你已故的母亲离婚，把她的坟墓当作一座淫妇的丘陇。（向肯特）啊！你放出来了吗？等会儿再谈吧。亲爱的里根，你的姐姐太不孝啦。啊，里根！她的无情的凶恶像饿鹰的利喙一样猛啄我的心。（以手按于心口）我简直不能告诉你；你不会相信她忍心害理到什么地步——啊，里根！

里根　父亲，请您不要恼怒。我想她不会对您有失敬礼，恐怕还是您不能谅解她的苦心哩。

李尔　啊，这是什么意思？

里根　我想我的姐姐决不会有什么地方不尽孝道；要是，父亲，她约束了您那班随从的放荡的行为，那当然有充分的理由和正大的目的，绝对不能怪她的。

李尔　我的诅咒降在她的头上！

里根　啊，父亲！您年纪老了，已经快到了生命的尽头；应该让一个比您自己更明白您的地位的人管教管教您；所以我劝您还是回到姐姐的地方去，向她赔一个不是。

李尔　请求她的饶恕吗？你看这样像不像个样子："好女儿，我承认我年纪老，不中用啦，让我跪在地上，（跪下）请求您赏给我几件衣服穿，赏给我一张床睡，赏给我一些东西吃吧。"

里根　父亲，别这样子；这算个什么，简直是胡闹！回到我姐姐那儿去吧。

李尔　（起立）再也不回去了，里根。她裁撤了我一半的侍从；不给我好脸看；用她的毒蛇一样的舌头打击我的心。但愿上天蓄积的愤怒一起降在她的无情无义的头上！但愿恶风吹打她腹中的胎儿，让它生下地来就是个瘸子！

康华尔　嘿！这是什么话！

李尔　迅疾的闪电啊，把你那炫目的火焰，射进她傲慢的眼睛里去吧！在烈日的熏灼下蒸发起来的沼地的瘴气啊，损坏她的美貌、毁灭她的骄傲吧！

里根　天上的神明啊！您要是对我发起怒来，也会这样咒我的。

李尔　不，里根，你永远不会受我的诅咒；你的温柔的天性决不会使你干出冷酷残忍的行为来。她的眼睛里有一股凶光，可是你的眼睛却是温存而和蔼的。你决不会吝惜我的享受，裁撤我的侍从，用不逊之言向我顶嘴，削减我的费用，甚至于把我关在门外不让我进来；你是懂得天伦的义务、儿女的责任、孝敬的礼貌和受恩的感激的；你总还没有忘记我曾经赐给你一半的国土。

里根　父亲，不要把话说远了。

李尔　谁把我的人枷起来？（内喇叭奏花腔。）

康华尔　那是什么喇叭声音？

里根　我知道，是我的姐姐来了；她信上说就要到这儿来的。

奥斯华德上。

里根　夫人来了吗？

李尔　这是一个靠着主妇暂时的恩宠、狐假虎威、倚势凌人的奴才。滚开，贱奴，不要让我看见你！

康华尔　陛下，这是什么意思？

李尔　谁把我的仆人枷起来？里根，我希望你并不知道这件事。谁来啦？

高纳里尔上。

李尔　天啊，要是你爱老人，要是凭着你统治人间的仁爱，你认为子女应该孝顺他们的父母，要是你自己也是老人，那么不要漠然无动于衷，降下你的愤怒来，帮我申雪我的怨恨吧！（向高纳里尔）你看见我这一把胡须，不觉得惭愧吗？啊！里根，你愿意跟她握手吗？

高纳里尔　为什么她不能跟我握手呢！我干了什么错事？难道凭着一张糊涂昏悖的嘴里的胡言乱语，就可以成立我的罪案吗？

李尔　啊，我的胸膛！你还没有胀破吗？我的人怎么给你们枷了起来？

康华尔　陛下，是我把他枷在那儿的；照他狂妄的行为，这样的惩戒还太轻呢。

李尔　你！是你干的事吗？

里根　父亲，您该明白您是一个衰弱的老人，一切只好将就点儿。要是您现在仍旧回去跟姐姐住在一起，裁撤了您的一半的侍从，那么等住满了一个月，再到我这儿来吧。我现在不在自己家里，要供养您也有许多不便。

李尔　回到她那儿去？裁撤五十名侍从！不，我宁愿什么屋子也不要住，过着风餐露宿的生活，和无情的大自然抗争，和豺狼鸱鸮做伴侣，忍受一切饥寒的痛苦！回去跟她住在一起？嘿，我宁愿到那娶了我的没有嫁妆的小女儿去的热情的法兰西国王的座前匍匐膝行，像一个臣仆一样向他讨一份微薄的恩俸，苟延残喘下去。回去跟她住在一起！你还是劝我在这可恶的仆人手下当奴才、当牛马吧。（指奥斯华德。）

高纳里尔　随你的便。

李尔　女儿，请你不要使我发疯；我也不愿再来打扰你了，我的孩子。再会吧；我们从此不再相见。可是你是我的肉、我的血、我的女儿；或者还不如说是我身体上的一个恶瘤，我不能不承认你是我的；你是我的腐败的血液里的一个疖子、一个瘀块、一个肿毒的疔疮。可是我不愿责骂你；让羞辱自己降临你的身上吧，我没有呼召它；我不要求天雷把你殛死，我也不把你的忤逆向垂察善恶的天神控诉，你回去仔细想一想，趁早痛改前非，还来得及。我可以忍耐；我可以带着我的一百个骑士，跟里根住在一起。

里根　那绝对不行；现在还轮不到我，我也没有预备好招待您的礼数。父亲，听我姐姐的话吧；人家冷眼看着您这种愤怒的神气，他们心里都要说您因为老了，所以——可是姐姐是知道她自己该怎样做的。

李尔　这是你的好意的劝告吗？

里根　是的，父亲，这是我的真诚的意见。什么！五十个卫士？这不是很好吗？再多一些有什么用处？就是这么许多人，数目也不少了，别说供养他们不起，而且让他们成群结党，也是一件危险的事。一间屋子里养了这许多人，受着两个主人支配，怎么不会发生争闹？简直不成话。

高纳里尔　父亲，您为什么不让我们的仆人侍候您呢？

里根　对了，父亲，那不是很好吗？要是他们怠慢了您，我们也可以训斥他们。您下回到我这儿来的时候，请您只带二十五个人来，因为现在我已经看到了一个危险；超过这个数目，我是恕不招待的。

李尔　我把一切都给了你们——

里根　您幸好及时给了我们。

李尔　叫你们做我的代理人、保管者，我的唯一的条件，只是让我保留这么多的侍从。什么！我只能带二十五个人，到你这儿来吗？里根，你是不是这样说？

里根　父亲，我可以再说一遍，我只允许您带这么几个人来。

李尔　恶人的脸相虽然狰狞可怖，要是与比他更恶的人相比，就会显得和蔼可亲；不是绝顶的凶恶，总还有几分可取。（向高纳里尔）我愿意跟你去；你的五十个人还比她的二十五个人多上一倍，你的孝心也比她大一倍。

高纳里尔　父亲，我们家里难道没有两倍这么多的仆人可以侍候您？依我说，不但用不着二十五个人，就是十个五个也是多余的。

里根　依我看来，一个也不需要。

李尔　啊！不要跟我说什么需要不需要；最卑贱的乞丐，也有他的不值钱的身外之物；人生除了天然的需要以外，要是没有其他的享受，那和畜类的生活有什么分别。你是一位夫人；你穿着这样华丽的衣服，如果你的目的只是为了保持温暖，那就根本不合你的需要，因为这种盛装艳饰并不能使你温暖。可是，讲到真的需要，那么天啊，给我忍耐吧，我需要忍耐！神啊，你们看见我在这儿，一个可怜的老头子，被忧伤和老迈折磨得好苦！假如是你们鼓动这两个女儿的心，使她们忤逆她们的父亲，那么请你们不要尽是愚弄我，叫我默然忍受吧；让我的心里激起了刚强的怒火，别让妇人所恃为武器的泪点玷污我的男子汉的面颊！不，你们这两个不孝的妖妇，我要向你们复仇，我要做出一些使全世界惊怖的事情来，虽然我现在还不知道我要怎么做。你们以为我将要哭泣；不，我不愿哭泣，我虽然有充分的哭泣的理由，可是我宁愿让这颗心碎成万片，也不愿流下一滴泪来。啊，傻瓜！我要发疯了！（李尔、葛罗斯特、肯特及弄人同下。）

康华尔　我们进去吧；一场暴风雨将要来了。（远处暴风雨声。）

里根　这座房屋太小了，这老头儿带着他那班人来是容纳不下的。

高纳里尔　是他自己不好，放着安逸的日子不过，一定要吃些苦，才知道自己的蠢。

里根　单是他一个人，我倒也很愿意收留他，可是他的那班跟随的人，我可一个也不能容纳。

高纳里尔　我也是这个意思。葛罗斯特伯爵呢？

康华尔　跟老头子出去了。他回来了。

葛罗斯特重上。

葛罗斯特　王上正在盛怒之中。

康华尔　他要到哪儿去？

葛罗斯特　他叫人备马；可是不让我知道他要到什么地方去。

康华尔　还是不要管他，随他自己的意思吧。

高纳里尔　伯爵，您千万不要留他。

葛罗斯特　唉！天色暗起来了，田野里都在刮着狂风，附近许多里之内，简直连一株小小的树木都没有。

里根　啊！伯爵，对于刚愎自用的人，只好让他们自己招致的灾祸教训他们。关上您的门；他有一班亡命之徒跟随在身边，他自己又是这样容易受人愚弄，谁也不知道他们会煽动他干出些什么事来。我们还是小心点儿好。

康华尔　关上您的门，伯爵；这是一个狂暴的晚上。我的里根说得一点不错。暴风雨来了，我们进去吧。（同下。）

第三幕

第一场　荒野

暴风雨，雷电。肯特及一侍臣上，相遇。

肯特　除了恶劣的天气以外，还有谁在这儿？

侍臣　一个心绪像这天气一样不安静的人。

肯特　我认识你。王上呢？

侍臣　正在跟暴怒的大自然竞争；他叫狂风把大地吹下海里，叫泛滥的波涛吞没了陆地，使万物都变了样子或归于毁灭；拉下他的一根根的白发，让挟着盲目的愤怒的暴风把它们卷得不知去向；在他渺小的一身之内，正在进行着一场比暴风雨的冲突更剧烈的斗争。这样的晚上，被小熊吸干了乳汁的母熊，也躲着不敢出来，狮子和饿狼都不愿沾湿它们的毛皮。他却光秃着头在风雨中狂奔，把一切付托给不可知的力量。

肯特　　可是谁和他在一起？

侍臣　　只有那傻瓜一路跟着他，竭力用些笑话替他排解他心中的伤痛。

肯特　　我知道你是什么人，我敢凭着我的观察所及，告诉你一个重要的消息。在奥本尼和康华尔两人之间，虽然表面彼此掩饰得毫无痕迹，可是暗中却已经发生了冲突；正像一般身居高位的人一样，在他们手下都有一些名为仆人、实际上却是向法国密报我们国内情形的探子，凡是这两个公爵的明争暗斗，他们两人对于善良的老王的冷酷的待遇，以及在这种种表象底下，其他更秘密的一切动静，全都传到了法国的耳中；现在已经有一支军队从法国开到我们这一个分裂的国土上来，乘着我们疏忽无备，在我们几处最好的港口秘密登陆，不久就要揭开他们鲜明的旗帜了。现在，你要是能够信任我的话，请你赶快到多佛去一趟，那边你可以碰见有人在欢迎你，你可以把被逼疯了的王上所受种种无理的屈辱向他作一个确实的报告，他一定会感激你的好意。我是一个有地位有身价的绅士，因为知道你的为人可靠，所以把这件差事交给你。

侍臣　　我还要跟您谈谈。

肯特　　不，不必。为了向你证明我并不是像我的外表那样的一个微贱之人，你可以打开这一个钱囊，把里面的东西拿去。你一到多佛，一定可以见到考狄利娅；只要把这戒指给她看了，她就可以告诉你，你现在所不认识的同伴是个什么人。好可恶的暴风雨！我要找王上去。

侍臣　把您的手给我。您没有别的话了吗？

肯特　还有一句话，可比什么都重要；就是：我们现在先去找王上；你往那边去，我往这边去，谁先找到他，就打一个招呼。（各下。）

第二场　荒野的另一部分

暴风雨继续未止。李尔及弄人上。

李尔　吹吧，风啊！胀破了你的脸颊，猛烈地吹吧！你，瀑布一样的倾盆大雨，尽管倒泻下来，浸没了我们的尖塔，淹沉了屋顶上的风标吧！你，思想一样迅速的硫黄的电火，劈碎橡树的巨雷的先驱，烧焦了我的白发的头颅吧！你，震撼一切的霹雳啊，把这生殖繁密的、饱满的地球击平了吧！打碎造物的模型，不要让一颗忘恩负义的人类的种子遗留在世上！

弄人　啊，老伯伯，在一间干燥的屋子里说几句好话，不比在这没有遮蔽的旷野里淋雨好得多吗？老伯伯，回到那所房子里去，向你的女儿们请求祝福吧；这样的夜无论对于聪明人或是傻瓜，都是不发一点慈悲的。

李尔　尽管轰着吧！尽管吐你的火舌，尽管喷你的雨水吧！雨、风、雷、电，都不是我的女儿，我不责怪你们的无情；我不曾给你们国土，不曾称你们为我的孩子，你们没有顺从我的义务；所以，随你们的高兴，降下你们可怕的威力来吧，我站在这儿，只是你们的奴隶，一个可怜的、衰弱的、无力的、遭人贱视的老头子。可是我仍然要骂你们是卑劣的帮凶，因为你们滥用上天的威力，帮同两个万恶的女儿来跟我这个白发的老翁作对。啊！啊！这太卑劣了！

弄人　谁头上顶着个好头脑，就不愁没有屋顶来遮他的头。

脑袋还没找到屋子，
话儿倒先有安乐窝；
脑袋和他都生虱子，
就这么叫化娶老婆。
有人只爱他的脚尖，
不把心儿放在心上；
那鸡眼使他真可怜，
在床上翻身又叫嚷。

从来没有一个美女不是对着镜子做她的鬼脸。

肯特上。

李尔　不，我要忍受众人所不能忍受的痛苦；我要闭口无言。

肯特　谁在那边？

弄人　一个是陛下，一个是弄人；这两人一个聪明一个傻。

肯特　唉！陛下，你在这儿吗？喜爱黑夜的东西，不会喜爱这样的黑夜；狂怒的天色吓怕了黑暗中的漫游者，使它们躲在洞里不敢出来。自从有生以来，我从没有看见过这样的闪电，听见过这样可怕的雷声，这样惊人的风雨的咆哮；人类的精神是禁受不起这样的折磨和恐吓的。

李尔　伟大的神灵在我们头顶掀起这场可怕的骚动。让他们现在找到他们的敌人吧。战栗吧，你这尚未被人发觉、逍遥法外的罪人！躲起来吧，你这杀人的凶手，你这用伪誓欺人的骗子，你这道貌岸然的逆伦禽兽！魂飞魄散吧，你这用正直的外表遮掩杀人阴谋的大奸巨恶！撕下你们包藏祸心的伪装，显露你们罪恶的原形，向这些可怕的天吏哀号乞命吧！我是个并没有犯多大的罪、却受了很大的冤屈的人。

肯特　唉！您头上没有一点遮盖的东西！陛下，这儿附近有一间茅屋，可以替您挡挡风雨。我刚才曾经到那所冷酷的屋子里——那比它墙上的石块更冷酷无情的屋子——探问您的行踪，可是他们关上了门不让我进去；现在您且暂时躲一躲雨，我还要回去，非要他们讲一点人情不可。

李尔　我的头脑开始昏乱起来了。来，我的孩子。你怎么啦，我的孩子？你冷吗？我自己也冷呢。我的朋友，那间茅屋在什么地方？一个人到了困穷无告的时候，微贱的东西竟也会变成无价之宝。来，带我到你那间茅屋里去。可怜的傻小子，我心里还留着一块地方为你悲伤哩。

弄人

只怪自己糊涂自己蠢，
嗨呵，一阵风来一阵雨，
背时倒运莫把天公恨，
管它朝朝雨雨又风风。

李尔　不错，我的好孩子。来，领我们到那茅屋里去。（李尔、肯特下。）

弄人　今天晚上可太凉快了，叫婊子都热不起劲儿来。待我在临走之前，讲几句预言吧：

传道的嘴上一味说得好；

酿酒的酒里掺水真不少；
有钱的大爷教裁缝做活；
不烧异教徒；嫖客害流火[①]；
若是件件官司都问得清；
跟班不欠钱，骑士债还清；
世上的是非不出自嘴里；
扒儿手看见人堆就躲避；
放债的肯让金银露了眼；
老鸨和婊子把教堂修建；
到那时候，英国这个国家，
准会乱得无法收拾一下；
那时活着的都可以看到：
那走路的把脚步抬得高。
其实这番预言该让梅林[②]在将来说，因为我出生在他之前。
（下。）

第三场　葛罗斯特城堡中的一室

葛罗斯特及爱德蒙上。

葛罗斯特　唉，唉！爱德蒙，我不赞成这种不近人情的行为。当我请求他们允许我给他一点援助的时候，他们竟会剥夺我使用自己

① 流火，指花柳病而言。
② 梅林，是亚瑟王故事中的术士和预言家，时代后于传说中的李尔王许多年，这里是作者故意说的笑话。

的房屋的权利，不许我提起他的名字，不许我替他说一句恳求的话，也不许我给他任何的救济，要是违背了他们的命令，我就要永远失去他们的欢心。

爱德蒙　太野蛮、太不近人情了！

葛罗斯特　算了，你不要多说什么。两个公爵现在已经有了意见，而且还有一件比这更严重的事情。今天晚上我接到一封信，里面的话说出来也是很危险的；我已经把这信锁在壁橱里了。王上受到这样的凌虐，总有人会来替他报复的；已经有一支军队在路上了；我们必须站在王上的一边。我就要找他去，暗地里救济救济他；你去陪公爵谈谈，免得被他觉察了我的行动。要是他问起我，你就回他说我身子不好，已经睡了。大不了是一个死——他们的确拿死来威吓——王上是我的老主人，我不能坐视不救。出人意料之外的事情快要发生了，爱德蒙，你必须小心点儿。（下。）

爱德蒙　你违背了命令去献这种殷勤，我要立刻去告诉公爵知道；还有那封信我也要告诉他。这是我献功邀赏的好机会，我的父亲将要因此而丧失他所有的一切，也许他的全部家产都要落到我的手里；老的一代没落了，年轻的一代才会兴起。（下。）

第四场　荒野。茅屋之前

李尔、肯特及弄人上。

肯特　就是这地方，陛下，进去吧。在这样毫无掩庇的黑夜里，像这样的狂风暴雨，谁也受不了的。（暴风雨继续不止。）

李尔　不要缠着我。

肯特　陛下，进去吧。

李尔　你要碎裂我的心吗？

肯特　我宁愿碎裂我自己的心。陛下，进去吧。

李尔　你以为让这样的狂风暴雨侵袭我们的肌肤，是一件了不得的苦事；在你看来是这样的；可是一个人要是身染重病，他就不会感觉到小小的痛楚。你见了一头熊就要转身逃走；可是假如你的背后是汹涌的大海，你就只好硬着头皮向那头熊迎面走去了。当我们心绪宁静的时候，我们的肉体才是敏感的；我的心灵中的暴风雨已经取去我一切其他的感觉，只剩下心头的热血在那儿搏动。儿女的忘恩！这不就像这一只手把食物送进这一张嘴里，这一张嘴却把这一只手咬了下来吗？可是我要重重惩罚她们。不，我不愿再哭泣了。在这样的夜里，把我关在门外！尽管倒下来吧，什么大雨我都可以忍受。在这样的一个夜里！啊，里根，高纳里尔！你们年老仁慈的父亲一片诚心，把一切都给了你们——啊！那样想下去是要发疯的；我不要想起那些；别再提起那些话了。

肯特　陛下，进去吧。

李尔　请你自己进去，找一个躲身的地方吧。这暴风雨不肯让我仔细思想种种的事情，那些事情我越想下去，越会增加我的痛苦。可是我要进去。（向弄人）进去，孩子，你先走。你们这些无家可归的人——你进去吧。我要祈祷，然后我要睡一会儿。（弄人入内）衣不蔽体的不幸的人们，无论你们在什么地方，都得忍受着这样无情的暴风雨的袭击，你们的头上没有片瓦遮身，你们的腹中饥肠雷动，你们的衣服千疮百孔，怎么抵挡得了这样的气候呢？啊！我一向太没有想到这种事情了。安享荣华的人们啊，睁开你们的眼睛来，到外面去体味一下穷人所忍受的苦，分一些你们享用不了的福泽给他们，让上天知道你们不是全无心肝的人吧！

爱德伽　（在内）九英尺深，九英尺深！可怜的汤姆！（弄人自屋内奔出。）

弄人　老伯伯，不要进去；里面有一个鬼。救命！救命！

肯特　让我搀着你，谁在里边？

弄人　一个鬼，一个鬼；他说他的名字叫做可怜的汤姆。

肯特　你是什么人，在这茅屋里大呼小叫的？出来。

爱德伽乔装疯人上。

爱德伽　走开！恶魔跟在我的背后！“风儿吹过山楂林。”哼！到你冷冰冰的床上暖一暖你的身体吧。

李尔　你把你所有的一切都给了你的两个女儿，所以才到今天这地步吗？

爱德伽　谁把什么东西给可怜的汤姆？恶魔带着他穿过大火，穿过烈焰，穿过水道和漩涡，穿过沼地和泥泞；把刀子放在他的枕头底下，把绳子放在他的凳子底下，把毒药放在他的粥里；使他心中骄傲，骑了一匹栗色的奔马，从四时阔的桥梁上过去，把他自己的影子当作了一个叛徒，紧紧追逐不舍。祝福你的五种才智！汤姆冷着呢。啊！哆啼哆啼哆啼。愿旋风不吹你，星星不把毒箭射你，瘟疫不到你身上！做做好事，救救那给恶魔害得好苦的可怜的汤姆吧！他现在就在那儿，在那儿，又到那儿去了，在那儿。（暴风雨继续不止。）

李尔　什么！他的女儿害得他变成这个样子吗？你不能留下一些什么来吗？你一起都给了她们了吗？

弄人　不，他还留着一方毡毯，否则我们大家都要不好意思了。

李尔　愿那弥漫在天空之中的惩罚恶人的瘟疫一起降临在你的女儿身上！

肯特　陛下，他没有女儿哩。

李尔　该死的奸贼！他没有不孝的女儿，怎么会流落到这等不堪的地步？难道被弃的父亲，都是这样一点不爱惜他们自己的身体的吗？适当的处罚！谁叫他们的身体产下那些枭獍般的女儿来？

爱德伽　“小雄鸡坐在高墩上，”呵罗，呵罗，罗，罗！

弄人　这一个寒冷的夜晚将要使我们大家变成傻瓜和疯子。

爱德伽　当心恶魔。孝顺你的爷娘；说过的话不要反悔；不要赌咒；不要奸淫有夫之妇；不要把你的情人打扮得太漂亮。汤姆冷着呢。

李尔　你本来是干什么的？

爱德伽　一个心性高傲的仆人，头发卷得曲曲的，帽子上佩着情人的手套，惯会讨妇女的欢心，干些不可告人的勾当；开口发誓，闭口赌咒，当着上天的面前把它们一个个毁弃，睡梦里都在转奸淫的念头，一醒来便把它实行。我贪酒，我爱赌，我比土耳其人更好色；一颗奸诈的心，一对轻信的耳朵，一双不怕血腥气的手；猪一般懒惰，狐狸一般狡诡，狼一般贪狠，狗一般疯狂，狮子一般凶恶。不要让女人的脚步声和窸窸窣窣的绸衣裳的声音摄去了你的魂魄；不要把你的脚踏进窑子里去；不要把你的手伸进裙子里去；不要把你的笔碰到放债人的账簿上；抵抗恶魔的引诱吧。“冷风还是打山楂树里吹过去”；听它怎么说，吁——吁——呜——呜——哈——哈——。道芬我的孩子，我的孩子；叱嚓！让他奔过去。（暴风雨继续不止。）

李尔　唉，你这样赤身裸体，受风雨的吹淋，还是死了的好。难道人不过是这样一个东西吗？想一想他吧。你也不向蚕身上借一根丝，也不向野兽身上借一张皮，也不向羊身上借一片毛，也不向麝猫身上借一块香料。嘿！我们这三个人都已经失掉了本来的面目，只有你才保全着天赋的原形；人类在蒙昧的时代，不过是像你这样的一个寒碜的赤裸的两脚动物。脱下来，脱下来，你们这些身外之物！来，松开你的纽扣。（扯去衣服。）

弄人　老伯伯，请你安静点儿，这样危险的夜里是不能游泳的。旷野里一点小小的火光，正像一个好色的老头儿的心，只有这么一星星的热，他的全身都是冰冷的。瞧！一团火走来了。

葛罗斯特持火炬上。

爱德伽　这就是那个叫做“弗力勃铁捷贝特”的恶魔；他在黄昏的时候出现，一直到第一声鸡啼方才隐去；他叫人眼睛里长白膜，叫好眼变成斜眼；他叫人嘴唇上起裂缝；他还会叫面粉发霉，寻穷人们的开心。

圣维都尔[1]三次经过山冈，

遇见魇魔和她九个儿郎；

他说妖精快下马，[2]

发过誓儿快逃吧；

去你的，妖精，去你的！

肯特　　陛下，您怎么啦？

李尔　　他是谁？

肯特　　那儿什么人？你找谁？

葛罗斯特　　你们是些什么人？你们叫什么名字？

爱德伽　　可怜的汤姆，他吃的是泅水的青蛙、蛤蟆、蝌蚪、壁虎和水蜥；恶魔在他心里捣乱的时候，他发起狂来，就会把牛粪当做一盆美味的生菜；他吞的是老鼠和死狗，喝的是一潭死水上面绿色的浮渣，他到处给人家鞭打，锁在枷里，关在牢里；他从前有三身外衣、六件衬衫，跨着一匹马，带着一口剑；

可是在这整整七年时光，

耗子是汤姆唯一的食粮。

留心那跟在我背后的鬼。不要闹，史墨金！不要闹，你这恶魔！

葛罗斯特　　什么！陛下竟会跟这种人作起伴来了吗？

爱德伽　　地狱里的魔王是一个绅士；他的名字叫做摩陀，又叫做玛呼。

葛罗斯特　　陛下，我们亲生的骨肉都变得那样坏，把自己生身之人当作

① 圣维都尔（St. Withold），传说中安眠的保护神。

② 据说魇魔作祟，骑在熟睡者的胸口。下文“发过誓儿”即要魇魔赌咒不再骑在人身上。

了仇敌。

爱德伽　可怜的汤姆冷着呢。

葛罗斯特　跟我回去吧。我的良心不允许我全然服从您的女儿的无情的命令；虽然他们叫我关上了门，把您丢下在这狂暴的黑夜之中，可是我还是大胆出来找您，把您带到有火炉、有食物的地方去。

李尔　让我先跟这位哲学家谈谈。天上打雷是什么缘故？

肯特　陛下，接受他的好意；跟他回去吧。

李尔　我还要跟这位学者说一句话。您研究的是哪一门学问？

爱德伽　抵御恶魔的战略和消灭毒虫的方法。

李尔　让我私下里问您一句话。

肯特　大人，请您再催催他吧；他的神经有点儿错乱起来了。

葛罗斯特　你能怪他吗？（暴风雨继续不止）他的女儿要他死哩。唉！那善良的肯特，他早就说过会有这么一天的，可怜的被放逐的人！你说王上要疯了；告诉你吧，朋友，我自己也差不多疯了。我有一个儿子，现在我已经跟他断绝关系了；他要谋害我的生命，这还是最近的事；我爱他，朋友，没有一个父亲比我更爱他的儿子；不瞒你说，（暴风雨继续不止）我的头脑都气昏了。这是一个什么晚上！陛下，求求您——

李尔　啊！请您原谅，先生。高贵的哲学家，请了。

爱德伽　汤姆冷着呢。

葛罗斯特　进去，家伙，到这茅屋里去暖一暖吧。

李尔　来，我们大家进去。

肯特　陛下，这边走。

李尔　带着他；我要跟我这位哲学家在一起。

肯特　大人，顺顺他的意思吧；让他把这家伙带去。

葛罗斯特　您带着他来吧。

肯特　小子，来；跟我们一块儿去。

李尔　来，好雅典人[①]。

葛罗斯特　嘘！不要说话，不要说话。

爱德伽　罗兰骑士[②]来到黑沉沉的古堡前，他说了一遍又一遍："呸，嘿，哼！"我闻到了一股不列颠人的血腥。（同下。）

第五场　葛罗斯特城堡中一室

康华尔及爱德蒙上。

康华尔　我在离开他的屋子以前，一定要把他惩治一下。

爱德蒙　殿下，我为了尽忠的缘故，不顾父子之情，一想到人家不知将要怎样批评我，心里很有点儿惴惴不安哩。

康华尔　我现在才知道你的哥哥想要谋害他的生命，并不完全出于恶毒的本性；多半是他自己咎有应得，才会引起他的杀心的。

爱德蒙　我的命运多么颠倒，虽然做了正义的事情，却必须抱恨终身！这就是他说起的那封信，它可以证实他私通法国的罪状。天啊！为什么他要干这种叛逆的行为，为什么偏偏又在我手里发觉了呢？

康华尔　跟我见公爵夫人去。

---

① 李尔王把爱德伽比作古希腊哲学家。

② 罗兰骑士，欧洲中世纪骑士文学中的著名英雄。

爱德蒙　这信上所说的事情倘然属实，那您就要有一番重大的行动了。

康华尔　不管它是真是假，它已经使你成为葛罗斯特伯爵了。你去找找你父亲在什么地方，让我们可以把他逮捕起来。

爱德蒙　（旁白）要是我看见他正在援助那老王，他的嫌疑就格外加重了。——虽然忠心和孝道在我的灵魂里发生剧烈的争战，可是大义所在，只好把私恩抛弃不顾。

康华尔　我完全信任你；你在我的恩宠之中，将要得到一个更慈爱的父亲。（各下。）

第六场　邻接城堡的农舍一室

葛罗斯特、李尔、肯特、弄人及爱德伽上。

葛罗斯特　这儿比露天好一些，不要嫌它寒碜，将就住下来吧。我再去找找有些什么吃的用的东西；我去去就来。

肯特　他的智力已经在他的盛怒之中完全消失了。神明报答您的好心！（葛罗斯特下。）

爱德伽　弗拉特累多[1]在叫我，他告诉我尼禄王在冥湖里钓鱼。喂，傻瓜，你要祷告，要留心恶魔啊。

弄人　老伯伯，告诉我，一个疯子是绅士呢，还是平民？

李尔　是个国王，是个国王！

弄人　不，他是一个平民，他的儿子却挣了一个绅士头衔；他眼看他儿子做了绅士，他就成为一个气疯了的平民。

① 弗拉特累多，小魔鬼的名字。

李尔　一千条血红的火舌吱啦吱啦卷到她们的身上——

爱德伽　恶魔在咬我的背。

弄人　谁要是相信豺狼的驯良、马儿的健康、孩子的爱情或是娼妓的盟誓，他就是个疯子。

李尔　一定要办她们一办，我现在就要审问她们。（向爱德伽）来，最有学问的法官，你坐在这儿；（向弄人）你，贤明的官长，坐在这儿。——来，你们这两头雌狐！

爱德伽　瞧，他站在那儿，眼睛睁得大大的！太太，你在审判的时候，要不要有人瞧着你？渡过河来会我，蓓西——

弄人　她的小船儿漏了，她不能让你知道为什么她不敢见你。

爱德伽　恶魔借着夜莺的喉咙，向可怜的汤姆作祟了。霍普丹斯在汤姆的肚子里嚷着要两条新鲜的鲱鱼。别吵，魔鬼；我没有东西给你吃。

肯特　陛下，您怎么啦！不要这样呆呆地站着。您愿意躺下来，在这褥垫上面休息休息吗？

李尔　我要先看她们受了审判再说。把她们的证人带上来。（向爱德伽）你这披着法衣的审判官，请坐；（向弄人）你，他的执法的同僚，坐在他的旁边。（向肯特）你是陪审官，你也坐下。

爱德伽　让我们秉公裁判。

你睡着还是醒着，牧羊人？

你的羊儿在田里跑；

你的小嘴唇只要吹一声，

羊儿就不伤一根毛。

呼噜呼噜；这是一只灰色的猫儿。

李尔　先控诉她；她是高纳里尔。我当着尊严的堂上起誓，她曾经踢她的可怜的父王。

弄人　过来，奶奶。你的名字叫高纳里尔吗？

李尔　她不能抵赖。

弄人　对不起，我还以为您是一张折凳哩。

李尔　这儿还有一个，你们瞧她满脸的横肉，就可以知道她的心肠是怎么样的。拦住她！举起你们的兵器，拔出你们的剑，点起火把来！营私舞弊的法庭！枉法的贪官，你为什么放她逃走？

爱德伽　天保佑你的神志吧！

肯特　哎哟！陛下，您不是常常说您没有失去忍耐吗？现在您的忍耐呢？

爱德伽　（旁白）我的滚滚的热泪忍不住为他流下，怕要给他们瞧破我的假装了。

李尔　这些小狗：脱雷、勃尔趋、史威塔，瞧，它们都在向我狂吠。

爱德伽　让汤姆掉过脸来把它们吓走。滚开，你们这些恶狗！

黑嘴巴，白嘴巴，
疯狗咬人磨毒牙，
猛犬猎犬杂种犬，
叭儿小犬团团转，
青屁股，卷尾毛，
汤姆一只也不饶；
只要我掉过脸来，

大狗小狗逃得快。

哆啼哆啼。叱咤！来，我们赶庙会，上市集去。可怜的汤姆，你的牛角里干得挤不出一滴水来啦[①]。

李尔　叫他们剖开里根的身体来，看看她心里有些什么东西。究竟为了什么天然的原因，她们的心才会变得这样硬？（向爱德伽）我把你收留下来，叫你做我一百名侍卫中间的一个，只是我不喜欢你的衣服的式样；你也许要对我说，这是最漂亮的波斯装；可是我看还是请你换一换吧。

肯特　陛下，您还是躺下来休息休息吧。

李尔　不要吵，不要吵；放下帐子，好，好，好。我们到早上再去吃晚饭吧；好，好，好。

弄人　我一到中午可要睡觉哩。

葛罗斯特重上。

葛罗斯特　过来，朋友；王上呢？

肯特　在这儿，大人；可是不要打扰他，他的神经已经错乱了。

葛罗斯特　好朋友，请你把他抱起来。我已经听到了一个谋害他生命的阴谋。马车套好在外边，你快把他放进去，驾着它到多佛，那边有人会欢迎你，并且会保障你的安全。抱起你的主人来；要是你耽误了半点钟的时间，他的性命、你的性命以及一切出力救护他的人的性命，都要保不住了。抱起来，抱起来；跟我来，让我设法把你们赶快送到一处可以安身的地方。

① 当时疯叫化子行乞，用挂于颈间的大牛角盛乞得的剩菜残羹。

肯特　受尽折磨的身心，现在安然入睡了；安息也许可以镇定镇定他的破碎的神经，但愿上天行个方便，不要让它破碎得不可收拾才好。（向弄人）来，帮我抬起你的主人来；你也不能留在这儿。

葛罗斯特　来，来，去吧。（除爱德伽外，肯特、葛罗斯特及弄人舁李尔下。）

爱德伽　做君王的不免如此下场，
使我忘却了自己的忧伤。
最大的不幸是独抱牢愁，
任何的欢娱兜不上心头；
倘有了同病相怜的侣伴，
天大痛苦也会解去一半。
国王有的是不孝的逆女，
我自己遭逢无情的严父，
他与我两个人一般遭际！
去吧，汤姆，忍住你的怨气，
你现在蒙着无辜的污名，
总有日回复你清白之身。
不管今夜里还会发生些什么事情，但愿王上能安然出险！我还是躲起来吧。（下。）

第七场　葛罗斯特城堡中一室

康华尔、里根、高纳里尔、爱德蒙及众仆上。

康华尔　夫人，请您赶快到尊夫的地方去，把这封信交给他；法国军队已经登陆了。——来人，替我去搜寻那反贼葛罗斯特的踪迹。（若干仆人下。）

里根　把他捉到了立刻吊死。

高纳里尔　把他的眼珠挖出来。

康华尔　我自有处置他的办法。爱德蒙，我们不应该让你看见你的谋叛的父亲受到怎样的刑罚，所以请你现在护送我们的姐姐回去，替我向奥本尼公爵致意，叫他赶快准备；我们这儿也要采取同样的行动。我们两地之间，必须随时用飞骑传报消息。再会，亲爱的姐姐；再会，葛罗斯特伯爵。

奥斯华德上。

康华尔　怎么啦？那国王呢？

奥斯华德　葛罗斯特伯爵已经把他载送出去了；有三十五、六个追寻他的骑士在城门口和他会合，还有几个伯爵手下的人也在一起，一同向多佛进发，据说那边有他们武装的友人在等候他们。

康华尔　替你家夫人备马。

高纳里尔　再会，殿下，再会，妹妹。

康华尔　再会，爱德蒙。（高纳里尔、爱德蒙及奥斯华德下）再去几个人把那反贼葛罗斯特捉来，像偷儿一样把他绑来见我。（若干仆人下）虽然在没有经过正式的审判手续以前，我们不能就把他判处死刑，可是为了发泄我们的愤怒，却只好不顾人们的指摘，凭着我们的权力独断独行了。那边是什么人？是那反贼吗？

众仆押葛罗斯特重上。

里根　没有良心的狐狸！正是他。

康华尔　把他枯瘪的手臂牢牢绑起来。

葛罗斯特　两位殿下，这是什么意思？我的好朋友们，你们是我的客人；不要用这种无礼的手段对待我。

康华尔　捆住他。（众仆绑葛罗斯特。）

里根　绑紧些，绑紧些。啊，可恶的反贼！

葛罗斯特　你是一个没有心肝的女人，我却不是反贼。

康华尔　把他绑在这张椅子上。奸贼，我要让你知道——（里根扯葛罗斯特须。）

葛罗斯特　天神在上，这还成什么话，你扯起我的胡子来啦！

里根　胡子这么白，想不到却是一个反贼！

葛罗斯特　恶妇，你从我的腮上扯下这些胡子来，它们将要像活人一样控诉你的罪恶。我是这里的主人，你不该用你强盗的手，这样报答我的好客的殷勤。你究竟要怎么样？

康华尔　说，你最近从法国得到什么书信？

里根　老实说出来，我们已经什么都知道了。

康华尔　你跟那些最近踏到我们国境来的叛徒们有些什么来往？

里根　你把那发疯的老王送到什么人手里去了？说。

葛罗斯特　我只收到过一封信，里面都不过是些猜测之谈，寄信的是一个没有偏见的人，并不是一个敌人。

康华尔　好狡猾的推托！

里根　一派鬼话！

康华尔　你把国王送到什么地方去了？

葛罗斯特　送到多佛。

里根　为什么送到多佛？我们不是早就警告你——

康华尔　为什么送到多佛？让他回答这个问题。

葛罗斯特　罢了，我现在身陷虎穴，只好拼着这条老命了。

里根　为什么送到多佛？

葛罗斯特　因为我不愿意看见你的凶恶的指爪挖出他的可怜的老眼；因为我不愿意看见你的残暴的姐姐用她野猪般的利齿咬进他的神圣的肉体。他的赤裸的头顶在地狱一般黑暗的夜里冲风冒雨；受到那样狂风暴雨的震荡的海水，也要把它的怒潮喷向天空，熄灭了星星的火焰；但是他，可怜的老翁，却还要把他的热泪帮助天空浇洒。要是在那样怕人的晚上，豺狼在你的门前悲鸣，你也要说，“善良的看门人，开了门放它进来吧，”而不计较它一切的罪恶。可是我总有一天见到上天的报应降临在这种儿女的身上。

康华尔　你再也不会见到那样一天。来，按住这椅子。我要把你这一双眼睛放在我的脚底下践踏。

葛罗斯特　谁要是希望他自己平安活到老年的，帮帮我吧！啊，好惨！天啊！（葛罗斯特一眼被挖出。）

里根　还有那一颗眼珠也去掉了吧，免得它嘲笑没有眼珠的一面。

康华尔　要是你看见什么报应——

仆甲　住手，殿下；我从小为您效劳，但是只有我现在叫您住手这件事才算是最好的效劳。

里根　怎么，你这狗东西！

仆甲　要是你的腮上长起了胡子，我现在也要把它扯下来。

康华尔　混账奴才，你反了吗？（拔剑。）

仆甲　好，那么来，我们拼一个你死我活。（拔剑。二人决斗。康华尔受伤。）

里根　把你的剑给我。一个奴才也会撒野到这等地步！（取剑自后刺仆甲。）

仆甲　啊！我死了。大人，您还剩着一只眼睛，看见他受到一点小小的报应。啊！（死。）

康华尔　哼，看他再瞧得见一些什么报应！出来，可恶的浆块！现在你还会发光吗？（葛罗斯特另一眼被挖出。）

葛罗斯特　一切都是黑暗和痛苦。我的儿子爱德蒙呢？爱德蒙，燃起你天性中的怒火，替我报复这一场暗无天日的暴行吧！

里根　哼，万恶的奸贼！你在呼唤一个憎恨你的人；你对我们反叛的阴谋，就是他出首告发的，他是一个深明大义的人，决不会对你发一点怜悯。

葛罗斯特　啊，我是个蠢材！那么爱德伽是冤枉的了。仁慈的神明啊，赦免我的错误，保佑他有福吧！

里根　把他推出门外，让他一路摸索到多佛去。（一仆率葛罗斯特下）怎么，殿下？您的脸色怎么变啦？

康华尔　我受了伤啦。跟我来，夫人。把那瞎眼的奸贼撵出去；把这奴才丢在粪堆里。里根，我的血尽在流着；这真是无妄之灾。用你的胳臂搀着我。（里根扶康华尔同下。）

仆乙　要是这家伙会有好收场，我什么坏事都可以去做了。

仆丙　要是她会寿终正寝，所有的女人都要变成恶鬼了。

仆乙　让我们跟在那老伯爵的后面，叫那疯丐把他领到他所要去的地方；反正那个游荡的疯子什么地方都去。

仆丙　　你先去吧；我还要去拿些麻布和蛋白来，替他贴在他的流血的脸上。但愿上天保佑他！（各下。）

第四幕

第一场　荒野

爱德伽上。

爱德伽　与其被人在表面上恭维而背地里鄙弃，那么还是像这样自己知道为举世所不容的好。一个最困苦、最微贱、最为命运所屈辱的人，可以永远抱着希冀而无所恐惧；从最高的地位上跌下来，那变化是可悲的，对于穷困的人，命运的转机却能使他欢笑！那么欢迎你——跟我拥抱的空虚的气流；被你刮得狼狈不堪的可怜虫并不少欠你丝毫情分。可是谁来啦？

一老人率葛罗斯特上。

爱德伽　我的父亲，让一个穷苦的老头儿领着他吗？啊，世界，世界，世界！倘不是你的变幻无常，使我们对你心存怨恨，哪一个人是甘愿老去的？

老人　啊，我的好老爷！我在老太爷手里就做您府上的佃户，一直做到您老爷手里，已经有八十年了。

葛罗斯特　去吧，好朋友，你快去吧；你的安慰对我一点没有用处，他们也许反会害你的。

老人　您眼睛看不见，怎么走路呢？

葛罗斯特　我没有路，所以不需要眼睛；当我能够看见的时候，我也会失足颠扑。我们往往因为有所自恃而失之于大意，反不如缺陷却能对我们有益。啊！爱德伽好儿子，你的父亲受人之愚，错恨了你，要是我能在未死以前，摸到你的身体，我就要说，我又有了眼睛啦。

老人　啊！那边是什么人？

爱德伽　（旁白）神啊！谁能够说“我现在是最不幸”？我现在比从前才更不幸得多啦。

老人　那是可怜的发疯的汤姆。

爱德伽　（旁白）也许我还要碰到更不幸的命运；当我们能够说“这是最不幸的事”的时候，那还不是最不幸的。

老人　汉子，你到哪儿去？

葛罗斯特　是一个叫化子吗？

老人　是个疯叫化子。

葛罗斯特　他的理智还没有完全丧失，否则他不会向人乞讨。在昨晚的暴风雨里，我也看见这样一个家伙，他使我想起一个人不过等于一条虫；那时候我的儿子的影像就闪进了我的心里，可是当时我正在恨他，不愿想起他；后来我才听到一些其他的话。天神掌握着我们的命运，正像顽童捉到飞虫一样，为了戏弄的缘故而把我们杀害。

爱德伽　（旁白）怎么会有这样的事？在一个伤心人的面前装傻，对自己、对别人，都是一件不愉快的行为。（向葛罗斯特）祝福你，先生！

葛罗斯特　他就是那个不穿衣服的家伙吗？

老人　正是，老爷。

葛罗斯特　那么你去吧。我要请他领我到多佛去，要是你看在我的分上，愿意回去拿一点衣服来替他遮盖遮盖身体，那就再好没有了；我们不会走远，从这儿到多佛的路上一二哩之内，你一定可以追上我们。

老人　唉，老爷！他是个疯子哩。

葛罗斯特　疯子带着瞎子走路，本来是这时代的一般病态。照我的话，或者就照你自己的意思做吧；第一件事情是请你快去。

老人　我要把我的最好的衣服拿来给他，不管它会引起怎样的后果。（下。）

葛罗斯特　喂，不穿衣服的家伙——

爱德伽　可怜的汤姆冷着呢。（旁白）我不能再假装下去了。

葛罗斯特　过来，汉子。

爱德伽　（旁白）可是我不能不假装下去。——祝福您的可爱的眼睛，它们在流血哩。

葛罗斯特　你认识到多佛去的路吗？

爱德伽　一处处关口城门、一条条马路人行道，我全认识。可怜的汤姆被他们吓迷了心窍；祝福你，好人的儿子，愿恶魔不来缠绕你！五个魔鬼一齐作弄着可怜的汤姆：一个是色魔奥别狄克特；一个是哑鬼霍别狄丹斯；一个是偷东西的玛呼；一个是杀人的摩陀；一个是扮鬼脸的弗力勃铁捷贝特，他后来常常附在丫头、使女的身上。好，祝福您，先生！

葛罗斯特　来，你这受尽上天凌虐的人，把这钱囊拿去；我的不幸却是你的运气。天道啊，愿你常常如此！让那穷奢极欲、把你的法律当作满足他自己享受的工具、因为知觉麻木而沉迷不悟的人，赶快感到你的威力吧；从享用过度的人手里夺下一点来分给穷人，让每一个人都得到他所应得的一份吧。你认识多佛吗？

爱德伽　认识，先生。

葛罗斯特　那边有一座悬崖，它的峭拔的绝顶俯瞰着幽深的海水；你只要领我到那悬崖的边上，我就给你一些我随身携带的贵重的东西，你拿了去可以过些舒服的日子；我也不用再烦你带路了。

爱德伽　把您的胳臂给我；让可怜的汤姆领着你走。（同下。）

第二场　奥本尼公爵府前

高纳里尔及爱德蒙上。

高纳里尔　欢迎，伯爵；我不知道我那位温和的丈夫为什么不来迎接我们。

奥斯华德上。

高纳里尔　主人呢？

奥斯华德　夫人，他在里边；可是已经大大变了一个人啦。我告诉他法国军队登陆的消息，他听了只是微笑；我告诉他说您来了，他的回答却是，“还是不来的好”；我告诉他葛罗斯特怎样谋反、他的儿子怎样尽忠的时候，他骂我蠢东西，说我颠倒是非。凡是他所应该痛恨的事情，他听了都觉得很得意；他所应该欣慰的事情，反而使他恼怒。

高纳里尔　（向爱德蒙）那么你止步吧。这是他怯懦畏缩的天性，使他不敢担当大事；他宁愿忍受侮辱，不肯挺身而起。我们在路上谈起的那个愿望，也许可以实现。爱德蒙，你且回到我的妹夫那儿去；催促他赶紧调齐人马，交给你统率；我这儿只好由我自己出马，把家务托付我的丈夫照管了。这个可靠的仆人可以替我们传达消息；要是你有胆量为了你自己的好处而行事，那么不久大概就会听到你的女主人的命令。把这东西拿去带在身边；不要多说什么；（以饰物赠爱德蒙）低下你的头来：这一个吻要是能够替我说话，它会叫你的灵魂儿飞上天空的。你要明白我的心；再会吧。

爱德蒙　我愿意为您赴汤火。

高纳里尔　我的最亲爱的葛罗斯特！（爱德蒙下）唉！都是男人，却有这样的不同！哪一个女人不愿意为你贡献她的一切，我却让一个傻瓜侵占了我的眠床。

奥斯华德　夫人，殿下来了。（下。）

奥本尼上。

高纳里尔　你太瞧不起人啦。

奥本尼　啊，高纳里尔！你的价值还比不上那狂风吹在你脸上的尘土。我替你这种脾气担着心事；一个人要是看轻了自己的根本，难免做出一些越限逾分的事来；枝叶脱离了树干，跟着也要萎谢，到后来只好让人当作枯柴而付之一炬。

高纳里尔　得啦得啦；全是些傻话。

奥本尼　智慧和仁义在恶人眼中看来都是恶的；下流的人只喜欢下流的事。你们干下了些什么事情？你们是猛虎，不是女儿，你们干了些什么事啦？这样一位父亲，这样一位仁慈的老人家，一头野熊见了他也会俯首帖耳，你们这些蛮横下贱的女儿，却把他激成了疯狂！难道我那位贤襟兄竟会让你们这样胡闹吗？他也是个堂堂汉子，一邦的君主，又受过他这样的深恩厚德！要是上天不立刻降下一些明显的灾祸来，惩罚这种万恶的行为，那么人类快要像深海的怪物一样自相吞食了。

高纳里尔　不中用的懦夫！你让人家打肿你的脸，把侮辱加在你的头上，还以为是一件体面的事，因为你的额头上还没长着眼睛；正像那些不明是非的傻瓜，人家存心害你，幸亏发觉得早，他们在未下毒手以前就受到惩罚，你却还要可怜他们。你的鼓呢？法国的旌旗已经展开在我们安静的国境上了，你的敌人顶着羽毛飘扬的战盔，已经开始威胁你的生命。你这迂腐的傻子却坐着一动不动，只会说，“唉！他为什么要这样呢？”

奥本尼　瞧瞧你自己吧，魔鬼！恶魔的丑恶的嘴脸，还不及一个恶魔般的女人那样丑恶万分。

高纳里尔　哎哟，你这没有头脑的蠢货！

奥本尼　你这变化做女人的形状、掩蔽你的蛇蝎般的真相的魔鬼，不要露出你的狰狞的面目来吧！要是我可以允许这双手服从我的怒气，它们一定会把你的肉一块块撕下来，把你的骨头一根根折断；可是你虽然是一个魔鬼，你的形状却还是一个女人，我不能伤害你。

高纳里尔　哼，这就是你的男子汉的气概。——呸！

一使者上。

奥本尼　有什么消息？

使者　啊！殿下，康华尔公爵死了；他正要挖去葛罗斯特第二只眼睛的时候，他的一个仆人把他杀死了。

奥本尼　葛罗斯特的眼睛！

使者　他所蓄养的一个仆人因为激于义愤，反对他这一种行动，就拔出剑来向他的主人行刺；他的主人大怒，和他奋力猛斗，结果把那仆人砍死了，可是自己也受了重伤，终于不治身亡。

奥本尼　啊，天道究竟还是有的，人世的罪恶这样快就受到了诛谴！但是啊，可怜的葛罗斯特！他失去了他的第二只眼睛吗？

使者　殿下，他两只眼睛全都给挖去了。夫人，这一封信是您的妹妹写来的，请您立刻给她一个回音。

高纳里尔　（旁白）从一方面说来，这是一个好消息；可是她做了寡妇，我的葛罗斯特又跟她在一起，也许我的一切美满的愿望，都要从我这可憎的生命中消灭了；不然的话，这消息还不算顶坏。（向使者）我读过以后再写回信吧。（下。）

奥本尼　他们挖去他的眼睛的时候，他的儿子在什么地方？

使者　他是跟夫人一起到这儿来的。

奥本尼　他不在这儿。

使者　是的，殿下，我在路上碰见他回去了。

奥本尼　他知道这种罪恶的事情吗？

使者　是，殿下；就是他出首告发他的，他故意离开那座房屋，为的是让他们行事方便一些。

奥本尼　葛罗斯特，我永远感激你对王上所表示的好意，一定替你报复你的挖目之仇。过来，朋友，详细告诉我一些你所知道的其他的消息。（同下。）

第三场　多佛附近法军营地

肯特及一侍臣上。

肯特　为什么法兰西王突然回去，您知道他的理由吗？

侍臣　他在国内还有一点未了的要事，直到离国以后，方才想起；因为那件事情有关国家的安全，所以他不能不亲自回去料理。

肯特　他去了以后，委托什么人代他主持军务？

侍臣　拉·发元帅。

肯特　王后看了您的信，有没有什么悲哀的表示？

侍臣　是的，先生；她拿了信，当着我的面前读下去，一颗颗饱满的泪珠从她的娇嫩的颊上淌下；可是她仍然保持着一个王后的尊严，虽然她的情感像叛徒一样想要把她压服，她还是竭力把它克制下去。

肯特　啊！那么她是受到感动的了。

侍臣　她并不痛哭流涕；“忍耐”和“悲哀”互相竞争着谁能把她表现得更美。您曾经看见过阳光和雨点同时出现；她的微笑和眼泪也正是这样，只是要更动人得多；那些荡漾在她的红润的嘴唇上的小小的微笑，似乎不知道她的眼睛里有些什么客人，他们从她钻石一样晶莹的眼球里滚出来，正像一颗颗浑圆的珍珠。简单一句话，要是所有的悲哀都是这样美，那么悲哀将要成为最受世人喜爱的珍奇了。

肯特　她没有说过什么话吗？

侍臣　一两次她的嘴里迸出了“父亲”两个字，好像它们重压着她的心一般；她哀呼着，“姐姐！姐姐！女人的耻辱！姐姐！肯特！父亲！姐姐！什么，在风雨里吗？在黑夜里吗？不要相信世上还有怜悯吧！”于是她挥去了她的天仙一般的眼睛里的神圣的水珠，让眼泪淹没了她的沉痛的悲号，移步他往，和哀愁作伴去了。

肯特　那是天上的星辰，天上的星辰主宰着我们的命运；否则同一个父母怎么会生出这样不同的儿女来。您后来没有跟她说过话吗？

侍臣　没有。

肯特　这是在法兰西王回国以前的事吗？

侍臣　不，这是他去后的事。

肯特　好，告诉您吧，可怜的受难的李尔已经到了此地，他在比较清醒的时候，知道我们来干什么事，一定不肯见他的女儿。

侍臣　为什么呢，好先生？

肯特　羞耻之心掣住了他；他自己的忍心剥夺了她的应得的慈爱，

使她远适异国，听任天命的安排，把她的权利分给那两个犬狼之心的女儿——这种种的回忆像毒刺一样扎着他的心，使他充满了火烧一样的惭愧，阻止他和考狄利娅相见。

侍臣　唉！可怜的人！

肯特　关于奥本尼和康华尔的军队，您听见什么消息没有？

侍臣　是的，他们已经出动了。

肯特　好，先生，我要带您去见见我们的王上，请您替我照料照料他。我因为有某种重要的理由，必须暂时隐藏我的真相；当您知道我是什么人以后，您决不会后悔跟我结识的。请您跟我走吧。（同下。）

第四场　同前。帐幕

旗鼓前导，考狄利娅、医生及兵士等上。

考狄利娅　唉！正是他。刚才还有人看见他，疯狂得像被飓风激动的怒海，高声歌唱，头上插满了恶臭的地烟草、牛蒡、毒芹、荨麻、杜鹃花和各种蔓生在田亩间的野草。派一百个兵士到繁茂的田野里各处搜寻，把他领来见我。（一军官下）人们的智慧能不能恢复他的丧失的心神？谁要是能够医治他，我愿意把我的身外的富贵一起送给他。

医生　娘娘，法子是有的；休息是滋养疲乏的精神的保姆，他现在就是缺少休息；只要给他服一些药草，就可以阖上他的痛苦的眼睛。

考狄利娅　一切神圣的秘密、一切地下潜伏的灵奇，随着我的眼泪一起奔涌出来吧！帮助解除我的善良的父亲的痛苦！快去找他，快去找他，我只怕他在不可控制的疯狂之中会消灭了他的失去主宰的生命。

一使者上。

使者　　报告娘娘，英国军队向这儿开过来了。

考狄利娅　　我们早已知道；一切都预备好了，只等他们到来。亲爱的父亲啊！我这次掀动干戈，完全是为了你的缘故；伟大的法兰西王被我的悲哀和恳求的眼泪所感动。我们出师，并非怀着什么非分的野心，只是一片真情，热烈的真情，要替我们的老父主持正义。但愿我不久就可以听见看见他！（同下。）

第五场　葛罗斯特城堡中一室

里根及奥斯华德上。

里根　　可是我的姊夫的军队已经出发了吗？

奥斯华德　　出发了，夫人。

里根　　他亲自率领吗？

奥斯华德　　夫人，好容易才把他催上了马；还是您的姐姐是个更好的军人哩。

里根　　爱德蒙伯爵到了你们家里，有没有跟你家主人谈过话？

奥斯华德　　没有，夫人。

里根　　我的姐姐给他的信里有些什么话？

奥斯华德　　我不知道，夫人。

里根　　告诉你吧，他有重要的事情，已经离开此地了。葛罗斯特挖去了眼睛以后，仍旧放他活命，实在是一个极大的失策；因为他每到一个地方，都会激起众人对我们的反感。我想爱德蒙因为怜悯他的苦难，是要去替他解脱他的暗无天日的生涯的；而且他还负有探察敌人实力的使命。

奥斯华德　夫人，我必须追上去把我的信送给他。

里根　我们的军队明天就要出发；你暂时耽搁在我们这儿吧，路上很危险呢。

奥斯华德　我不能，夫人；我家夫人曾经吩咐我不准误事的。

里根　为什么她要写信给爱德蒙呢？难道你不能替她口头传达她的意思吗？看来恐怕有点儿——我也说不出来。让我拆开这封信来，我会十分喜欢你的。

奥斯华德　夫人，那我可——

里根　我知道你家夫人不爱她的丈夫；这一点我是可以确定的。她最近在这儿的时候，常常对高贵的爱德蒙抛掷含情的媚眼。我知道你是她的心腹之人。

奥斯华德　我，夫人！

里根　我的话不是随便说说的，我知道你是她的心腹；所以你且听我说，我的丈夫已经死了，爱德蒙跟我曾经谈起过，他向我求爱总比向你家夫人求爱来得方便些。其余的你自己去意会吧。要是你找到了他，请你替我把这个交给他；你把我的话对你家夫人说了以后，再请她仔细想个明白。好，再会。假如你听见人家说起那瞎眼的老贼在什么地方，能够把他除掉，一定可以得到重赏。

奥斯华德　但愿他能够落在我的手里，夫人；我一定可以向您表明我是哪一方面的人。

里根　　再会。（各下。）

第六场　多佛附近的乡间

葛罗斯特及爱德伽作农民装束同上。

葛罗斯特　　什么时候我才能够登上山顶？

爱德伽　　您现在正在一步步上去；瞧这路多么难走。

葛罗斯特　　我觉得这地面是很平的。

爱德伽　　陡峭得可怕呢；听！那不是海水的声音吗？

葛罗斯特　　不，我真的听不见。

爱德伽　　哎哟，那么大概因为您的眼睛痛得厉害，所以别的知觉也连带模糊起来啦。

葛罗斯特　　那倒也许是真的。我觉得你的声音也变了样啦，你讲的话不像原来那样粗鲁、那样疯疯癫癫啦。

爱德伽　　您错啦；除了我的衣服以外，我什么都没有变样。

葛罗斯特　　我觉得你的话像样得多啦。

爱德伽　　来，先生；我们已经到了，您站好。把眼睛一直望到这么低的地方，真是惊心炫目！在半空盘旋的乌鸦，瞧上去还没有甲虫那么大；山腰中间悬着一个采金花草的人，可怕的工作！我看他的全身简直抵不上一个人头的大小。在海滩上走路的渔夫就像小鼠一般，那艘停泊在岸旁的高大的帆船小得像它的划艇，它的划艇小得像一个浮标，几乎看不出来。澎湃的波涛在海滨无数的石子上冲击的声音，也不能传到这样高的所在。我不愿再看下去了，恐怕我的头脑要昏眩起来，眼睛一花，就要一个觔斗直跌下去。

葛罗斯特　带我到你所立的地方。

爱德伽　把您的手给我；您现在已经离悬崖的边上只有一呎（尺）了；就算是把天下所有的一切都给了我，我也不愿意跳下去。

葛罗斯特　放开我的手。朋友，这儿又是一个钱囊，里面有一颗宝石，一个穷人得到了它，可以终身温饱；愿天神们保佑你因此而得福吧！你再走远一点；向我告别一声，让我听见你走过去。

爱德伽　再会吧，好先生。

葛罗斯特　再会。

爱德伽　（旁白）我这样戏弄他的目的，是要把他从绝望的境界中解救出来。

葛罗斯特　威严的神明啊！我现在脱离这一个世界，当着你们的面，摆脱我的残酷的痛苦了；要是我能够再忍受下去，而不怨尤你们不可反抗的伟大意志，我这可厌的生命的余烬不久也会燃尽的。要是爱德伽尚在人世，神啊，请你们祝福他！现在，朋友，我们再会了！（向前仆地。）

爱德伽　我去了，先生；再会。（旁白）可是我不知道当一个人愿意受他自己的幻想的欺骗，相信他已经死去的时候，那一种幻想会不会真的偷去了他的生命的至宝；要是他果然在他所想象的那一个地方，现在他早已没有思想了。活着还是死了？（向葛罗斯特）喂，你这位先生！朋友！你听见吗，先生？说呀！也许他真的死了；可是他醒过来啦。你是什么人，先生？

葛罗斯特　去，让我死。

爱德伽　倘使你不是一根蛛丝、一根羽毛、一阵空气，从这样千仞的悬崖上跌落下来，早就像鸡蛋一样跌成粉碎了；可是你还在呼吸，你的身体还是好好的，不流一滴血，还会说话，简直一点损伤也没有。十根桅杆连接起来，也不及你所跌下来的地方那么高；你的生命是一个奇迹。再对我说两句话吧。

葛罗斯特　可是我有没有跌下来？

爱德伽　你就是从这可怕的悬崖绝顶上面跌下来的。抬起头来看一看吧；鸣声嘹亮的云雀飞到了那样高的所在，我们不但看不见它的形状，也听不见它的声音；你看。

葛罗斯特　唉！我没有眼睛哩。难道一个苦命的人，连寻死的权力都要被剥夺去吗？一个苦恼到极点的人假使还有办法对付那暴君的狂怒，挫败他的骄傲的意志，那么他多少还有一点可以自慰。

爱德伽　把你的胳臂给我；起来，好，怎样？站得稳吗？你站住了。

葛罗斯特　很稳，很稳。

爱德伽　这真太不可思议了。刚才在那悬崖的顶上，从你身边走开的是什么东西？

葛罗斯特　一个可怜的叫化子。

爱德伽　我站在下面望着他，仿佛看见他的眼睛像两轮满月；他有一千个鼻子，满头都是像波浪一样高低不齐的犄角；一定是个什么恶魔。所以，你幸运的老人家，你应该想这是无所不能的神明在暗中默佑你，否则绝不会有这样的奇事。

葛罗斯特　我现在记起来了；从此以后，我要耐心忍受痛苦，直等它有一天自己喊了出来，“够啦，够啦，”那时候再撒手死去。你所说起的这一个东西，我还以为是个人；它老是嚷着“恶魔，恶魔”的；就是他把我领到了那个地方。

爱德伽　不要胡思乱想，安心忍耐。可是谁来啦？

李尔以鲜花杂乱饰身上。

爱德伽　不是疯狂的人，决不会把他自己打扮成这一个样子。

李尔　不，他们不能判我私造货币的罪名；我是国王哩。

爱德伽　啊，伤心的景象！

李尔　在那一点上，天然是胜过人工的。这是征募你们当兵的饷银。那家伙弯弓的姿势，活像一个稻草人；给我射一支一码长的箭试试看。瞧，瞧！一只小老鼠！别闹，别闹！这一块烘乳酪可以捉住它。这是我的铁手套；尽管他是一个巨人，我也要跟他一决胜负。带那些戟手上来。啊！飞得好，鸟儿；刚刚中在靶子心里，咻！口令！

爱德伽　茉荞兰。

李尔　过去。

葛罗斯特　我认识那个声音。

李尔　嘿！高纳里尔，长着一把白胡须！她们像狗一样向我献媚。说我在没有出黑须以前，就已经有了白须[①]。我说一声“是”，她们就应一声“是”；我说一声“不”，她们就应一声“不”！当雨点淋湿了我，风吹得我牙齿打战，当雷声

① 意即具有老人的智慧。

不肯听我的话平静下来的时候，我才发现了她们，嗅出了她们。算了，她们不是心口如一的人；她们把我恭维得天花乱坠；全然是个谎，一发起烧来我就没有办法。

葛罗斯特　这一种说话的声调我记得很清楚；他不是我们的君王吗？

李尔　嗯，从头到脚都是君王；我只要一瞪眼睛，我的臣子就要吓得发抖。我赦免那个人的死罪。你犯的是什么案子？奸淫吗？你不用死；为了奸淫而犯死罪！不，小鸟儿都在干那把戏，连苍蝇当着我的面也会公然交合哩。让通奸的人多子多孙吧；因为葛罗斯特的私生的儿子，也比我的合法的女儿更孝顺他的父亲。淫风越盛越好，我巴不得他们替我多制造几个兵士出来。瞧那个脸上堆着假笑的妇人，她装出一副守身如玉的神气，做作得那么端庄贞静，一听见人家谈起调情的话儿就要摇头；其实她自己干起那回事来，比臭猫和骚马还要浪得多哩。她们的上半身虽然是女人，下半身却是淫荡的妖怪；腰带以上是属于天神的，腰带以下全是属于魔鬼的：那儿是地狱，那儿是黑暗，那儿是火坑，吐着熊熊的烈焰，发出熏人的恶臭，把一切烧成了灰。啐！啐！啐！呸！呸！好掌柜，给我称一两麝香，让我解解我的想象中的臭气；钱在这儿。

葛罗斯特　啊！让我吻一吻那只手！

李尔　让我先把它揩干净；它上面有一股热烘烘的人气。

葛罗斯特　啊，毁灭了的生命！这一个广大的世界有一天也会像这样零落得只剩一堆残迹。你认识我吗？

李尔　我很记得你这双眼睛。你在向我瞟吗？不，盲目的丘匹德，随你使出什么手段来，我是再也不会恋爱的。这是一封挑战书；你拿去读吧，瞧瞧它是怎么写的。

葛罗斯特　即使每一个字都是一个太阳，我也瞧不见。

爱德伽　（旁白）要是人家告诉我这样的事，我一定不会相信；可是这样的事是真的，我的心要碎了。

李尔　读呀。

葛罗斯特　什么！用眼眶子读吗？

李尔　啊哈！你原来是这个意思吗？你的头上也没有眼睛，你的袋里也没有银钱吗？你的眼眶子真深，你的钱袋真轻。可是你却看见这世界的丑恶。

葛罗斯特　我只能捉摸到它的丑恶。

李尔　什么！你疯了吗？一个人就是没有眼睛，也可以看见这世界的丑恶。用你的耳朵瞧着吧：你没看见那法官怎样痛骂那个卑贱的偷儿吗？侧过你的耳朵来，听我告诉你：让他们两人换了地位，谁还认得出哪个是法官，哪个是偷儿？你见过农夫的一条狗向一个乞丐乱吠吗？

葛罗斯特　嗯，陛下。

李尔　你还看见那家伙怎样给那条狗赶走吗？从这一件事情上面，你就可以看到威权的伟大的影子；一条得势的狗，也可以使人家唯命是从。你这可恶的教吏，停住你的残忍的手！为什么你要鞭打那个妓女？向你自己的背上着力抽下去吧；你自己心里和她犯奸淫，却因为她跟人家犯奸淫而鞭打她。那放高利贷的家伙却把那骗子判了死刑。褴褛的衣衫遮不住小小的过失；披上锦袍裘服，便可以隐匿一切。罪恶镀了金，公道的坚强的枪刺戳在上面也会折断；把它用破烂的布条裹起来，一根侏儒的稻草就可以戳破它。没有一个人是犯罪的，我说，没有一个人；我愿意为他们担保；相信我吧，我的朋友，我有权力封住控诉者的嘴唇。你还是去装上一副玻璃眼睛，像一个卑鄙的阴谋家似的，假装能够看见你所看不见的事情吧。来，来，来，来，替我把靴子脱下来；用力一点，用力一点；好。

爱德伽　（旁白）啊！疯话和正经话夹杂在一起；虽然他发了疯，他说出来的话却不是全无意义的。

李尔　要是你愿意为我的命运痛哭，那么把我的眼睛拿了去吧。我知道你是什么人；你的名字是葛罗斯特。你必须忍耐；你知道我们来到这世上，第一次嗅到了空气，就哇呀哇呀地哭起来。让我讲一番道理给你听；你听着。

葛罗斯特　唉！唉！

李尔　当我们生下地来的时候，我们因为来到了这个全是些傻瓜的广大的舞台之上，所以禁不住放声大哭。这顶帽子的式样很不错！用毡呢钉在一队马儿的蹄上，倒是一个妙计；我要把它实行一下，悄悄地偷进我那两个女婿的营里，然后我就杀呀，杀呀，杀呀，杀呀，杀呀，杀呀！[1]（侍臣率侍从数人上。）

侍臣　啊！他在这儿；抓住他。陛下，您的最亲爱的女儿——

李尔　没有人救我吗？什么！我变成一个囚犯了吗？我是天生下来

① 李尔王在这里效仿军队冲锋时的呐喊声。

被命运愚弄的。不要虐待我；有人会拿钱来赎我的。替我请几个外科医生来，我的头脑受了伤啦。

侍臣　您将会得到您所需要的一切。

李尔　一个伙伴也没有？只有我一个人吗？哎哟，这样会叫一个人变成了个泪人儿，用他的眼睛充作灌园的水壶，去浇洒秋天的泥土。

侍臣　陛下——

李尔　我要像一个新郎似的勇敢地死去。嘿！我要高高兴兴的。来，来，我是一个国王，你们知道吗？

侍臣　您是一位尊严的王上，我们服从您的旨意。

李尔　那么还有几分希望。要去快去。吵吵吵吵。（下。侍从等随下。）

侍臣　最微贱的平民到了这样一个地步，也会叫人看了伤心，何况是一个国王！你那两个不孝的女儿，已经使天道人伦受到诅咒，可是你还有一个女儿，却已经把天道人伦从这样的诅咒中间拯救出来了。

爱德伽　祝福，先生。

侍臣　足下有什么见教？

爱德伽　您有没有听见什么关于将要发生一场战事的消息？

侍臣　这已经是一件千真万确、谁都知道的事了；每一个耳朵能够辨别声音的人都听到过那样的消息。

爱德伽　可是借问一声，您知道对方的军队离这儿还有多少路？

侍臣　很近了，他们一路来得很快；他们的主力部队每一分钟都有到来的可能。

爱德伽　谢谢您，先生；这是我所要知道的一切。

侍臣　王后虽然有特别的原因还在这儿，她的军队已经开上去了。

爱德伽　谢谢您，先生。（侍臣下。）

葛罗斯特　永远仁慈的神明，请停止我的呼吸吧；不要在你没有要我离开人世之前，再让我的罪恶的灵魂引诱我结束我自己的生命！

爱德伽　您祷告得很好，老人家。

葛罗斯特　好先生，您是什么人？

爱德伽　一个非常穷苦的人，受惯命运的打击；因为自己是从忧患中间过来的，所以对于不幸的人很容易抱同情。把您的手给我，让我把您领到一处可以栖身的地方去。

葛罗斯特　多谢多谢；愿上天大大赐福给您！

奥斯华德上。

奥斯华德　明令缉拿的要犯！好极了，居然碰在我的手里！你那颗瞎眼的头颅，却是我的进身的阶梯。你这倒霉的老奸贼，赶快忏悔你的罪恶，剑已经拔出了，你今天难逃一死。

葛罗斯特　但愿你这慈悲的手多用一些气力，帮助我早早脱离苦痛。

（爱德伽劝阻奥斯华德。）

奥斯华德　大胆的村夫，你怎么敢袒护一个明令缉拿的叛徒？滚开，免得你也遭到和他同样的命运。放开他的胳臂。

爱德伽　先生，你不向我说明理由，我是不放的。

奥斯华德　放开，奴才，否则我叫你死。

爱德伽　好先生，你走你的路，让穷人们过去吧。要是这种吓人的话也能把我吓倒，那么我早在半个月之前，就给人吓死了。

不，不要走近这个老头儿；我关照你，走远一点儿；要不然的话，我要试一试究竟还是你的头硬还是我的棍子硬。我可不知道什么客气不客气。

奥斯华德　走开，混账东西！

爱德伽　我要拔掉你的牙齿，先生。来，尽管刺过来吧。（二人决斗，爱德伽出击，奥斯华德倒地。）

奥斯华德　奴才，你打死我了。把我的钱囊拿了去吧。要是你希望将来有好日子过，请你把我的尸体掘一个坑埋了；我身边还有一封信，请你替我送给葛罗斯特伯爵爱德蒙大爷，他在英国军队里，你可以找到他。啊！想不到我死于非命！（死。）

爱德伽　我认识你；你是一个惯会讨主上欢心的奴才；你的女主人无论有什么万恶的命令，你总是奉命唯谨。

葛罗斯特　什么！他死了吗？

爱德伽　坐下来，老人家；您休息一会儿吧。让我们搜一搜他的衣袋——他说起的这一封信，也许可以对我有一点用处。他死了；我只可惜他不是死在刽子手的手里。让我们看：对不起，好蜡，我要把你拆开来了；恕我无礼，为了要知道我们敌人的居心，就是他们的心肝也要剖出来，拆阅他们的信件不算是违法的事。“不要忘记我们彼此间的誓约。你有许多机会可以除去他；只要你有决心，一切都是不成问题的。要是他得胜归来，那就什么都完了；我将要成为一个囚人，他的眠床就是我的牢狱。把我从他可憎的怀抱中拯救出来吧，他的地位你可以取而代之，这也是你应得的酬劳。你的恋慕的奴婢——但愿我能换上妻子两个字——

高纳里尔。”啊，不可测度的女人的心！谋害她的善良的丈夫，叫我的兄弟代替他的位置！在这砂土之内，我要把你掩埋起来，你这杀人的淫妇的使者。在一个适当的时间，我要让那被人阴谋弑害的公爵见到这一封卑劣的信。我能够把你的死讯和你的使命告诉他，对于他是一件幸运的事。

葛罗斯特　王上疯了；我的万恶的知觉却是倔强得很，我一站起身来，无限的悲痛就涌上我的心头！还是疯了的好；那样我可以不再想到我的不幸，让一切痛苦在昏乱的幻想之中忘记了它们本身的存在。（远处鼓声。）

爱德伽　把您的手给我；我好像听见远远有打鼓的声音。来，老人家，让我把您安顿在一个朋友的地方。（同下。）

第七场　法军营帐

考狄利娅、肯特、医生及侍臣上。

考狄利娅　好肯特啊！我怎么能够报答你这一番苦心好意呢！就是粉身碎骨，也不能抵偿你的大德。

肯特　娘娘，只要自己的苦心被人了解，那就是莫大的报酬了。我所讲的话，句句都是事实，没有一分增减。

考狄利娅　去换一身好一点的衣服吧；您身上的衣服是那一段悲惨的时光中的纪念品，请你脱下来吧。

肯特　恕我，娘娘；我现在还不能回复我的本来面目，因为那会妨碍我的预定的计划。请您准许我这一个要求，在我自己认为适当的时间以前，您必须把我当作一个不相识的人。

考狄利娅　那么就照你的意思吧，伯爵。（向医生）王上怎样？

医生　娘娘，他仍旧睡着。

考狄利娅　慈悲的神明啊，医治他的被凌辱的心灵中的重大的裂痕！保佑这一个被不孝的女儿所反噬的老父，让他错乱昏迷的神智回复健全吧！

医生　请问娘娘，我们现在可不可以叫王上醒来？他已经睡得很久了。

考狄利娅　照你的意见，应该怎么办就怎么办吧。他有没有穿着好？

李尔卧椅内，众仆舁上。

侍臣　是，娘娘；我们趁着他熟睡的时候，已经替他把新衣服穿上去了。

医生　娘娘，请您不要走开，等我们叫他醒来；我相信他的神经已经安定下来了。

考狄利娅　很好。（乐声。）

医生　请您走近一步。音乐还要响一点儿。

考狄利娅　啊，我的亲爱的父亲！但愿我的嘴唇上有治愈疯狂的灵药，让这一吻抹去我那两个姐姐加在你身上的无情的伤害吧！

肯特　善良的好公主！

考狄利娅　假如你不是她们的父亲，这满头的白雪也该引起她们的怜悯。这样一张面庞是受得起激战的狂风吹打的吗？它能够抵御可怕的雷霆吗？在最惊人的闪电的光辉之下，你，可怜的无援的兵士！戴着这一顶薄薄的戎盔，苦苦地守住你的哨岗吗？我的敌人的狗，即使它曾经咬过我，在那样的夜里，我也要让它躺在我的火炉之前。但是你，可怜的父亲，却甘心钻在污秽霉烂的稻草里，和猪狗、和流浪的乞儿作伴吗？唉！唉！你的生命不和你的智慧同归于尽，才是一件怪事。他醒来了；对他说些什么话吧。

医生　　娘娘，应该您去跟他说说。

考狄利娅　　父王陛下，您好吗？

李尔　　你们不应该把我从坟墓中间拖了出来。你是一个有福的灵魂；我却缚在一个烈火的车轮上，我自己的眼泪也像熔铅一样灼痛我的脸。

考狄利娅　　父亲，您认识我吗？

李尔　　你是一个灵魂，我知道；你在什么时候死的？

考狄利娅　　还是疯疯癫癫的。

医生　　他还没有完全清醒过来；暂时不要惊扰他。

李尔　　我到过些什么地方？现在我在什么地方？明亮的白昼吗？我大大受了骗啦。我如果看见别人落到这一个地步，我也要为他心碎而死。我不知道应该怎么说。我不愿发誓这一双是我的手；让我试试看，这针刺上去是觉得痛的。但愿我能够知道我自己的实在情形！

考狄利娅　　啊！瞧着我，父亲，把您的手按在我的头上为我祝福吧。不，父亲，您千万不能跪下。

李尔　　请不要取笑我；我是一个非常愚蠢的傻老头子，活了八十多岁了；不瞒您说，我怕我的头脑有点儿不大健全。我想我应该认识您，也该认识这个人；可是我不敢确定；因为我全然不知道这是什么地方，而且凭着我所有的能力，我也记不起来什么时候穿上这身衣服；我也不知道昨天晚上我在什么所在过夜。不要笑我；我想这位夫人是我的孩子考狄利娅。

考狄利娅　正是，正是。

李尔　你在流着眼泪吗？当真。请你不要哭啦；要是你有毒药为我预备着，我愿意喝下去。我知道你不爱我；因为我记得你的两个姐姐都虐待我；你虐待我还有几分理由，她们却没有理由虐待我。

考狄利娅　谁都没有这理由。

李尔　我是在法国吗？

肯特　在您自己的国土之内，陛下。

李尔　不要骗我。

医生　请宽心一点，娘娘；您看他的疯狂已经平静下去了；可是再向他提起他经历的事情，却是非常危险的。不要多烦扰他，让他的神经完全安定下来。

考狄利娅　请陛下到里边去安息安息吧。

李尔　你必须原谅我。请你不咎既往，宽赦我的过失；我是个年老糊涂的人。（李尔、考狄利娅、医生及侍从等同下。）

侍臣　先生，康华尔公爵被刺的消息是真的吗？

肯特　完全真确。

侍臣　他的军队归什么人带领？

肯特　据说是葛罗斯特的庶子。

侍臣　他们说现在他那放逐在外的儿子爱德伽跟肯特伯爵都在德国。

肯特　消息常常变化不定。现在是应该戒备的时候了，英国军队已在迅速逼近。

侍臣　一场血战是免不了的。再会，先生。（下。）

肯特　我的目的能不能顺利达到，要看这一场战事的结果方才分晓。（下。）

第五幕

第一场　多佛附近英军营地

旗鼓前导，爱德蒙、里根、军官、兵士及侍从等上。

爱德蒙　（向一军官）你去问一声公爵，他是不是仍旧保持着原来的决心，还是因为有了其他的理由，已经改变了方针；他这个人摇摆不定，畏首畏尾；我要知道他究竟抱着怎样的主张。（军官下。）

里根　我那姐姐差来的人一定在路上出了事啦。

爱德蒙　那可说不定，夫人。

里根　好爵爷，我对你的一片好心，你不会不知道的；现在请你告诉我，老老实实地告诉我，你不爱我的姐姐吗？

爱德蒙　我只是按照我的名分敬爱她。

里根　可是你从来没有深入我的姊夫的禁地吗？

爱德蒙　这样的思想是有失您自己的体统的。

里根　我怕你们已经打成一片，她心坎儿里只有你一个人哩。

爱德蒙　凭着我的名誉起誓，夫人，没有这样的事。

里根　我决不答应她；我的亲爱的爵爷，不要跟她亲热。

爱德蒙　您放心吧。——她跟她的公爵丈夫来啦！

旗鼓前导，奥本尼、高纳里尔及兵士等上。

高纳里尔　（旁白）我宁愿这一次战争失败，也不让我那个妹子把他从我手里夺了去。

奥本尼　贤妹久违了。伯爵，我听说王上已经带了一班受不住我国的苛政、高呼不平的人们，到他女儿的地方去了。要是我们所兴的是一场不义之师，我是再也提不起我的勇气来的；可是现在的问题，并不是我们的王上和他手下的一群人在法国的煽动之下，用堂堂正正的理由向我们兴师问罪，而是法国举兵侵犯我们的领土，这是我们所不能容忍的。

爱德蒙　您说得有理，佩服，佩服。

里根　这种话讲它做什么呢？

高纳里尔　我们只须同心合力，打退敌人，这些内部的纠纷，不是现在所要讨论的问题。

奥本尼　那么让我们跟那些久历戎行的战士们讨论讨论我们所应该采取的战略吧。

爱德蒙　很好，我就到您的帐里来叨陪末议。

里根　姐姐，您也跟我们一块儿去吗？

高纳里尔　不。

里根　您怎么可以不去？来，请吧。

高纳里尔　（旁白）哼！我明白你的意里。（高声）好，我就去。

爱德伽乔装上。

爱德伽　殿下要是不嫌我微贱，请听我说一句话。

奥本尼　你们先请一步，我就来。——说。（爱德蒙、里根、高纳里尔、军官、兵士及侍从等同下。）

爱德伽　在您开始作战以前，先把这封信拆开来看一看。要是您取得胜利，可以吹喇叭为信号，叫我出来；虽然您看我是这样一个下贱的人，我可以请出一个证人来，证明这信上所写的事。要是您失败了，那么您在这世上的使命已经完毕，一切阴谋也都无能为力了。愿命运眷顾您！

奥本尼　等我读了信你再去。

爱德伽　我不能。时候一到，您只要叫传令官传唤一声，我就会出来的。

奥本尼　那么再见；你的信我拿回去看吧。（爱德伽下。）

爱德蒙重上。

爱德蒙　敌人已经望得见了；快把您的军队集合起来。这儿记载着根据精密侦查所得的敌方军力的估计；可是现在您必须快点儿了。

奥本尼　好，我们准备迎敌就是了。（下。）

爱德蒙　我对这两个姐姐都已经立下爱情的盟誓；她们彼此嫉妒，就像被蛇咬过的人见不得蛇的影子一样。我应该选择哪一个呢？两个都要？只要一个？还是一个也不要？要是两个全都留在世上，我就一个也不能到手；娶了那寡妇，一定会激怒她的姐姐高纳里尔；可是她的丈夫一天不死，我又怎么能跟她成双配对？现在我们还是要借他做号召军心的幌子；等到战事结束以后，她要是想除去他，让她自己设法结果他的性命吧。照他的意思，李尔和考狄利娅两人被我们捉到以后，是不能加害的：可是假如他们落在我们手里，我们可决不让他们得到他的赦免；因为我保全自己的地位要紧，什么天理良心只好一概不论。（下。）

第二场　两军营地之间的原野

内号角声。旗鼓前导，李尔及考狄利娅率军队上；同下。爱德伽及葛罗斯特上。

爱德伽　来，老人家，在这树荫底下坐坐吧；但愿正义得到胜利！要是我还能够回来见您，我一定会给您好消息的。

葛罗斯特　上帝照顾您，先生！（爱德伽下。）

号角声；有顷，内吹退军号。爱德伽重上。

爱德伽　去吧，老人家！把您的手给我；去吧！李尔王已经失败，他跟他的女儿都被他们捉去了。把您的手给我；来。

葛罗斯特　不，先生，我不想再到什么地方去了；让我就在这儿等死吧。

爱德伽　怎么！您又转起那种坏念头来了吗？人们的生死都不是可以勉强求到的，你应该耐心忍受天命的安排。来。

葛罗斯特　那也说得有理。（同下。）

第三场　多佛附近英军营地

旗鼓前导，爱德蒙凯旋上；李尔、考狄利娅被俘随上；军官、兵士等同上。

爱德蒙　来人，把他们押下去，好生看守，等上面发落下来，再作道理。

考狄利娅　存心良善的反而得到恶报，这样的前例是很多的。我只是为了你，被迫害的国王，才感到悲伤；否则尽管欺人的命运向我横眉怒目，我也不把她的凌辱放在心上。我们要不要去见见这两个女儿和这两个姐姐？

李尔　不，不，不，不！来，让我们到监牢里去。我们两人将要像笼中之鸟一般唱歌；当你求我为你祝福的时候，我要跪下来求你饶恕；我们就这样生活着，祈祷，唱歌，说些古老的故事，嘲笑那班像金翅蝴蝶般的廷臣，听听那些可怜的人们讲些宫廷里的消息；我们也要跟他们在一起谈话，谁失败，谁胜利，谁在朝，谁在野，用我们的意见解释各种事情的奥秘，就像我们是上帝的耳目一样；在囚牢的四壁之内，我们将要冷眼看那些朋比为奸的党徒随着月亮的圆缺而升沉。

爱德蒙　把他们带下去。

李尔　对于这样的祭物，我的考狄利娅，天神也要焚香致敬的。我果然把你捉住了吗？谁要是想分开我们，必须从天上取下一把火炬来像驱逐狐狸一样把我们赶散。揩干你的眼睛；让恶疮烂掉他们的全身，他们也不能使我们流泪，我们要看着他们活活饿死。来。（兵士押李尔、考狄利娅下。）

爱德蒙　过来，队长。听着，把这一通密令拿去；（以一纸授军官）跟着他们到监牢里去。我已经把你提升了一级，要是你能够照这密令上所说的执行，一定大有好处。你要知道，识时务的才是好汉；心肠太软的人不配佩带刀剑。我吩咐你去干这件重要的差使，你可不必多问，愿意就做，不愿意就另谋出路吧。

军官　我愿意，大人。

爱德蒙　那么去吧；你立了这一个功劳，你就是一个幸运的人。听着，事不宜迟，必须照我所写的办法赶快办好。

军官　我不会拖车子，也不会吃干麦；只要是男子汉干的事，我就会干。（下。）

喇叭奏花腔。奥本尼、高纳里尔、里根、军官及侍从等上。

奥本尼　伯爵，你今天果然表明了你是一个将门之子；命运眷顾着你，使你克奏肤功，跟我们敌对的人都已经束手就擒。请你把你的俘虏交给我们，让我们一方面按照他们的身份，一方面顾到我们自身的安全，决定一个适当的处置。

爱德蒙　殿下，我已经把那不幸的老王拘禁起来，并且派兵严密监视了；我认为应该这样办；他的高龄和尊号都有一种莫大的魔力，可以吸引人心归附他，要是不加防范，恐怕我们的部下都要受他的煽惑而对我们反戈相向。至于王后，我为了同样的理由，也把她一起下了监；他们明天或者迟一两天就可以受你们的审判。现在弟兄们刚刚流过血汗，丧折了不少的朋友亲人，他们感受战争的残酷，未免心中愤激，这场争端无论理由怎样正大，在他们看来也就成为是可诅咒的了；所以审问考狄利娅和她的父亲这一件事，必须在一个更适当的时候举行。

奥本尼　伯爵，说一句不怕你见怪的话，你不过是一个随征的将领，我并没有把你当作一个同等地位的人。

里根　假如我愿意，为什么他不能和你分庭抗礼呢？我想你在说这样的话以前，应该先问问我的意思才是。他带领我们的军队，受到我的全权委任，凭着这一层亲密的关系，也够资格和你称兄道弟了。

高纳里尔　少亲热点儿吧；他的地位是他靠着自己的才能取得的，并不是你给他的恩典。

里根　我把我的权力付托给他，他就能和最尊贵的人匹敌。

高纳里尔　要是他做了你的丈夫，至多也不过如此吧。

里根　笑话往往会变成预言。

高纳里尔　呵呵！看你挤眉弄眼的，果然有点儿邪气。

里根　太太，我现在身子不大舒服，懒得跟你斗口了。将军，请你接受我的军队、俘虏和财产；这一切连我自己都由你支配；我是你的献城降服的臣仆；让全世界为我证明，我现在把你立为我的丈夫和君主。

高纳里尔　你想要受用他吗？

奥本尼　那不是你所能阻止的。

爱德蒙　也不是你所能阻止的。

奥本尼　杂种，我可以阻止你们。

里根　（向爱德蒙）叫鼓手打起鼓来，和他决斗，证明我已经把尊位给了你。

奥本尼　等一等，我还有话说。爱德蒙，你犯有叛逆重罪，我逮捕你；同时我还要逮捕这一条金鳞的毒蛇。（指高纳里尔）贤妹，为了我的妻子的缘故，我必须要求您放弃您的权利；她已经跟这位勋爵有约在先，所以我，她的丈夫，不得不对你们的婚姻表示异议。要是您想结婚的话，还是把您的爱情用在我的身上吧，我的妻子已经另有所属了。

高纳里尔　这一段穿插真有趣！

奥本尼　葛罗斯特，你现在甲胄在身；让喇叭吹起来；要是没有人出来证明你所犯的无数凶残罪恶，众目昭彰的叛逆重罪，这儿是我的信物；（掷下手套）在我没有剖开你的胸口，证明我此刻所宣布的一切以前，我决不让一些食物接触我的嘴唇。

里根　哎哟！我病了！我病了！

高纳里尔　（旁白）要是你不病，我也从此不相信毒药了。

爱德蒙　这儿是我给你的交换品；（掷下手套）谁骂我是叛徒的，他就是个说谎的恶人。叫你的喇叭吹起来吧；谁有胆量，出来，我可以向他、向你、向每一个人证明我的不可动摇的忠心和荣誉。

奥本尼　来，传令官！

爱德蒙　传令官！传令官！

奥本尼　信赖你个人的勇气吧；因为你的军队都是用我的名义征集的，我已经用我的名义把他们遣散了。

里根　我的病越来越厉害啦！

奥本尼　她身体不舒服；把她扶到我的帐里去。（侍从扶里根下）过来，传令官。

传令官上。

奥本尼　叫喇叭吹起来。宣读这一道命令。

军官　吹喇叭！（喇叭吹响。）

传令官　（宣读）“在本军之中，如有身份高贵的将校官佐，愿意证明爱德蒙——名分未定的葛罗斯特伯爵，是一个罪恶多端的叛徒，让他在第三次喇叭声中出来。该爱德蒙坚决自卫。”

爱德蒙　吹！（喇叭初响）

传令官　再吹！（喇叭再响。）

传令官　再吹！（喇叭三响。内喇叭声相应。）

喇叭手前导，爱德伽武装上。

奥本尼　问明他的来意，为什么他听了喇叭的呼召到这儿来。

传令官　你是什么人？你叫什么名字？在军中是什么官级？为什么你要应召而来？

爱德伽　我的名字已经被阴谋的毒齿咬啮蛀蚀了；可是我的出身正像我现在所要来面对的敌手同样高贵。

奥本尼　谁是你的敌手？

爱德伽　爱德蒙，代表葛罗斯特伯爵的是什么人？

爱德蒙　他自己；你对他有什么话说？

爱德伽　拔出你的剑来，要是我的话激怒了一颗正直的心，你的兵器可以为你辩护；这儿是我的剑。听着，虽然你有的是胆量、勇气、权位和尊荣，虽然你挥着胜利的宝剑，夺到了新的幸运，可是凭着我的荣誉、我的誓言和我的骑士的身份所给我的特权，我当众宣布你是一个叛徒，不忠于你的神明、你的兄长和你的父亲，阴谋倾覆这一位崇高卓越的君王，从你的头顶直到你的足下的尘土，彻头彻尾是一个最可憎的逆贼。要是你说一声“不”，这一柄剑、这一只胳臂和我的全身的勇气，都要向你的心口证明你说谎。

爱德蒙　照理我应该问你的名字；可是你的外表既然这样英勇，你的出言吐语，也可以表明你不是一个卑微的人，虽然按照骑士的规则，我可以拒绝你的挑战，我却不惜唾弃这些规则，把你所说的那种罪名仍旧丢回到你的头上，让那像地狱一般可憎的谎话吞没你的心；凭着这一柄剑，我要在你的心头挖破一个窟窿，把你的罪恶一起塞进去。吹起来，喇叭！（号角声。二人决斗。爱德蒙倒地。）

奥本尼　留他活命，留他活命！

高纳里尔　这是诡计，葛罗斯特；按照决斗的法律，你尽可以不接受一个不知名的对手的挑战；你不是被人打败，你是中了人家的计了。

奥本尼　闭住你的嘴，妇人，否则我要用这一张纸塞住它了。且慢，骑士。你这比一切恶名更恶的恶人，读读你自己的罪恶吧。不要撕，太太；我看你也认识这一封信的。（以信授爱德蒙。）

高纳里尔　即使我认识这一封信，又有什么关系！法律在我手中，不在你手中；谁可以控诉我？（下。）

奥本尼　岂有此理！你知道这封信吗？

爱德蒙　不要问我知道不知道。

奥本尼　追上她去；她现在情急了，什么事都干得出来；留心看着她。（一军官下。）

爱德蒙　你所指斥我的罪状，我全都承认；而且我所干的事，着实不止这一些呢，总有一天会全部暴露的。现在这些事已成过去，我也要永辞人世了。——可是你是什么人，我会败在你的手里？假如你是一个贵族，我愿意对你不记仇恨。

爱德伽　让我们互相宽恕吧。在血统上我并不比你低微，爱德蒙；要是我的出身比你更高贵，你尤其不该那样陷害我。我的名字是爱德伽，你的父亲的儿子。公正的天神使我们的风流罪过成为惩罚我们的工具；他在黑暗淫邪的地方生下了你，结果使他丧失了眼睛。

爱德蒙　你说得不错；天道的车轮已经循环过来了。

奥本尼　我一看见你的举止行动，就觉得你不是一个凡俗之人。我必须拥抱你；要是我曾经憎恨过你和你的父亲，让悔恨碎裂了我的心。

爱德伽　殿下，我一向知道您的仁慈。

奥本尼　你把自己藏匿在什么地方？你怎么知道你的父亲的灾难？

爱德伽　殿下，我知道他的灾难，因为我就在他的身边照料他，听我讲一段简短的故事；当我说完以后，啊，但愿我的心爆裂了吧！贪生怕死，是我们人类的常情，我们宁愿每小时忍受着死亡的惨痛，也不愿一下子结束自己的生命；我为了逃避那紧迫着我的、残酷的宣判，不得不披上一身疯人的褴褛衣服，改扮成一副连狗儿们也要看不起的样子。在这样的乔装之中，我碰见了我的父亲，他的两个眼眶里淋着血，那宝贵的眼珠已经失去了；我替他做向导，带着他走路，为他向人求乞，把他从绝望之中拯救出来；啊！千不该、万不该，我不该向他瞒住我自己的真相！直到约摸半小时以前，我已经披上甲胄，虽说希望天从人愿，却不知道此行究竟结果如何，便请他为我祝福，才把我的全部经历从头到尾告诉他知道；可是唉！他的破碎的心太脆弱了，载不起这样重大的喜悦和悲伤，在这两种极端的情绪猛烈的冲突之下，他含着微笑死了。

爱德蒙　你这番话很使我感动，说不定对我有好处；可是说下去吧，看上去你还有一些话要说。

奥本尼　要是还有比这更伤心的事，请不要说下去了吧；因为我听了这样的话，已经忍不住热泪盈眶了。

爱德伽　对于不喜欢悲哀的人，这似乎已经是悲哀的顶点；可是在极度的悲哀之上，却还有更大的悲哀。当我正在放声大哭的时候，来了一个人，他认出我就是他所见过的那个疯丐，不敢接近我；可是后来他知道了我究竟是什么人，遭遇到什么样的不幸，他就抱住我的头颈，大放悲声，好像要把天空都震碎一般；他俯伏在我父亲的尸体上；讲出了关于李尔和他两个人的一段最凄惨的故事；他越讲越伤心，他的生命之弦都要开始颤断了；那时候喇叭的声音已经响过两次，我只好抛下他一个人在那如痴如醉的状态之中。

奥本尼　可是这是什么人？

爱德伽　肯特，殿下，被放逐的肯特；他一路上乔装改貌，跟随那把他视同仇敌的国王，替他躬操奴隶不如的贱役。

一侍臣持一流血之刀上。

侍臣　救命！救命！救命啊！

爱德伽　救什么命！

奥本尼　说呀，什么事？

爱德伽　那柄血淋淋的刀是什么意思？

侍臣　它还热腾腾地冒着气呢；它是从她的心窝里拔出来的，——啊！她死了！

奥本尼　谁死了？说呀。

侍臣　您的夫人，殿下，您的夫人；她的妹妹也给她毒死了，她自己承认的。

爱德蒙　我跟她们两人都有婚姻之约，现在我们三个人可以在一块儿做夫妻了。

爱德伽　肯特来了。

奥本尼　把她们的尸体抬出来，不管她们有没有死。这一个上天的判决使我们战栗，却不能引起我们的怜悯。（侍臣下。）

肯特上。

奥本尼　啊！这就是他吗？当前的变故使我不能对他尽我应尽的敬礼。

肯特　我要来向我的王上道一声永久的晚安，他不在这儿吗？

奥本尼　我们把一件重要的事情忘了！爱德蒙，王上呢？考狄利娅呢？肯特，你看见这一种情景吗？（传从抬高纳里尔、里根二尸体上。）

肯特　哎哟！这是为了什么？

爱德蒙　爱德蒙还是有人爱的；这一个为了我的缘故毒死了那一个，跟着她也自杀了。

奥本尼　正是这样。把她们的脸遮起来。

爱德蒙　我快要断气了，倒想做一件违反我的本性的好事。赶快差人到城堡里去，因为我已经下令，要把李尔和考狄利娅处死。不要多说废话，迟一点就来不及啦。

奥本尼　跑！跑！跑呀！

爱德伽　跑去找谁呀，殿下？——谁奉命干这件事的？你得给我一件什么东西，作为赦免的凭证。

爱德蒙　想得不错；把我的剑拿去给那队长。

奥本尼　快去，快去。（爱德伽下。）

爱德蒙　他从我的妻子跟我两人的手里得到密令，要把考狄利娅在狱中缢死，对外面说是她自己在绝望中自杀的。

奥本尼　神明保佑她！把他暂时抬出去。（侍从抬爱德蒙下。）

李尔抱考狄利娅尸体，爱德伽、军官及余人等同上。

李尔　哀号吧，哀号吧，哀号吧，哀号吧！啊！你们都是些石头一样的人；要是我有了你们的那些舌头和眼睛，我要用我的眼泪和哭声震撼穹苍。她是一去不回的了。一个人死了还是活着，我是知道的；她已经像泥土一样死去。借一面镜子给我；要是她的气息还能够在镜面上呵起一层薄雾，那么她还没有死。

肯特　这就是世界最后的结局吗？

爱德伽　还是末日恐怖的预兆？

奥本尼　天倒下来了，一切都要归于毁灭吗？

李尔　这一根羽毛在动；她没有死！要是她还能活命，那么我的一切悲哀都可以消释了。

肯特　（跪）啊，我的好主人！

李尔　走开！

爱德伽　这是尊贵的肯特，您的朋友。

李尔　一场瘟疫降落在你们身上，全是些凶手，奸贼！我本来可以把她救活的；现在她再也回转不过来了！考狄利娅，考狄利娅！等一等。嘿！你说什么？她的声音总是那么柔软温和，女儿家是应该这样的。我亲手杀死了那把你缢死的奴才。

军官　殿下，他真的把他杀死了。

李尔　我不是把他杀死了吗，汉子？从前我一举起我的宝刀，就可以叫他们吓得抱头鼠窜；现在年纪老啦，受到这许多磨难，一天比一天不中用啦。你是谁？等会儿我就可以说出来了；我的眼睛可不大好。

肯特　要是命运女神向人夸口，说起有两个曾经一度被她宠爱、后来却为她厌弃的人，那么在我们的眼前就各站着其中的一个。

李尔　我的眼睛太糊涂啦。你不是肯特吗？

肯特　正是，您的仆人肯特。您的仆人卡厄斯呢？

李尔　他是一个好人，我可以告诉你；他一动起火来就会打人。他现在已经死得骨头都腐烂了。

肯特　不，陛下；我就是那个人——

李尔　我马上能认出来你是不是。

肯特　自从您开始遭遇变故以来，一直跟随着您的不幸的足迹。

李尔　欢迎，欢迎。

肯特　不，一切都是凄惨的、黑暗的、阴郁的，您的两个大女儿已经在绝望中自杀了。

李尔　嗯，我也想是这样的。

奥本尼　他不知道他自己在说些什么话，我们谒见他也是徒然的。

爱德伽　全然是徒劳。

一军官上。

军官　启禀殿下，爱德蒙死了。

奥本尼　他的死在现在不过是一件无足重轻的小事。各位勋爵和尊贵的朋友，听我向你们宣示我的意旨：对于这一位老病衰弱的君王，我们将要尽我们的力量给他可能的安慰；当他在世的时候，我仍旧把最高的权力归还给他。（向爱德伽、肯特）你们两位仍旧恢复原来的爵位，我还要加赉你们额外的尊荣，褒扬你们过人的节行。一切朋友都要得到他们忠贞的报酬，一切仇敌都要尝到他们罪恶的苦杯。——啊！瞧，瞧！

李尔　我的可怜的傻瓜给他们缢死了！不，不，没有命了！为什么一条狗、一匹马、一只耗子，都有它们的生命，你却没有一丝呼吸？你是永不回来的了，永不，永不，永不，永不，永不！请你替我解开这个纽扣；谢谢你，先生。你看见吗？瞧着她，瞧，她的嘴唇，瞧那边，瞧那边！（死。）

爱德伽　他晕过去了！——陛下，陛下！

肯特　碎吧，心啊！碎吧！

爱德伽　抬起头来，陛下。

肯特　不要烦扰他的灵魂。啊！让他安然死去吧；他将要痛恨那想要使他在这无情的人世多受一刻酷刑的人。

爱德伽　他真的去了。

肯特　他居然忍受了这么久的时间，才是一件奇事；他的生命不是他自己的。

奥本尼　把他们抬出去。我们现在要传令全国举哀。（向肯特、爱德伽。）

两位朋友，帮我主持大政，

培养这已经被斲伤的国本。

肯特　不日间我就要登程上道；

我已经听见主上的召呼。

奥本尼　不幸的重担不能不肩负；

感情是我们唯一的言语。

年老的人已经忍受一切，

后人只有抚陈迹而叹息。（同下。奏丧礼进行曲。）